# 灯谜一点通

叶国泉
田鸿牛
王德海

编著

燈谜

浙江古籍出版社

# 前　言

　　灯谜是我国劳动人民智慧的结晶，是一门传统的综合性艺术。谜语源远流长，已经有三千多年的历史。历经众多朝代的风雨洗礼，灯谜愈发显现出强大的生命力。

　　中央电视台1987年3月举办了全国"首届中华杯电视猜谜大赛"，同年10月又在青岛举办了全国"双星杯灯谜邀请赛"。1989年的中央电视台春节联欢晚会现场直播了"谜语擂台赛"。在开播的第一期"综艺大观"节目中播出了全国6城市"灯谜擂台赛"。2014年元宵节黄金时段直播的"中国谜语大会"，也是好评如潮。

　　很少有一种单一的艺术形式在中国如此高级别的传媒殿堂上反复亮相。这足以说明人民群众对灯谜的喜爱，说明灯谜有着广泛的群众基础。

　　灯谜，它是中华文化丛林中一棵根深叶茂的大树，可以给人们带来文化、精神、娱乐和智力上的享受。

　　灯谜是一种文化现象。它和其他艺术形式一样，或多或少地印有时代的标记。它能反映时代的风貌，在创新中适应社会发展的需求，形成自己的艺术特色。

　　灯谜是一种文娱形式。它和其他游戏一样，在寓教于乐中给人以教益，它会在潜移默化中起到教育作用。

　　说灯谜是文化也好，说它是游戏也罢，文化自有文化的艺术规律，游戏自有游戏的规则，要想深度亲近灯谜这一汉字文化，就必须了解灯谜的艺术规律，了解灯谜的游戏规则。正是基于这一点，我们编写了这本灯谜基础知识读本。

这个读本，从猜谜的好处到如何猜谜、如何创作灯谜，从灯谜与民间谜语的区别到谜艺、谜体、谜法等方方面面，进行了较为系统的归纳、整理，并提出了一些新的见解，具有较高的实用价值。

全书以普及为主导思想，以广大灯谜爱好者为读者群。与其他灯谜普及读物相比，本书所列举的各种谜例更多，解析更深入浅出、通俗易懂，更便于读者理解。此书是广大灯谜爱好者入门的向导。

大千世界一切尚未被人们所认识的事物，都是谜，就像一座神秘的迷宫，唯有找到打开迷宫的钥匙，才能窥其堂奥。希望这本普及性的读物能成为你进入灯谜知识迷宫的一把金钥匙。

本书第一章《猜灯谜的好处》、第二章《灯谜的结构》、第七章《常见花色品种谜》、第九章《灯谜的制作方法》由田鸿牛执笔，第三章《灯谜与民间谜语的区别》、第四章《灯谜的两项基本原则》、第五章《灯谜常见的六大谜体》、第六章《常用谜格简介》和第八章《灯谜的猜射方法》由叶国泉执笔，第十章《百科灯谜精选》由王德海执笔。

本书编写过程中，承蒙泉州陈光亮、宝鸡印社社长张宝文、宝鸡市集邮协会马爱国、宝鸡陈献华、新疆刘颜民、江苏孙惠明等谜友给予大力支持，在此一并致谢。

2014 年 6 月 2 日

# 目 录

# 第一章　猜灯谜的好处

## 引　言

猜灯谜，亦称猜谜、打虎，也有叫猜闷的。商灯、射虎、射谜、解谜等都泛指灯谜活动，但人们更习惯用"灯谜"这一说法。

灯谜是劳动人民智慧的结晶，是我国传统文化的一门综合性艺术。

我国著名美学家朱光潜曾说："中国的谜语可以说和文字同样久远。"中国谜语源远流长，迄今大概已有三千多年的历史。

早在夏朝，就出现了一种用暗示来描述某种事物的歌谣。到了春秋战国时期，这种歌谣进一步发展，演变成"廋辞"（亦称"隐语"）。当时由于列国分争，有不少游客在进谏时，往往都用"隐语"说出自己的意见，使君王从中得到启发。《国语·晋语》记载："有秦客廋辞于朝，大夫莫之能对也。""廋辞"和"隐语"，就是中国灯谜的雏形。

南朝宋文学家鲍照作"井"、"龟"、"土"三个字谜，并以《字谜三首》收入他的诗集后，才有了"谜"这一说法。如"井"字谜：二形一体，四支八头，一八五八，飞泉仰流。"二形一体"指"井"字横竖都一样，可以看成横的"二"和纵的"二"交叉放置为一体；"四支八头"即"井"字有四个分支（四画），共有八个头；"一八"指"井"字有八个角（头）；"五八"为四十，"井"字又可拆成四个"十"；"飞泉仰流"是指用绑着绳子的水桶，把井水汲上来。前三句离合，后一句会意。此谜形象具体，生动有趣。

秦汉之前的书籍没有收入"谜"字，南朝梁顾野王，字希冯，是一位文字训诂学家和史学家，他把"谜"字收在训诂书籍《玉篇》中。汉代许慎的《说文解字》中有了"谜"字。据各书考证，认为首用"谜"字、首创字谜的就是鲍照。

开始的谜流行于口头说猜。三国时期，有人把谜写在纸上贴出来令人猜射。到了南宋，一些文人学士为了显示才学，常在元宵之夜，将谜条贴在纱灯上，吸引过往行人，因之谜又有了"灯谜"一称。当时杭州城内每年上元节猜谜成了一景。《武林旧事·灯品》中记载："以绢灯剪写诗词，时寓讥笑，及画人物，藏头隐语，及旧京诨语，戏弄行人。"就是当时猜谜的写照。

从清朝到民国的三百多年间，谜风大盛，各地灯谜社团纷纷成立，如"竹西春社"、"萃新谜社"、"萍社"和"北平射虎社"等，《槖园春灯话》《跰园谜刊》《谜语之研究》等灯谜书刊相继出版，涌现出了像张起南、顾震福、孙玉声等许多谜师。这一时期，猜谜多、著述多、社团多、谜家多，极大地促进了灯谜的传承与创新，有力地推动了灯谜的兴盛与发展。

新中国成立以来，在党的"百花齐放、百家争鸣"文艺方针指引下，灯谜活动更加蓬勃发展。1979 年"南京九城市灯谜会猜"之后，各地灯谜组织如雨后春笋般相继涌现，缤纷多彩的灯谜刊物更是数不胜数。1987 年 3 月，中央电视台和中国谜报社共同组织的全国"首届中华杯电视猜谜大赛"，参加人数之多、影响之广、轰动之大，都是空前的。同年 10 月，中央电视台和中国谜报社再度联袂在山东青岛举办的"双星杯"全国灯谜邀请赛，汇集了26个省、市、自治区105支代表队，424名谜家、谜手济济一堂，规模之大、参与人数之众，创下了新时期灯谜比赛之最。

此后，全国各地群众性的猜谜活动风生水起，越来越多；各地市报刊、电台、电视上，各式各样的灯谜活动层出不穷；区域性的现场谜会此起彼伏，呈现出前所未有的发展趋势。

特别值得一提的是，2014新年之际，云南卫视举办的"中国灯谜大会"，10场猜谜节目播出后，观众反响热烈。该节目收视率位列省级卫视同时段前五名。

同年，中央电视台在元宵节期间举办的大型电视竞猜节目"中国谜语大会"，更是为马年新春增添了浓浓的文化元素。"谜语大会"由几十位文化名人、科学家、学者和影视歌坛明星共同担任嘉宾。除了参赛的10支代表队30名中学生，还借助二维码等手段与场外观众互动，参与竞猜的网友高达206万人次。

把灯谜搬上电视，让传统文化借助电视重新回归，使文化益智节目更多地集聚人气，这也说明了灯谜活动有着可以继续挖掘的空间。

## 猜灯谜的好处

第一，猜灯谜能锻炼思维，启迪智慧。灯谜具有智力测验性质，它是智力的比赛和考验，人们通过猜想、思考，才能答出谜底。

相传东汉顺帝汉安二年（143），浙江上虞县有一《曹娥碑》，东汉文学家、书法家蔡邕在碑的背面题了八个字"黄娟幼妇，外孙齑臼"，闻名四方。据说曹操看后，遍问群臣，没有人可以解释，只有杨修一个应答。曹操先不让杨修说出谜底，他要自己去想。

骑马走出三十里后，曹操说已经知道了谜底，但要杨修先说。杨修说："黄娟，色丝也，于字为'绝'；幼妇，少女也，于字为'妙'；外孙，女子也，于字为'好'；蕴臼（古时一种捣姜、蒜等辛辣物的用具），受辛也，于字为'辤'（古'辞'字），因此是'绝妙好辞'。"曹操听后发出了"我才不及卿，乃觉三十里"的感叹。蔡邕把"绝妙好辞"四个字的形体结构用离合法分开，再取其意写出另外八个字，这确实是一种创举。这也是迄今为止见载的我国最早的灯谜。

从古至今，无论是成年人还是青少年，在猜谜过程中都要分析谜面所提的问题，通过限定的猜什么（谜目），辨认是非，拨开层层迷雾，排除一切障碍，推理判断，去伪存真，最后得出谜底。猜谜的过程就是要人们展开想象的翅膀，就是要人们放大思维，就是对自我智慧的启迪，是很好的智力锻炼。

第二，猜灯谜能丰富知识，增加学问。灯谜的内容上自远古，下至当今，无所不含，包罗万象。它涉及一切学科，天文地理、历史故事、名著典故、诗词歌赋乃至日常风俗、时尚热词，可以说世间万物都可以成为灯谜。猜谜时，人们常在自己和别人的猜射中受到启发，产生联想，触类旁通，学到知识。

例如："江山如此多娇"（《西游记》地名：女儿国），通过这一灯谜，让我们知道了"江山如此多娇"来源于毛泽东诗词《沁园春·雪》，谜底是我国四大名著《西游记》中令唐僧师徒四人止步不前的"女儿国"。"江山"泛指"国家"，"娇"是形容女子、小孩等柔嫩、美丽可爱，在此谜中代指"女儿"。

还有"痴迷教师这一行"（外国科学家：爱迪生）。这谜先从谜面核心词"教师"联想（启迪学生），再从"痴迷"（痴爱）思考，即可在世界上那么多的科学家中找到美国著名发明家、物理学家爱迪生，这位发明专利超过2000多项的科学家。

这些文学、历史、名著、人物知识，以前可能不知道，但通过猜灯谜，学习了诗词、名著，阅读了外国科学家简历，记住了这些原本生疏的知识，而且这种记忆比较深刻。因此，猜灯谜是一种很好的学习形式。

通过猜谜，能够锻炼智力、提高智商、开阔视野、丰富知识。猜谜过程也是温故知新、学习复习已经掌握的知识并获得更多新的知识的过程，它是一种"寓教育于娱乐之中，授知识于课堂之外"的极好形式。苏联《百科全书》认为："出谜和猜谜的本领被认为是人的机敏、猜度力和聪明的标志。"

第三，猜灯谜能快乐互动，陶冶情操。猜谜与制谜是一种快乐互动、相互影响的娱乐活动。实际上，它的意义和作用远不限于这一点。无论是制谜还是猜谜者的心理活动，都不仅仅限于智力方面。这其中，猜谜者要调动和倾注自身所具有的各种知识与阅历、经验，特别要运用自己大胆的想象力，它是多种心理因素活动的结晶。猜中一个好谜，那种快乐欢悦的满足感，差不多可以跟一位作家写出了一篇好小说或科学家创造了一项新发明相比拟。

例如："小小竹排江中游"（7画字：汪）。这条谜，乍一看，它是电影《闪闪的红星》主题歌《红星照我去战斗》的一句歌词，给人以亲切的感觉，但怎么才能猜一个字呢？令人如坠云雾之中。仔细想想："小小竹排"在江中就像个"一"字，"中"字点明方位，再将"小小竹排""一"放在"江"字中心位置，顺江而游，不就成了"汪"字了吗？这时，谜趣、情趣好像电影画面展示在我们眼前。

再如："麻花鸡蛋先别上"（三字新词：80后）。看了谜面好像吃早饭，告诉先不要把麻花、鸡蛋端上来。其实不然。这条谜运用象形、会意之法，"麻花"、"鸡蛋"本为常见的食品，"8"好似扭曲的"麻花"，"鸡蛋"象形为"0"，惟妙惟肖，生动形象。又通过灯谜反扣法，将"先别上"反扣为"后"，准确在理。看似餐桌上的一句话"麻花鸡蛋先别上"，竟成了新生代"80后"，真是不可思议，你说有趣不？

第四，猜灯谜能激发求知欲望，促进学习。学生时代是孩子们充满好奇心理，脑子里产生"为什么"最多的时期，他们对一切事物都感到新鲜，很想知道迷宫在哪里。猜灯谜恰恰能满足他们的这些愿望，激励他们求知的热情，促进他们的学习自觉性。

例如："昨日之日不可留"，打一国家名。这条谜要想猜得出，首先要明白谜面"昨"字中的"日"字，"不可留"了，仅剩下"乍"字。光知道这还不行，世界上一两百个国家，哪个国家又能与"乍"有关系呢？经过查找，自然而然就会停留在非洲中部的一个内陆国家，全称乍得共和国，它北接利比亚，东接苏丹，南接中非共和国，西南与喀麦隆、尼日利亚为邻，西与尼日尔交界。乍得地处非洲中心，远离海洋，全年高温炎热，且国土大部为沙漠地区。猜谜的人原来可能还没有学过世界地理，还不知道世界上有"乍得"这样一个国家，通过这条谜，知道了乍得，记住了乍得，而且也许会激起猜谜者学地理、看世界地图的兴趣。

还有北宋杰出的政治家、文学家、思想家王安石创作的字谜："目字加两点，不作贝字猜"，打一繁体字，答案：賀（"賀"是"贺"字繁体，"贝"字繁体为"貝"）。谜面出自古时候一位大文学家，必定会引起孩子的好奇心理，再加上又是繁体字，猜谜时势必先要了解什么是繁体字，同时也会对王安石产生兴趣。一条谜的猜射既增加了繁体字知识，又了解了古代文学大家，无论怎样都会在不经意间激发人们的求知欲望，增进学习古典文学的动力。

再比如："站直方可测身高"（网络热词：正能量）。计算机领域中网络是信息传输、接收、共享的虚拟平台。这是近年来涌现的新事物，已经融入到人们的生活之中。网络热词是一种人们感兴趣或者有共同认知的文化现象。也许，许多人还没有接触过网络，不了解什么叫网络热词，这是课堂和书本之外的知识。要想猜到这条谜就要了解网络，了解网络上流行的热词，无形中孩子们的求知欲望得到了提升。有一位伟人曾经说过一句名言："计算机要从娃娃抓起！"猜这样的谜，也是有意无意间普及了计算机知识。

有些人在猜谜中会碰到不了解的人名、地名、历史典故等知识盲点，就会自然而然地产生一种求知欲，通过查阅工具书或上网搜索等办法，弄清楚有关知识，从而培养喜爱钻研的良好学习兴趣和习惯，不断扩大自己的知识积累。

第五，猜灯谜能感受鼓动，振奋精神。灯谜的结构简单、快捷，是微型的口号、新颖的广告，它虽不能像其他文学艺术形式那样用浓墨重彩来描绘千姿百态的火热生活和纷繁的社会景象，但它可以根据自身寓庄于谐、雅俗共赏的特点，把日新月异的社会变化，新事物、新名词、新精神浓缩于小而朴实、短而灵活的艺术形式之中，创作出结合形势、配合时事、融合热点、内容健康、积极向上、具有教育意义的灯谜作品，鼓动群众，服务社会。

例如：

甲午年大有可为（11画字） 骑

甲午年是按中国干支纪年法的农历马年，"午"是地支之一，与十二生肖"马"对应，"大"、"可"二字组合，再与"马"合在一起。

中华崛起，灯谜兴旺（成语）龙腾虎跃

"中华"扣"龙","灯谜"扣"虎","崛起"、"兴旺"拢意为"腾跃"之势。

**神州好样子（春晚节目） 中国范儿**

"神州"对应"中国","好样"为"范","子"乃"儿"。

人们在猜此类灯谜时，无不感受到振奋和鼓舞，它对于提升人们的精气神，起到了很好的激励作用。

再比如：

**永远学先进（三字学校礼貌用语） 老师好**

"永远"和"老"指的都是时间，"师"有仿效、学习之意，"先进"扣"好"。

**读好书、读新书（成语） 不念旧恶**

此谜用反扣法，拢意扣合，谜底的"旧恶"指的是旧书、恶书。

**连日去登山（四字学校口号） 天天向上**

"连日"就是接连两天，扣"天天"，"登山"是"向上"攀登。

**一点一滴要用心（5画字） 半**

"一点"、"一滴"均指笔画一个点，"用心"指"用"中心的两横一竖。

**草木之间留爱心（9画字） 荣**

"草"以草字头"艹"代替，"木"直接进入谜底，"爱"字之心为"冖"。

在猜以上这些灯谜时，对于提高猜谜者的学习觉悟、提升自身修养也起到了很好的教益作用。

# 第二章　灯谜的结构

一般来讲，每一条灯谜都由谜面、谜目和谜底三部分构成，这是灯谜的基本结构。我们也会看到有些谜还标注谜格，如卷帘格、秋千格等，这也是灯谜的一个组成部分。还有一些例外，在谜目的地方写的是探骊格等（本书另有章节介绍）。

## 一、谜面

谜面是展示给人们猜射的谜题，是提供给猜者的主要内容和基本条件。"面"是表面，也叫"虎皮"，它是猜谜的思考依据，也是思索谜底是否正确的重要依据。

千载不可忘（古籍名）《史记》

这里，"千载不可忘"是谜面，"古籍名"是谜目，《史记》是谜底。

重点放在开头（6画字）　并

显而易见，"重点放在开头"是谜面，"6画字"是谜目，"并"是谜底。

对于谜面的要求，除一字作面和标点符号、数字号码等特殊的表现形式外，用词、用句，长短不限，但必须成文，就是能表达清楚一定的意思，可给猜谜人以主要提示。这就要求谜面文字尽可能给猜谜的人较多的"暗示"，隐蔽得巧妙，方能显出委婉、曲折、有趣。

## 二、谜目

谜目是给谜底限定的范围，也就是让人知道猜的是什么。这一点对于猜谜来讲尤为重要。在常见的谜笺上，谜目一般都写在谜面的侧下方，大多写在左下边。常见的谜目如："字一"、"成语一"、"长篇小说"、"作家名"、"俗语一"、"数学名词"等等。总之，谜目的标注尽可能明确具体。还有一些谜目会有"食品带量"，这说明先猜食品，再把数量一并猜出，才算完整。"商品冠商标"，要求先猜出是什么商品，再想一想是何商标，谜目中的"冠"字，说明商标要在商品的前面。"作家连作品"，这样的谜目标注，谜底的组成部分一是作家，二是作品，二者连在一起，密不可分。

团圆之后线儿连（网络名词） QQ

"网络名词"是谜目，说明此谜必须在网络名词内去搜索谜底，那么只有"QQ"的象形准确生动，最合适了。

烤饼买卖加盟多（四字京剧名）《火烧连营》

"四字京剧名"是谜目，它引导你在许多的京剧戏中去思考，哪出戏符合谜面给的猜谜条件呢？你不由不想到"烤饼"又叫"火烧"，"买卖加盟多"，肯定是连起来经营了。

2012（食品带量） 鸭蛋一打

"食品带量"是谜目，"2"和"0"分别象形"鸭"和"蛋"，形象有趣，逗人喜爱，这是食品；谜面后两位数"12"又变成了数量词，"12"等于"一打"，这是带的数量。

汗滴禾下土（作家连作品）田汉 《苦耕》

"作家连作品"是谜目，谜面古诗句取自李绅的《悯农》，全诗表现了农夫田间劳作的辛苦。"田汉"指的是农民，谜目的作家这部分，由诗的题目中透露出来；谜目的作品《苦耕》，从全诗表达的意境中显现。

需要特别一提的是，在已经出版的各类灯谜书籍中、各地灯谜社团自行编印的灯谜书刊里以及各地举办的灯谜展猜中，为了编排简洁和书写快捷，大都省去了谜目中的"打"、"猜"字样，使谜目更加简练、明了。

### 三、谜底

谜底是猜射的目标和答案，也是猜谜者寻找的结果。正确的谜底，是猜谜者经过谜面的解读、谜目的搜索，苦思冥想的胜利成果。由于灯谜是以文字别解、产生歧义为核心内容的文义谜，所以从广义和理论上讲，凡是以汉字作为载体的东西，诸如字、词、成语、地名、人名、事物名称等等，都可以成为谜底的原材料，简称谜材。

从以上介绍的灯谜的基本结构来看，一则完整的灯谜由谜面、谜目、谜底三部分构成，缺一不可。

说到这里，有必要说一说谜底和谜面的关系。

谜面是题，谜底是解题的结果，两者的关系不单纯是一问一答，更不是用谜底来解释谜面，猜谜绝不是语文和其他学科中的问题和答案。谜面与谜底本是两个毫不相干的意思，通过灯谜的"别解"，使两者发生了有趣的联系，产生了趣味，成为灯谜。

因此，如果一条谜的谜面和谜底，表达的是同一个意思，或者说，谜底成了谜面的注解，就不能称为灯谜了。

例如：爱国华侨（电影）《海外赤子》

"爱国华侨"意思与"海外赤子"相近。

11

举案齐眉（成语） 相敬如宾

"举案齐眉"这个典故出于梁鸿。梁鸿和他妻子很恩爱，他的妻子每次给他端饭的时候都要把饭举得齐眉高以示尊重，是一种夫妻相互尊重、相敬如宾的意思，这样就成了纯粹的解释（同义互换）。

这类谜谜面和谜底没有产生歧义的变异和字义别解，不成为谜，更无谜趣、谜味可言了。

请看下面这些灯谜，谜底别解之后，均产生耐人咀嚼的谜味。

1. 除夕家家饺子香（春晚节目） 年味儿

"除夕"是"年"节，"家家饺子香"对应"味儿"。

2. 走进天水（流行歌曲）《在雨中》

谜面本意是指人们走进甘肃省天水市，别解就在于把"天水"理解成从天而降的"雨"水。

3. 满庭合欢声（音乐名词） 室内乐

"满庭"扣"室内"，"合欢声"扣"乐"（读 lè）。"乐"是多音字，在音乐名词中读 yuè。

4. 红颜未相识（称谓） 女生

"红颜"指貌美的"女"子，"未相识"说明陌"生"。

5. 记者在当晚（歌曲）《难忘今宵》

"记者"不取新闻称谓的本意，别解为动词"难忘"，"当晚"扣"今宵"。

北京著名谜家翟鸿起先生有过一个形象的比喻："如果谜是一个有盖的茶杯，那谜面就是杯身，谜底是杯盖，二者严密地扣合在一起，才是一则完整的灯谜。"这个比喻说明一则好的、完整的灯谜，谜面要讲究，谜目要准确，谜底才能扣合工稳，别人才能猜得到。

## 四、谜格

谜格也称谜律。谜格是灯谜作者因谜设置的特殊附加形式和辅助法则，也就是说某些灯谜当谜面与谜底无法准确扣合时，借助谜格来补救是措施之一。不是所有的灯谜都要用格，但凡是用格的灯谜，就必须按照各种谜格的格律来猜、来制，否则就无法猜与制。

20世纪80年代以来，在灯谜创作领域一直提倡"无格胜有格"，尽量不用格、少用格。但是常用的谜格还是不时出现在灯谜之中，了解一下谜格还是十分必要的。

举例说明：

1. 党内一律不称官衔（成语，卷帘格）志同道合

按照卷帘格法，就是谜底的字序从后向前倒读来解释谜面。谜底倒过来就成了"合道同志"，这样与谜面的含义十分吻合、贴切，大家一看即明白。

2. 摄影家（外交词语，秋千格）照会

按照秋千格法，谜底限定在两个字，须将谜底二字从后往前移位来扣合谜面。摄影能成为家肯定会照相，经过秋千格的谜底移位，就成了"会照"（会照相），与谜面紧紧扣合，严丝合缝。

3. 走读（哲学词语，白头格）形而上学

按照白头格法来讲，就是把谜底第一个字读成谐音（俗话讲就是念成白字）。头，则表示白字的位置。谜底的"形"读成白字"行"xíng，就与谜面产生了关联，读成"行而上学"。

4. 我欲乘风归去（气象名词，双钩格）高空图上

按照双钩格的定义，谜底前两字和后两字互换位置来读，就成了"图上高空"，这样辅助以格，就与谜面的意思扣合严谨了。

13

5．甲乙丙（作家，徐妃格）　沙汀

按照徐妃格的格规和格法，谜底相同的两个偏旁部首"氵""氵"摒除掉，剩下"少丁"二字，谜面的"甲乙丙"是天干十个字排序的前三位，人们习惯上说：甲乙丙丁，而谜面恰恰"少"了"丁"，这就是徐妃格帮了此谜的忙。

从以上列举的几条带格的灯谜来看，灯谜用格实在是没有办法的办法，是一种特殊的补救措施，无形中降低了灯谜的趣味性和美学欣赏价值。无论从灯谜的欣赏和猜射角度来讲，都提倡最好不用格，尽量少用格是灯谜创作的主流方向。

# 第三章　灯谜与民间谜语的区别

　　灯谜与民间谜语虽然是同宗同源的两兄弟，都属于谜语的范畴，都以转弯抹角的方式来隐射谜底，都具有谜面、谜目和谜底等相同表现形式，但由于灯谜是由古代离合体谜发展而成的文义谜，民间谜语则是由古代赋体谜发展而成的事物谜，所以二者之间具有根本上的区别。上海著名谜家江更生先生曾经将灯谜比喻为格律严明的律诗，将民间谜语比喻为随口唱出的歌谣。目前，社会上很多人都搞不清楚灯谜与民间谜语之间的本质差别，往往将二者混为一谈，等量齐观。为了更清楚地说明它们之间的区别，现列表于下，将二者进行对照比较。

### 灯谜与民间谜语对照表

| | 灯谜 | 民间谜语 |
|---|---|---|
| 本质 | 是一种以文字别解为实质内容的文义谜。 | 是一种以谜底的感性别解形象为实质内容的事物谜。 |
| 构成原理 | 文义的变化是灯谜的内涵和生存依据，其核心是文字的义、形、音的变化而产生的别解，而每一种具体的变化都构成了灯谜的基本要素。 | 事物的特征是民间谜语的内涵和生存的依据，其核心是事物特征的形象概括描写，而每一种具体的描写，都构成了民间谜语的基本要素。 |

| | 灯谜 | 民间谜语 |
|---|---|---|
| 表现形式 | 谜面文字一般较短小精悍，讲究炼字炼句，多为一些常见的单字、词组以及语句，精巧、简洁，概括性强。 | 常以民歌、童谣、顺口溜等作为谜面，讲究押韵且有节奏，读之朗朗上口，而且形象生动。 |
| 扣合形式 | 在汉字义、形、音变化的基础上，运用相应的别解方法，实现面底文字含义互相吻合。要求面底文字前后照应，彼此切合。面底联系比较抽象。 | 主要着眼于谜底事物的形状、动作、性质、用途、颜色、味道等特征，运用拟人、比喻、夸张、象征、双关、谐音等手法来描绘谜底。面、底联系比较具体直观。 |
| 猜射规则 | 有较严格的规则，如面底不准出现重复的字眼；面底在扣合上面讲究贴切、严谨，不允许出现闲字即无法相扣的字；不允许用同一事物的别称来代替谜底，等等。 | 没有灯谜的那些严格规则，只要谜面能够隐射谜底即可。 |
| 传播方式 | 采用书面形式进行制作和传播。 | 采用口头方式进行创作和传播。 |
| 猜谜对象 | 以具有一定文化知识的人群为主。 | 以少年儿童为主，故民间谜语亦称儿童谜语。 |
| 谜例 | 1.两人同离去，直到四点归（自然现象）雨<br>"两"字中的"人"去掉，增添一"直"及"四点"，便可得到"雨"字。 | 1.千条线，万条线，落到河里都不见（自然现象）雨 |

| 灯谜 | 民间谜语 |
|---|---|
| 2. 西楼娇女要出嫁（建筑物）桥<br>"西楼"扣"木"，"娇"去掉"女"余下"乔"，"木"与"乔"组合成"桥"。 | 2. 驼背公公，力大无穷，爱驮什么？车水马龙（建筑物）桥 |
| 3. 田边除去狗尾草（动物）猫<br>"狗"字除去其尾部之"句"余下反犬旁（犭），"草"可扣"艹"，"犭""艹"与"田"组合成"猫"字。 | 3. 像虎不是虎，睡觉打呼噜；白天睡大觉，晚上抓老鼠（动物）猫 |
| 4. 两叶风帆迎晓红（昆虫）蜘蛛<br>"两叶风帆"象形扣两个"虫"字，"晓"同义扣"知"，"红"同义扣"朱"。 | 4. 南阳诸葛亮，独坐中军帐，摆起八卦阵，专捉飞天将（昆虫）蜘蛛 |
| 5. 辞职之后有转机（人体部位）耳朵<br>将"职"字后边的"只"去掉余下"耳"；将"机"字的部件结构转换一下，可以得到"朵"字。 | 5. 东一片，西一片，到老不相见（人体部位）耳朵 |
| 6. 造林养猪百万头（果品）核桃<br>"林"可分拆成两个"木"；按生肖地支借代法，"猪"对应扣"亥"；"兆"为一百万。 | 6. 皱皱床，皱皱被，皱皱姥姥里面睡（果品）核桃 |
| 7. 清明前夜（传统食品）元宵<br>面句之"清明"可别解成"清"朝与"明"朝，它们前面的朝代是"元"；"夜"可同义扣合"宵"。 | 7. 白白的，圆圆的，下锅一煮黏黏的，吃上一口甜甜的，正月十五有卖的（传统食品）元宵 |

第三章　灯谜与民间谜语的区别

**灯谜一点通**

| | 灯谜 | 民间谜语 |
|---|---|---|
| 谜例 | 8.笨头笨脑生得高（日用品）竹篙<br>"头"与"脑"可别解为最高部位，故"笨头"可扣"竹"，"笨脑"亦可扣"竹"，两个"竹"与"高"可组合出"竹篙"二字。 | 8.想当年，绿鬓婆娑。自归郎手，青少黄多。受尽了多少磨难，历尽了多少风波。莫提起，提起来，珠泪洒江河（日用品）竹篙 |
| | 9.个个麾下心发怵（文化用品）毛笔<br>"个个"与"麾"下之"毛"可组合成"笔"字，"心发怵"可会意扣"毛"。 | 9.生在牲口身上，死在竹子巅上，掉在墨水潭里，爬到白石岸上（文化用品）毛笔 |
| | 10.桂林风景丹青绘（美术作品）山水画<br>旅游界有句名言：桂林山水甲天下，故谜面可别解为：将桂林山水绘画出来。 | 10.远看山有色，近听水无声，春去花还在，人来鸟不惊（美术作品）山水画 |
| | 11.外出四月苦求变（蔬菜）胡萝卜<br>将"外"、"四月苦"四个字进行分拆离合，可重新组合出"胡萝卜"三字。 | 11.红公鸡，绿尾巴，一头栽地下（蔬菜）胡萝卜 |

# 第四章 灯谜的两项基本原则

俗话说得好：没有规矩，不成方圆。灯谜既然是文字游戏，当然也得遵循一定的规矩。灯谜有如下两项基本原则：

## 一、面底不相犯

这就是说，凡是在谜面上出现的文字，绝对不可以在谜底中重复出现。如果谜底中出现了谜面的字眼，灯谜术语叫做"相犯"，是绝对不允许的。因为猜灯谜其实就是汉字捉迷藏游戏，面底一相犯，其趣味性就大打折扣，甚至荡然无存了。面底相犯的灯谜，内行者准是猜不出的，因为他们不会将谜面上出现的字眼放进谜底中去思索和考虑。但是，有许多初次接触灯谜的人，由于不清楚这项原则，往往见了谜面上的文字，以为抓住了谜底的重要线索，就一而再、再而三地将谜面上的某个字眼进行组词扩句，结果必然是南辕北辙，适得其反，猜了老半天，还没挨上边。

## 二、别解方成谜

什么是灯谜别解？要回答这个问题，首先要厘清什么是灯谜领域的本义、别义、正解（直解）、狭义别解、广义别解等重要概念。

所谓本义，是指谜底或谜面有关字眼或文句的本来含义。所谓别义，是指内容与本义不同的含义。这里要注意，本义与别义虽然含义不相同，但它们都是共同属于有关字眼或文句本身所包含的固有含义。所谓正解（直解），是指按照本义进行的解释。同理，所谓别解，就是指按照别义进行的解释。换言之，别解就是指与谜底或谜面有关字眼或文句的本来含义（本义）不同的别种解释。

灯谜别解包含有广义别解与狭义别解两部分内容。广义别解是求异思维（发散性思维）在灯谜领域的表现方式。对灯谜创作而言，广义别解是成谜基本原则，或曰成谜总体指导思想。其核心内容是：灯谜底面不能以各自的本义进行直接扣合，否则，底面关系就会变成语文范畴的词语解释。也就是说，底面双方必须在至少有一个存在别解的情况下，才能实现互相扣合。

南朝梁文学批评家刘勰有云："谜也者，回互其辞，使昏迷也。"意思是说，谜本身的特性，决定了谜面只能用寓意隐晦、迂回曲折的文字来影射或暗喻谜底，从而使猜射者感到迷惑。这与灯谜底、面不能以各自的本义进行直接扣合的广义别解理念，无疑是殊途同归、一脉相承的。从这个角度来说，刘勰乃是提出广义别解理念的开山鼻祖，应非谬誉。

所谓狭义别解，则是指包括各种技法和手段在内的成谜具体方法。乍看成谜方法形形色色，五花八门，但由于灯谜创作是建立在汉字义、形、音三要素多变性的基础上的，故高度概括起来，基本上可归纳为会意别解法、借代别解法、拆字别解法、象形别解法、象声别解法及拼音别解法等六大方法，而每个大法门又包含有许多小法门，从而也就使谜苑出现了万紫千红的迷人景象。

如果说，谜面、谜目（有时带有谜格）与谜底是灯谜的表面形式，那么，文字别解则是灯谜的实质内容。下面，我们拟从两个层面进一步介绍别解与灯谜的密切关系。

（一）别解与谜底文字的关系

我们之所以在这里介绍别解与谜底文字的关系，不仅因为汉字是灯谜构成的基本材料，更因为"别解在谜底"是灯谜猜制最正宗、最传统的方法，同时也是最普通、最常用的方法。别解与谜底文字的关系，其实就是指别解对谜底中的单字、词组及整个句子的影响与作用。

1. 别解与谜底单字的关系。这里所说的单字，指具有关键性的单独一个字。正是由于以这个关键单字作为别解对象，从而通过它使谜底的含义发生了根本性改变。这也就是所谓"一字别解，含义尽变"。

造纸发明论贡献（成语）　无与伦比

提起造纸发明，人们马上会想起东汉造纸术发明家蔡伦。正是他发明用树皮、麻头、破布、旧渔网等为原料造纸，于元兴元年（105）奏报朝廷后在民间推广。谜底"无与伦比"本义是没有什么能比得上，今别解为：在造纸发明方面无人能与蔡伦相比，从而与面意切合。正是由于一个"伦"字的别解，从而使谜底的含义发生了改变。

2. 别解与谜底词组的关系。指以谜底的关键词组作为别解对象，从而通过它们使谜底的含义发生根本的改变。

春江水暖鸭先知（医学名词）　禽流感

谜面出自苏轼《惠崇春江晚景》："竹外桃花三两枝，春江水暖鸭先知。蒌蒿满地芦芽短，正是河豚欲上时。"谜底"禽流感"本义是禽流行性感冒的简称，是由Ａ型流感病毒引起的禽类传染病。今别解为：鸭子对水流温度有感知，从而得与面意切合。正是由于对谜底名词进行别解处理，从而使谜底改变了本义，并产生了与谜面含义相吻合的别义。

21

每逢佳节倍思亲（数学名词二） 圆心、正切

谜面为唐诗人王维名句。谜底"圆心"本义指圆的中心点，"正切"定理是三角学中的一个定理。今将谜底别解为：想和亲人团圆的心情很是迫切，从而与面意切合。正是由于对"圆心"与"正切"这两个数学名词进行了别解处理，从而使谜底改变了本义，并产生了与谜面含义相吻合的别义。

3. 别解与谜底整个句子的关系。所谓别解与谜底整个句子的关系，实际上就是谜面本义语境与谜底别义语境的关系。在灯谜中比较常见的是：由于将谜底句子中的某些关键字眼作为别解对象，从而通过它们使整个句子的含义发生根本性改变。

吕子明白衣渡江（成语） 蒙混过关

谜面为《三国演义》第七十五回回目。东吴孙权欲夺荆州，任命吕蒙（字子明）为大都督，统领江东各路军马。吕蒙假装患病，按兵不动。消息传到荆州，关羽信以为真，又欺吕蒙为一介书生，故麻痹轻敌，疏于防范。不料吕蒙暗暗调兵遣将，选会水者扮作商人，皆穿白衣，在船上摇橹，将精兵伏于船中，偷渡过江，轻易就夺取了荆州。谜底本义指用欺骗的手段使人相信虚假的事物。今别解为：吕蒙骗过了关羽。本谜正是由于将"蒙"别解为"吕蒙"，将"关"别解为"关羽"，从而使谜底含义发生了改变，产生了与谜面含义相吻合的别义语境。

有些谜底的整个句子，表面看似乎没有什么字眼可成为别解对象，从而给人一种"没有别解"的假象，其实别解还是有的，由于受到谜面与谜目的约束与限制，亦即由于受到谜面专指对象的变化影响，谜底的本义语境也跟着发生了改变，从而生成了另外一种别义语境。

聋子（五言唐诗一句） 斯人不可闻

谜底出自李白《夜泊牛渚怀古》："余亦能高咏，斯人不可闻。"李白怀古之事，是指镇西将军谢尚镇守牛渚，秋夜乘月泛江，听到袁宏在船上吟咏他自己的咏史诗，非常赞赏，于是邀袁宏过船谈论，直至天明。袁宏从此名声大震。谜底本义是说：李白感叹虽然自己也像当年的袁宏那样才华横溢，吟诗咏史，但像谢尚那样的人物却不可复遇了。由此可见，由于受到谜面"聋子"的约束与限制，谜底"斯人不可闻"已经抛弃其"不会再遇见谢尚"的本义，转而别解为：这个人听不见别人的声音，从而与面意切合。也就是说，尽管谜底没有任何字眼成为别解对象，但由于其专指对象已经从谢尚转化为一般的聋人，故使本谜平添了一些别解味道。

如果说，上述谜例是由于人们忽略了谜底专指对象的变换而出现"无别解"的误判，那么，对于某些成语谜来说，由于人们忽略了谜底本义与喻义之间的变换，同样也会出现"无别解"的误判。众所周知，有相当一部分成语，由于经常使用的是其喻义，反而把其本义忽略了，久而久之，就会形成喻本倒置的习惯。这样一来，当通过谜底的扣合而把谜底的真正本义挖掘出来之后，这个真正本义反而成为别解对象了。下面不妨以一个具体谜例予以说明。

滕王高阁临江渚（成语） 近水楼台

"近水楼台"的来历是这样的：宋朝范仲淹镇守钱塘时，他身边的兵官都被保举了，唯独外任巡检的苏麟没被录用，于是苏麟便写了这样两句诗上呈给范仲淹："近水楼台先得月，向阳花木易为春。"范仲淹很快便将他推荐录用了。从此以后，人们便用"近水楼台"来比喻因接近某人或某事物而处于首先获得好处的优越地位。在本谜中，谜底可作如此解释：滕王阁是临近赣水的楼台，亦即与"近水楼台"的真正本义比较接近，但却与其喻义大相径庭，从而也就产生了别解效果。

（二）别解与灯谜面、底扣合方式的关系

别解与灯谜面、底扣合方式的关系，通常有如下三种情况：

1. 谜面正解，谜底别解。也就是说，谜面原来的含义无须改变，但谜底须作别解处理。

**玄宗下诏征禄山（七言唐诗一句）凭君传语报平安**

谜面的含义是：唐玄宗下诏平定安禄山叛乱。谜底出自岑参《逢入京使》："马上相逢无纸笔，凭君传语报平安。"本义指托入京使带个"我在外一切平安"的口信给家人。入谜后应作如此别解：君王传话说要平定安禄山的叛乱，从而与面意切合。

**看榜没有我名字（成语）一览无余**

谜底本义指一眼看去，所有景物全都看得清清楚楚，形容眼前境界开阔，也指诗文、绘画平淡单调，没有余味。今别解为：一看榜上没有我的名字。显而易见，谜底"余"的本义是"剩余"，如今却别解成"我"。一字别解，底义尽变。

2. 谜面别解，谜底正解。即谜底文字含义没有发生什么变化，谜面含义却因施行了别解处理而发生了改变。

**作家春秋笔法妙（现代作家）巴金**

相传孔子修《春秋》，经学家认为它每用一字，必寓褒贬，后来称文章用笔曲折而意含褒贬的写作手法为春秋笔法。谜面似是赞扬某位作家运用春秋笔法进行写作，写得相当巧妙，其实里面暗藏有一个别解机关。破谜的关键是必须先将谜面顿读成：作 / 家 / 春 / 秋 / 笔法妙。那么，此谜面即变成了是哪一位现代作家，创作了《家》《春》《秋》三部长篇小说，而且笔法很巧妙呢？当然非巴金莫属了。显而易见，谜面被施行了别解处理，但谜底含义没有变化，还是那个原汁原味的巴金！

常熟方言（电视连续剧）《不要和陌生人说话》

谜面本义是江苏常熟地区使用的语言，但入谜后却别解成为：对于经"常"来往的"熟"人"方"可与其说话（言）。按此推理，反过来说，岂不就是"不要和陌生人说话"了吗？值得一提的是，类似这种"谜面别解，谜底正解"的情况，在灯谜实践中并不常见。

3．面、底双别解。指谜面和谜底都不按文字本义而是按其别义进行解释，然后面、底在别解基础上互相扣合。

目不识丁（学校称谓） 男生

谜面本义指连"丁"这样简单的字都不认识，形容一字不识。谜底本义指男学生。入谜后，由于古时称男子为丁、女子为口，所以"目不识丁"可以别解为：不认识男人；而"男生"则可以别解为：对男人感到陌生，从而使面、底在别解的基础上实现互相扣合。

话说宿迁（唐代人） 白居易

谜面"宿迁"本指江苏省西北部一个城市，谜底"白居易"本指唐代一位大诗人，二者似乎风马牛不相及。然而，"话说宿迁"可别解为：说是住宿处已迁移；"白居易"则可别解为：陈述居住处已变换。这样一来，面、底便可以在别解的基础上实现互相扣合。

总而言之，别解是灯谜与生俱来的形影不离的附着体，是灯谜艺术魅力与趣味性的源泉，是灯谜最本质的特征与灵魂。别解存在于灯谜制作过程的始终，就像每个人生来就有独特的标志一样，每一条真正的灯谜，无不刻有别解的烙印。一条灯谜若丝毫没有别解，那只能使面、底关系沦为语文范畴里的词语解释，无异于一具没有灵魂的躯壳。灯谜正是依赖于自身这种别解性，才能与其他东西（包括与之同宗同源的民间谜语）区别开来，才能在纷繁复杂的大千世界中占有一席之地。清末民初灯谜大师张起南曾在他的经典谜著《橐园春灯话》中鞭辟入里地指出："盖谜底决无用本义者，若用本义则不成为谜矣。"1978年上海谜家苏纳戈先生首先喊出"别解方成谜"这个言简意赅而又富有真知灼见的响亮口号，其后又得到了一些谜家旗帜鲜明的响应和支持，从而使别解理念越来越深入人心，广为流传。每个初学灯谜的人，都应当认识到：灯谜之树正是由于有了别解的浇灌与施肥，方能根深叶茂，生机勃勃，万古常青。这是一条被无数灯谜实践检验并证明了的真理。

# 第五章 灯谜常见的六大谜体

作为以文义别解为主要特点的灯谜，由于制作时采用的别解手段和角度的不同，谜面与谜底的扣合方式也会不一样，因而也就产生了各不相同的表现形式，这些表现形式称为体裁，也可称为谜体。当然，灯谜的表现形式尽管千变万化，但万变不离其宗，总离不开汉字义、形、音三要素的变化。一般来说，比较常见的灯谜谜体，有如下六种类型：

属于字义分析范畴的，有会意别解体灯谜（简称会意谜）及借代别解体灯谜（简称借代谜）；属于字形分析范畴的，有拆字别解体灯谜（简称拆字谜）及象形别解体灯谜（简称象形谜）；属于字音分析范畴的，有象声别解体灯谜（简称象声谜）及拼音别解体灯谜（简称拼音谜）。应当指出，就谜体与某种具体成谜方法而言，它们是属于纲与目的关系。换句话说，每一种具体成谜方法只能体现于某一种谜体之内，但每一种谜体之内却可以包含多种具体成谜方法。下面的六节内容将对灯谜的六大谜体及有关成谜方法予以具体介绍。

## 第一节 会意别解体灯谜

会意别解体灯谜，简称会意谜，指在字义分析的基础上，运用会意别解手段制作出来的灯谜。也就是说，通过对谜面的文义进行领会、思考和分析，并运用别解的手段恰如其分地将其含义以另外一种与谜面文字不重复的文字方式予以表达，也就是谜底。总而言之，无论是猜射也好，制谜也罢，都必须使谜面与谜底的含义在别解意境中实现相互吻合。用灯谜的术语，叫做面底扣合。同为会意谜，由于别解的方法与思索的角度各有不同，又可派生出多种扣合形式。会意谜是灯谜中运用得最为普通与广泛的一种谜体，故谜坛有"十谜九会意"之说。现将比较常见的20种会意谜制作法门介绍如下：

## 一、正面会意法

根据谜面所展示的内容进行正面分析、归纳和概括，或者按其比喻含义去领会。一般来说，谜面上的文字不必故意曲解，而是可以将谜面所包含的意思作为依据，通过思索与联想，将谜底揭出。其谜底虽有别解成分，但扣合较为平正通达，流畅自然。如：

说话有礼貌（学科） 语文

"说话"也就是言语，"有礼貌"也就是文质彬彬。所以谜底"语文"也就可以别解为"语言很文雅"。

太阳出来暖洋洋（四字礼貌用语） 光临寒舍

"太阳出来"也就是太阳"光"已经降"临"人间，"暖洋洋"意味"寒"意已经"舍"去。谜底"光临寒舍"本来是一句对别人上门拜访表示欢迎的礼貌用语，经过别解处理之后，其本义已荡然无存，却形成了另外一种别义：阳光来临，寒意消失。这样一来，也就产生了一种"出人意料之外，合乎情理之中"的幽默效果。

在正面会意谜中，运典手法采用颇多。所谓运典，就是谜面运用有关典故，例如历史事件、名人轶事、成语掌故、古典小说、民间传说、寓言轶事、戏剧情节、诗词曲赋等等，通过别解手段，从谜底中找出可以特殊替代的字眼，并使谜底含义发生变化，从而与谜面典故相切合。请看下面的运典谜：

1. 东坡投石助少游（化工产品） 苏打水

面典出自名人轶事"苏小妹三难新郎"。苏小妹乃苏东坡之妹，新郎指著名词人秦观（字少游）。苏小妹在新婚之夜出了三道难题考新郎，新郎只有全部答出方能进入新房。第一题是做绝句一首，第二题是从四句诗中猜出四个古人，少游都顺利过了关。第三题是以"闭门推出窗前月"为上联对出下联。少游左思右想，却一筹莫展。只听得谯楼三鼓将阑，少游构思不就，愈加焦躁不安。却说此时东坡尚未曾睡，且来打听妹夫消息，望见少游在庭中搓手顿足，喃喃自语，口里只管吟哦上联文字。东坡于心不忍，欲助妹夫一臂之力。庭中有花缸一只，贮满清水，此时少游正倚缸看水。东坡灵光乍现，心中窃喜道："有啦！"但转念一想：如果直接报出下联，万一小妹知晓，那少游岂不是没有面子？东坡于是远远站着咳嗽一声，就从地上取了一颗小石子，投向缸中。那缸水为石子所激，跃起几点波浪，水中天光月影，纷纷淆乱。少游当即豁然开朗，遂援笔对云："投石冲开水底天。"终于没有错过这一刻千金的洞房花烛夜。

谜底"苏打水"本是碳酸氢钠的水溶液，含有弱碱性，医学上外用可消毒杀菌，饮用可中和人体内的酸碱平衡。入谜后，应别解为："苏"东坡投石"打水"，帮助少游渡过难关。

2. 南京大屠杀，究竟谁所为（7画字） 旱

谜面典故为中国现代史事件：1937年12月13日日军侵占南京后，在松井石根和谷寿夫的指挥下，进行大规模的烧杀淫掠，

持续达六周之久。中国平民和被俘士兵被集体枪杀、焚烧、活埋以及用其他方法处死者，达30万人以上。同时，南京城三分之一的房屋被焚毁，几乎所有的商店被抢劫一空。这是日本军国主义对中国人民犯下的滔天罪行。

谜底"旱"可拆成"日干"二字，应别解为"乃是日本侵略者所干"，从而明确地回答了谜面的提问。

### 3．一败涂地（电学名词）　负极

谜面为成语，指一旦失败就肝脑涂地。现多用来形容失败到了不可收拾的地步。谜底"负极"亦称阴极，指电池等直流电源中放出电子带负电的电极。入谜后应别解为"失败到了极点"。

### 4．今日扶林教头为山寨之主（成语）　首当其冲

面文出自古典小说《水浒传》第十九回"林冲水寨大并火"。当林冲把王伦首级割下来，提在手里时，吴用就血泊里拽过头把交椅来，叫道："如有不服者，将王伦为例！今日扶林教头为山寨之主。"谜底本义指最先受到攻击或遭遇灾难。今将谜底中的"冲"字从"要冲"本义转变为"林冲"之别义，整个底可别解为：首领应当是林冲！从而与面意相切合。

### 5．郑人买履（成语）　不足为凭

面典出自《韩非子》的寓言故事。从前有个郑国人，打算到集市上买双鞋穿。他先把自己脚的长短量了一下，做了一个尺子。他走到集市上正要买鞋，却发现尺子忘在家里了，就对卖鞋的人说：我把鞋的尺码忘在家里了，等我回家把尺子拿来再买。说完，就急急忙忙地跑回家，拿了尺子，又慌慌张张地跑到集市。这时，天色已晚，集市已经散了。他白白地跑了两趟，却没有买到鞋子。有人问他："为什么不用你的脚来试鞋呢？"他回答道："我宁愿相信量好的尺子，也不相信我的脚。"谜底"不足为凭"本义是

不足以作为凭据，今别解为：不以自己的脚（足）作为凭据，从而与面意相切合。

6. 牛郎织女盼七夕（时间用语） 二星期

牛郎织女为神话人物，乃从牵牛星、织女星星名衍化而来。传说织女为天帝之女，织造云锦。嫁给牛郎后，织锦中断。天帝大怒，责令二人分离，仅每年七夕才得相会一次。谜底"二星期"别解为：牵牛织女二星所期盼，从而与面意相切合。

7. 许仙揭帐丧魂胆，白氏上山取灵芝（成语，双钩格） 打草惊蛇

面典出自传统戏剧《白蛇传》中的两个情节。许仙受法海的唆使，在端午节那天劝妻子白素贞饮了雄黄酒，白氏难抗酒性，卧在床上现了原形。许仙见状，顿时惊吓而死。白素贞为了抢救许仙，历尽艰辛，不顾安危，潜入昆仑山顶，盗回灵芝草，救了夫君一命。谜底常常用来比喻采取机密行动时，不慎惊动了对方。入谜后，将喻义转化成本义：由于扑打草丛而惊跑了蛇。本谜别解之处就在于"打草"中的"草"别指为灵芝草，"惊蛇"中的"蛇"别指为白素贞。以"许仙揭帐丧魂胆"会意扣"惊蛇"，可谓情景生动，惊心动魄；以"白氏上山取灵芝"会意扣"打草"，可谓情深义重，感人肺腑。谜底"打草惊蛇"四字按双钩格规定，将前二字与后二字互换位置，变成"惊蛇／打草"，从而与面句顺序对应，顺理成章。

8. 看榜已无朋辈在，归家唯有子孙迎（三字教育称谓） 老高中

面典出自"龙头属老成"，用于晚年考试得中的自慰或慰人。据《宋史·梁灏传》载，相传梁灏八十二岁中状元，其《登科谢恩诗》云："天福三年来应举，雍熙二载始成名。饶他白发巾中满，

且喜青云足下生。看榜已无朋辈在，归家惟有子孙迎。也知年少登科好，争奈龙头属老成。"谜底"老高中"本义指"文化大革命"以前的高中生，今别解为：老年方得考试高中。在这里，"中"字的读音应从本音 zhōng 别读成 zhòng，从而得与面意相切合。

关于典故谜的好处，吉林长春谜家王春台先生在其《中华灯谜》一书中，曾作过如下精彩的阐述："运典成谜，弥补了灯谜不能长篇大论的不足，它经过精心的构思，高度概括，把典事缩为一个词、一句诗、一句话，道出了一件事的前因后果，使谜优雅大方、自然得当、典雅浑成、寓意深邃、谜味浓厚，从而达到了隽逸传神的境界。谜面用典既美化了谜面的文字，又美化了整条灯谜，给谜带来了故事性和文学性。因此，运典法所成之谜可谓谜中高档品，集文学、史学、谜趣于一体，力在典实，功有别解。可见，运典谜的猜制会有利于增长历史知识，有利于开拓谜的表现题材，有利于增强谜的艺术效果。作谜者出典，猜谜者应典，极天成之巧、自然之致。运典法成谜真是别树一帜的成谜大法。"

与典故谜有关的制谜方法，除了上述最常用的普通运典法之外，尚有创典法、谐典法及有典化无典法三种。

所谓创典法，是指谜面看似用典，其实并无经典文献作为佐证。但实际上此事在人物关系、故事情节上并无违反逻辑或常理之处，有存在的可能，所以称之为创典法，实质上是假借可能存在的典故进行制谜的方法。例如：

1. 铁扇公主为夫拂弦（成语）　对牛弹琴

《西游记》中并无此情节，但作为牛魔王的妻子，铁扇公主弹琴给丈夫听不是没有可能的。谜底可别解为：对着牛魔王来弹琴。

2. 袭人道："这是琏二少爷家姑娘讲的。"（成语）　花言巧语谜面"琏二少爷家姑娘"亦即贾琏、王熙凤的独生女巧姐。谜底"花言巧语"原义指说虚假动听的话,今别解为:花袭人讲,这是巧姐说的。谜面仿佛是袭人向谁解释:这话不是我讲而是巧姐讲的。其实《红楼梦》里无此情节,但她说的话符合人物身份,不悖常理,故可成立。

3. 向翼德探询籍贯(《黄河大合唱》歌词二句)  张老三我问你,你的家乡在哪里

《黄河大合唱》由光未然作词,冼星海作曲,1939年于延安问世。谜底的两句歌词出自表现两个老百姓对话的男声对唱之中。谜面的"翼德"亦即三国人张飞的字。刘、关、张三人在桃园结拜兄弟,刘备为老大,关公为二,张飞为老三。谜底的"张老三"本义指一位山西籍的老百姓,入谜后别指为张飞。谜底可别解为:探询张飞的家乡在哪里,从而得与面意相吻合。有一条老谜,以"张翼德查户口"猜七言唐诗"飞入寻常百姓家"。由于认为三国时还没有"查户口"之事,故此谜被谜人抨击为"胡乱编典"之典型。但就本谜而言,《三国演义》虽然没有"向翼德探询籍贯"的具体情节,但在张飞的人际交往中,这种情况是完全有可能存在的。因此,本谜可作为创典谜看待。由此可见,创典谜中之佼佼者,也同样具有谜趣盎然的艺术魅力。

所谓谐典谜,是指借用诙谐幽默的创作手法,利用一些广为人知、影响较大的文艺作品中的典型人物,杜撰出某些故事情节,最终使谜面与谜底实现扣合。

1. 关公战李逵(成语)  大刀阔斧

关公是三国时人,其武器是一把青龙偃月刀;李逵是《水浒传》中人物,其武器是一对大斧。他们二人都是武艺高强的好汉,如果对打起来,肯定是"大刀"战"阔斧"了。但这是"大刀阔

斧"的别解,谜底的本义,却是形容办事果断而有魄力。也就是说,入谜后谜底含义已经发生了根本的改变,变成与谜面意思相吻合的别义了。

2. 武大郎开店(外国画家二) 凡·高、莫纳

在《水浒传》中武大郎是沿街卖烧饼,没有开店。而本谜面是著名漫画家方成作于1980年的一幅漫画题目,画面借用了歇后语"武大郎开店——高我者不用"的寓意,讽刺了那些嫉贤妒能、不敢任用水平比自己高的人。谜底"凡·高"本为荷兰画家,"莫奈"本为法国画家。如今可别解为"凡"是"高"于我者一个都不(莫)接"纳",从而与面意吻合。当年方成此画刊出后,好评如潮,广为流传,成了众所周知的"当代典故"。

(编者注:"莫纳"的正确译名应为"莫奈"。此处为谜语面底扣合的需要,用了此画家的旧译名。)

所谓有典化无典,指谜面似乎是借用典故,实际上却布下疑阵,瞒天过海,在扣合谜底时不按原来的典故来考虑,只通过对谜面文字进行别解,从而将谜底推导出来。如:

1. 羊续悬鱼时少见(14画字) 鲜

典出《后汉书》。东汉时,羊续为南阳太守,当时的一些权贵之家多崇尚豪华奢侈。羊续非常痛恨这种生活,过着俭朴的日子。有一次,有府丞送鱼给他,他把鱼挂了起来。后来府丞再送鱼给他时,他把所挂的鱼拿出来教育府丞,杜绝了馈赠。

要猜本谜,首先应将"羊续悬鱼"典故抛开,对谜面文字进行别解处理:在"羊"字旁边添上(悬)一个"鱼"字,不就是"鲜"字吗?谜面尚有"时少见"三字,其实是用来将谜底进一步锁定为"鲜"字,因为"鲜"字本身也有"少见"的含义。由此可见,本谜是一个拆字兼会意混合的谜体。

2. 女真侵宋分南北（10画字） 案

乍看谜面，似乎是运典谜。但本谜面、底扣合却与史实毫无关系，只与拆字法中的离合法与方位法有关。首先将"宋"字按方位南北分拆出"宀"与"木"，然后将谜面的"女"字转入谜底，并成为构成底字的部件之一，最终便可组合出谜底"案"字。

由此可见，一般的运典法（包括创典法与谐典法），都属于正面会意法范畴；而有典化无典法，则只能对谜面文字进行别解，否则，谜面的典义就无从化解了。

## 二、反面会意法

反面会意法与正面会意法相反，是根据谜面的提示，从谜面反面去领会、思索和联想，最终将谜底推导出来。其谜底对谜面虽是"反其意而用之"，但从整体上讲，仍不失谜面所表达的含义。这类谜的谜底中，有时会出现一些含有否定意思的字眼，如：不、非、莫、勿、毋、休、无、别、逆、反等等。

1. 黑（9画字） 皈

"黑"反过来自然是"白"了。

2. 从来不学坏（三字礼貌用语） 老师好

既然从来不学坏，当然老是（师）学好的了。

3. 愚蠢则无益（国家） 智利

愚蠢无益，机智有利。

4. 不弄明白不罢休（昆虫） 知了

只有"知"晓之后才会"了"结。

5. 华夏崛起没有错（古文篇目）《隆中对》

"隆"有"突起"、"崛起"之意，中华崛起当然是对的。

6. 个个都是大笨蛋（武器） 无人机

既然个个都是笨蛋，自然是没有一个人是机智聪明的了。

7. 只闻歌功颂德声（四字常言） 没听说过

只是听闻歌功颂德声，自然是没有听到说过失的声音了。

8. 己所不欲，勿施于人（歌曲）《爱的奉献》

谜面的意思是说，自己不愿意接受的，不要施加于别人。反过来说就是：自己所喜爱的，才呈献给别人。

## 三、侧面会意法

指谜面与谜底之间既不是正面会意扣合，也不是反面扣合，而是以旁敲侧击的方式从侧面扣合。当谜面文字中出现了与组合性俗称有关的提示，或彼此之间是有机关系的关联者，用这种方法破谜最适合。

什么是组合性俗称呢？就是指两个或两个以上具有平衡关系的事物，约定俗成地合在一起称呼。往往这些称呼前面都冠以数目字，诸如二纪（指日、月）、三废、四季、五岳、六畜、七雄、八音、九族（即高祖、曾祖、祖、父、己、子、孙、曾孙、玄孙）等等。

什么是有机关系的关联者？这是指一些事物或人物之间有着比较密切的联系。如人体和动物的"皮、肉、骨"等，植物中的"根、茎、花、叶、果"等，人际关系中的"兄弟、姐妹、夫妻、子女、父母、师生、主客"等，方位中的"东、南、西、北、中"等等。

制谜者在利用上述这些关系时，总是有意识地省去其中一个或几个，存心把它们经过别解后潜伏于谜底中。所以猜这类灯谜时，就要仔细玩味分析谜面文字的含义，看看它们是否与组合性俗称有关，或者彼此是否有一定的关联。一旦发现个中端倪，便可以由此及彼、旁敲侧击猜出谜底来。

1. 杀了不吓猴（菜肴） 白斩鸡

熟悉成语的人，一看谜面就会马上联想起"杀鸡吓猴"这条成语，本义是指杀掉鸡来吓唬猴子，喻义指通过严惩一个人以警告其他人。谜底是南方人常吃的一种菜肴，将整只鸡煮熟后，切成块，吃时配以独特的佐料。既然谜面已说明鸡是杀了但吓唬不了猴，言下之意就是将鸡白白斩杀，浪费了。

2. 司马懿、司马昭（二字称谓二） 师父、师弟

只要弄清楚谜面人物之间的关系，本谜即可迎刃而解。司马懿是三国时魏国大臣，其大儿子是司马师，二儿子是司马昭。所以谜底的"师父"应别解为"司马师之父"，亦即司马懿；"师弟"别解为"司马师之弟"，亦即司马昭。

3. 东北地区辽宁省（18画字） 黙

看了本谜的面与底，也许许多人会丈二和尚摸不着头脑。这是因为他们不知道，对于字谜的猜制，绝大部分是使用面、底双别解法。也就是说，除了底字需要别解，谜面更要别解。谜面纯粹正解的字谜，数量并不很多。因此，我们在接触到字谜的时候，首先应该运用别解的眼光来"扫描"一下谜面，对谜面文字进行别解分析和处理。只有当谜面别解法行不通时，才运用谜面正解法来破谜。

众所周知，东北地区包括辽宁、黑龙江和吉林三个省。"省"字是本谜的谜眼或称破谜的关键词。只要对"省"字进行别解处理，也就是说，不取"省"字的行政区域的本义，而取其"省略"之别义。将谜面别解为"东北地区省掉了辽宁"，那么，我们就会在山穷水尽疑无路之际，突然看到柳暗花明又一村了。试想，东北地区如果"省"去了辽宁，那就只有黑龙江和吉林两个省。而黑龙江简称"黑"，吉林简称"吉"，"黑"与"吉"组合

起来，不就得出底字"點"了么？巧合的是，谜底这个"點"xiá
字，有聪明而狡猾的含义。而我们这条字谜，也堪称是一条"聪
明而狡猾"的灯谜了！

4. 七仙女下凡配董郎（成语） 六神无主

谜面取材于传统剧目《天仙配》的情节。谜底本是形容因惊
慌或着急而没有主意。如今需将"六神"与"无主"分别进行别解。
"六神"别解为六位神仙，亦即七仙女的六个姐姐。至于"无主"，
不妨先说一下"名花有主"这句成语。该成语是用来比喻一个漂
亮的女人，已经许配给别人或者已有了对象。所以，本谜的谜底
便可以这样别解了：七位仙女之中还有六位尚未许配人家，从而
得与面意切合。

5. 熟悉《论语》《中庸》与《孟子》（教育称谓） 大学生

显而易见，谜面罗列了四书中的三种书，唯独少了《大学》。
既然只是熟悉谜面中的三种书，那就不难推导出：对《大学》是
生疏的，而这也就是谜底的别解内涵！

6. 车马炮出击，帅相仕上阵（成语） 按兵不动

谜面是在告诉猜者：象棋红方六种棋子都参与了博弈，唯独
棋子"兵"毫无动作。也就是说，红方按"兵"不动，不知其葫
芦里面卖的什么药。谜底本义是使军队暂不行动，等待时机。入
谜后别解为：红方的"兵"没有行动。

7. 朗读《百家姓》，漏掉头个字（五字口语） 开口就是钱

如果按正常读法，《百家姓》最前面一句是"赵钱孙李"。但是，
如果漏掉头个字亦即"赵"字的话，那么开口朗读《百家姓》时，
第一个字必定是"钱"字无疑。而这"开口就是钱"也就是与谜底
本义不同的别一种解释了。谜底本义是讽刺那些一切向钱看的庸俗
卑下的社会现象，如今借助别解魔力，谜底抹去了"钱"字身上的

铜臭味，变成为中国人一个常见的姓氏。猜谜的乐趣油然而生。

## 四、谜面分扣法

谜面分扣法指谜面并不以一个完整的含义去拢扣谜底，而是要把谜面进行分割处理，即把整个谜面视为一个一个片段，化整为零，再根据一个个片段分别求出与它所对应的谜底文字，最后把一个个片段谜底连接起来就是正式谜底了。

1. 大帝（二字网络称谓）　博主

谜面"大帝"本义是对历史上一些政绩斐然的伟大君主的赞美称号，谜底"博主"本义指博客的主人。今运用谜面分扣法，以"大"同义扣合"博"，以"帝"同义扣合"主"。

2. 眉月（八字俗语）　远在天边，近在眼前

谜面本义指好像眼眉一样的新月；谜底本义指所寻找的对象看似很遥远，实际上就在面前。今运用谜面分扣法，以"月"的位置会意扣合"远在天边"，以"眉"的位置会意扣合"近在眼前"。

3. 绰号结巴（六字成语）　名不正，言不顺

谜面本义指某人有个叫做"结巴"的绰号；谜底本义指名分不正，说话就不顺理。今运用谜面分扣法，以"绰号"会意扣"名不正"，别解为"不是正名"；以"结巴"会意扣"言不顺"，别解为"言语不顺畅"。

4. 太后、皇后（神话人物）　王母娘娘

"太后"指帝王的母亲，"皇后"指帝王的妻子。"王母娘娘"亦称西王母、瑶池金母，神话中其由先天阴气凝聚而成，是所有女仙之首，掌管昆仑仙岛。今运用谜面分扣法，以"太后"会意扣"王母"，别解为帝王的母亲；以"皇后"同义扣"娘娘"，因为皇后或贵妃也称"娘娘"。

5. 拒绝吃药打吊针（三字常言） 不服输

运用谜面分扣法，以"拒绝"会意扣"不"，"吃药"会意扣"服"（服药），"打吊针"扣"输"（输液）。

6. 开到几码，便于节油（成语） 多快好省

谜面的意思是说，汽车要开到多快，才有利于节省汽油。谜底本义指从事社会主义建设要又多、又快、又好、又省。今运用谜面分扣法，以"开到几码"会意扣"多快"，以"便于节油"会意扣"好省"。

7. 爱护花木，勿拴牲畜（成语） 不折不扣

谜面是公园或花圃里十分常见的警示标语。谜底本义为不打折扣，表示完全、十足、彻底。今运用谜面分扣法，以"爱护花木"会意扣"不折"（别解为"不折断花木"），以"勿拴牲畜"会意扣"不扣"（别解为"不将牲畜拴在花木上面"）。

8. 用句号行，用逗号也行（成语） 可圈可点

谜底本义指文章精彩，值得加以圈点，形容表现好，值得肯定或赞扬。今运用谜面分扣法，以"用句号行"会意扣"可圈"（句号为小圆圈），以"逗号也行"会意扣"可点"（逗号为一小点）。

9. 愚公志，精卫恨，玄奘愿（古籍）《山海经》

"愚公志"指愚公移山的志愿。"精卫恨"指炎帝的女儿女娃，在东海游玩时淹死在海里，变成精卫鸟，常到西山去衔树枝和石块，想填平东海。"玄奘愿"中的"玄奘"是《西游记》中唐僧的法号，他的愿望就是要去西天取真经。今运用谜面分扣法，以"愚公志"扣"山"，"精卫恨"扣"海"，"玄奘愿"扣"经"。

10. 大漠孤烟直，长河落日圆（五字成语） 无风不起浪

谜面出自唐人王维《使至塞上》诗。谜底是比喻事物的产生总有原因。今运用谜面分扣法，以"大漠孤烟直"会意扣"无风"，

别解为：大漠中的孤烟之所以直，原因就是没有风；以"长河落日圆"会意扣"不起浪"，别解为：长河落日之所以圆，原因就是没有掀起波浪将落日遮蔽。

11. 言语不多，反应敏捷，为人狡诈（体育比赛项目） 短道速滑

运用谜面分扣法，以"言语不多"会意扣"短道"（别解为"缺少讲话"），以"反应敏捷"会意扣"速"（别解为"快速"），以"为人狡诈"会意扣"滑"（别解为"滑头"）。

12. 代父从军曾有女，佐周伐纣又何人（《水浒传》人物诨号） 花和尚

代父从军的是花木兰，佐周伐纣的是姜尚（字子牙）。谜底"花和尚"原是《水浒传》人物鲁智深的诨号，今应别解为：是花木兰和姜尚，从而与谜面含义相切合。

13. 比干缘何遭惨死，勾践因此可吞吴（成语） 提心吊胆

谜面包含两个典故。一个是"比干剖心"：比干是商纣王的叔叔，为人忠诚正直，因看不惯纣王荒淫失政，暴虐无道，经常犯颜直言劝谏。终于有一次，纣王恼羞成怒，杀心顿起，对他吼叫道："我听说圣人的心有七窍，今天我倒要看看你的心是不是七窍！"遂杀害比干，挖出其心。另一典故出自"卧薪尝胆"：公元前494年，吴国进攻越国，越王勾践向吴国称臣，被扣留在吴国，受尽侮辱。后来吴国放他回国，他立志报仇。除了在柴草上面睡觉之外，他还将一个苦胆悬挂于房间内，坐卧出入都要看上一眼，吃饭、睡觉之前都要尝一尝，以鞭策自己不忘耻辱。经过长期努力，越国逐渐强大，终于起兵消灭了吴国，报了前仇。

谜底"提心吊胆"常用来形容十分担心或害怕。今按谜面分扣法，以"比干缘何遭惨死"会意扣"提心"，别解为"由于被

提走了心"；以"勾践因此可吞吴"会意扣"吊胆"，别解为"由于悬吊苦胆"，从而得与面意相切合。

14. 借问酒家何处有，牧童遥指杏花村（八字俗语） 君子动口，小人动手

谜面出自唐人杜牧《清明》诗，意思是说，当游人向人请问何处有卖酒的人家时，那牧童伸手遥遥指着前面的杏花村。谜底本义指修养好的人坚持以理服人，缺乏教养的人动辄以武力压人。

今运用谜面分扣法，以"借问酒家何处有"会意扣"君子动口"，别解为"君子在开口询问"；以"牧童遥指杏花村"会意扣"小人动手"，别解为"小孩用手指着杏花村"，从而使面底得以圆满扣合。

### 五、谜底顿读法

在讲该法之前，先讲一个笑话。从前有个住在小巷尽头处的屋主，因讨厌别人经常在其家门前小便，便贴出一张告示："此地不通行，不得在此小便。"由于他写字没有加上标点，后来有一个好事者抓住这个漏洞，便跟他开了一个玩笑，在他的告示上添了两个逗号，于是这张告示便被人读成："此地不通，行不得，在此小便！"你看，由于好事者略微施展了顿读别解手法，这张告示的含义就截然不同了。

在灯谜中其实也经常会碰到类似上述笑话的情况，即制谜者故意将谜底的文字，运用顿读别解手法处理，一改传统习惯读法，使其产生与原义不同的别义，从而也就产生了"出乎意料之外，合乎情理之中"的谐趣幽默效果，令人不禁会心而笑，甚至令人捧腹、喷饭！不妨看看如下谜例：

1. 垂泪痛说塞车苦（市政管理用语） 下水道不通

表面看来，谜面是诉说塞车路不通，谜底是说下水道堵塞不通，二者风马牛不相及。然而，当我们运用谜底顿读法来进行分析，将谜底顿读成"下水 / 道 / 不通"时，面底扣合关系便一目了然了。你看，"垂泪"不就是流"下"了泪"水"吗？"痛说"不就是"道"吗？"塞车苦"不就是路"不通"吗？看似没有什么关联的面与底，如此却丝丝入扣了。

2. 破格录取真高兴（五字口语） 特招人喜欢

谜底本义指某个人特别让人觉得可爱。入谜后，应顿读为"特招 / 人喜欢"来切合面意。"破格录取"也就是"特招"，"真高兴"也就是"人喜欢"。谜底通过顿读改变了本义，从而与谜面含义相吻合。

3. 柯烂不知人世换（六字计算机用语） 正在下载更新

"柯"就是斧子的柄。"烂柯"是指晋代王质上山砍柴，遇仙人弈棋，置斧而观，顷刻斧柯尽烂，等他回家后已看不到同时代人的故事。谜底本义指从互联网或其他计算机上获取信息并装入到某台计算机或其他电子装置上。今将谜底顿读成：正在下 / 载更新，别解为：仙人正在下棋，人世间的年月早已更新了，从而与谜面含义相切合。

4. 醉酒驾车，掉进河里（四字卫生保健用语） 多喝开水

谜面这位醉驾者，确实够倒霉的。当然，酒驾、醉驾必然会酿成苦果。谜底本义是提倡多喝开水以利健康，但一经顿读成"多喝 / 开 / 水"，其义顿变，变成为与谜面含义相同的另一种文字表达方式：由于"多喝"了酒，醉后把车"开"到河"水"里。谜底顿读的魅力，由此可见一斑。

5. 行贿领导，白费心机（唐诗目连诗人）《塞上》司空图

谜面说的是，自从党的十八大以来，在以习近平同志为总书记的党中央的正确领导下，反腐倡廉的号召深入人心，许多领导干部严于律己，率先垂范，从而使行贿者无隙可击，徒劳无功。谜底的"司空图"，是唐末诗人、诗论家。他作《诗品》二十四则，以四言韵语，形容诗的各种境界，以诗论诗，对后世诗论颇有影响。入谜后，谜底顿读成"塞上司 / 空图"，别解为：向上司行贿的企图落了空，从而与谜面含义相切合。

6. 不要扩张，不要逞能（山名三）莫干、大别、太行

谜底原指莫干山、大别山、太行山。今将谜底顿读成"莫干大 / 别太行"，"莫干大"可别解成"不要盲目扩大扩张"，"别太行"可别解成"不要太过逞能"，从而与谜面相切合。

7. 此番回来后，公派外出少（五字口语）这还差不多

谜底的意思是说：这回基本上达到了要求。运用谜底顿读法，顿读成"这还 / 差不多"，别解为：这次回还之后，出差不多，从而与面意吻合。

8. 碧眼儿坐领江东（《水浒传》泊号三、泊人一）小霸王、短命二郎、紫髯伯、孙立

谜面为《三国演义》第二十九回回目，"碧眼儿"指孙权，书中说他"生得方颐大口，碧眼紫髯"。谜底的"泊人"和"泊号"是指梁山水泊108位好汉及其诨号，具体来说，谜底指的是：小霸王周通、短命二郎阮小五、紫髯伯皇甫端和病尉迟孙立四个人。入谜后，谜底应顿读成"小霸王短命 / 二郎紫髯伯孙立"以切合谜面。由于孙权的长兄孙策绰号为"小霸王"，所以整个谜底可别解为：小霸王孙策一命归西，生得碧眼紫髯的二弟孙权确立为吴国国王。本谜谜底包括三个泊号、一个泊人名，总共12个字，

乍看有点纷繁复杂。但凭借在谜底文字中的一处顿读，便能将孙策殒命、孙权继位的情况交代得一清二楚。这不但反映出顿读手法的巧妙、灵动，也表明了中华灯谜的的确确是变化多端、妙趣横生！

9. 看阁下身材魁梧，脑瓜贼灵（六字俚语） 见你个大头鬼

乍看本谜面底的含义有些褒贬相悖：谜面是赞扬对方不但四肢发达而且头脑不简单；但谜底的"大头鬼"却是指不吉利的人或事，有点骂人的味道。那么，它们是如何扣合的呢？将底顿读成"见你个大／头鬼"，别解为：看你个子够大，头脑机灵，从而得以与谜面切合。

由本谜的扣合方式，不禁使人回想起有"谜圣"誉称的近代灯谜家张起南的一段谜论："作谜者如化学家之制造物品，一经锻炼，即变其本来的性质。无论圣经贤传，大义凛然，一入制谜家之手，则颠倒错乱，嬉笑诙谐，无所不至。盖谜底决无用本义者，若用本义，即不成为谜矣。"（《橐园春灯话》）显而易见，本谜也可以算是谜圣上述论述的一个具体佐证吧。

10. 头脑呆板没本事，只好再度去求学（六字常言） 人死不能复生

本谜运用顿读别解法，将谜底顿读成"人死／不能／复生"，从而与面意相吻合。"人死"可别解为"人的脑筋死板"；"不能"可别解为"没有能力和本领"；"复生"可别解为"重复当学生"，也就是"再度去求学"之意。这样一来，谜底就完全脱离了"人死不能复生"的本义，另取别义，实现与谜面相切合。

## 六、承上启下法

本法以具有上下文连贯意思的诗词文句或者多字成语、俗语

及歇后语为谜面，或承接上文，或启示下文之含义去扣合谜底。

承上法很多以诗词文句的下句为谜面，猜射时应承接上句含义，启动并施展别解思维，最终求得合适的谜底。如：

桃花依旧笑春风（欧阳修词一句） 不见去年人

谜面出自唐人崔护《题都城南庄》："去年今日此门中，人面桃花相映红。人面不知何处去，桃花依旧笑春风！"谜底出自宋人欧阳修《生查子》词："今年元夜时，月与灯依旧。不见去年人，泪湿春衫袖。"本谜根据承上法的要求，承接谜面上句"人面不知何处去"的含义，即可推得谜底为"不见去年人"。当然，尽管崔护与欧阳修都是不见了去年心仪的女子，但她们肯定不是同一个女子。而这也就是本谜别解因素之所在。

此地空余黄鹤楼（离合字） 人禽离

谜面出自唐人崔颢《黄鹤楼》诗。本谜根据承上法的要求，承接谜面上句"昔人已乘黄鹤去"的含义，即可推得谜底为"人禽离"。黄鹤是一种飞禽，谜底可别解为：昔人与黄鹤（禽）都离去了。

启下法是以诗词文句的上句为谜面，猜射时应启示下句含义，启动并施展别解思维，最终求得合适的谜底。如：

春宵苦短日高起（食品） 朝鲜料理

谜面出自白居易《长恨歌》，谜底本是朝鲜的餐饮食品。本谜根据启下法的要求，对谜面下句"从此君王不早朝"的含义进行别解分析处理，得以推导出谜底"朝鲜料理"，别解为：对朝政鲜于打理，从而与下句含义相切合。

丞相祠堂何处寻（外国首都） 柏林

谜面出自杜甫《蜀相》，谜底是德国首都。本谜根据启下法的要求，对谜面下句"锦官城外柏森森"的含义进行别解分析处理，得以推导出谜底"柏林"，别解为：丞相祠堂就在高大茂密的柏树林，从而与下句相切合。

在启下法灯谜中，除了大量运用诗词文句配面之外，也有不少是利用多字成语、俗语和歇后语的前半部分作为谜面的。如：

鹬蚌相争（9画字）　俐

谜面出自八字成语"鹬蚌相争，渔人得利"。鹬是一种长嘴的水鸟。鹬和蚌互相争持，捕鱼的人从中得到好处，把鹬和蚌都抓住了。如今按照启下法的要求，从谜面下句"渔人得利"的含义中，联想推导出谜底"俐"字，因为"俐"字又可分拆出"人利"二字，从而与谜面切合。

新官上任（12画字）　焱

谜面出自七字俗语"新官上任三把火"，指新上任的官总要先做几件有影响的事，以显示自己的才能和胆识。如今按照启下法的要求，从谜面下句"三把火"的含义中，联想推导出谜底"焱"字。"焱"的读音为 yàn，除了作姓氏外，还含有火花、火焰的意思。

以歇后语上句作为谜面的灯谜不多，如：

猫哭老鼠（离合字）　非心悲

谜面出自歇后语"猫哭老鼠——假伤心"。谜底"非心悲"就是按照启下法的要求，从谜面下句"假伤心"的含义中，联想推导出来的。

综观承上启下法灯谜，启下法比承上法使用得更多。此外还有一点应当注意，启承法灯谜的上下句，都必须存在着内在的有机联系，可互为因果，或彼此呼应，这样才能发挥其承上启下的作用，才能达到谜味盎然的效果。否则，如果用意思截然分割、毫不相干的上下句来作谜面，其结果必将给人以丈二和尚摸不着头脑的感觉，既无法承上，也无法启下。

### 七、有问有答法

有问有答法是由谜面提出问句，以谜底来作为答句，用一问一答的方式使面底互相扣合。谜面的问题虚实隐现，变幻多端；谜底的回答婉转奇巧，因果分明。当然，这种答句决不是通常的知识测验答案，而是经过别解含有谜趣的答案。

1. 矿石何处寻（行政区域） 广西

将谜面问题改变本来的含义，别解为另外一个问题："矿"字之中的"石"字处于什么方位？这样一来，答案就一目了然了："石"字处于"广"字的"西"边，也就是"广西"。

2. 路边传单派给谁（经济名词） 发行人

"发行人"本指发出新印制的货币、债券或新出版的书刊、新制作的影视等的单位。如今可望文生义地别解为"发给行人"，亦即传单派发给路上的行人，从而回答了谜面的提问。

3. 孟母三迁欲何为（佛教名词） 舍利子

谜面的典故是：战国思想家孟子（即孟轲）小时住的地方邻近墓地，他便经常学着做祭墓的事。他的母亲认为这地方不能住下去，就搬到街市旁边住，孟子又去学着商人做买卖。他母亲又认为不能住下去，就搬到学堂旁边去住。孟子也就学起礼节来。母亲说，这个地方才是适合我儿子住的地方呢。

谜底"舍利子"源自梵文，意思是骨身或灵骨。原指释迦牟尼遗体火化后结成的珠状结晶体，后也指高僧死后火化烧剩的身骨。今别解为：住家有利于孩子，从而明确地回答了谜面的提问。

4. 何谓加时赛（教学名词二） 平方、比

加时赛指体育比赛中因双方打成平局按规定增加时间进行的比赛。谜底"平方"本指数是2的乘方，"比"指两个同类量之

间的倍数关系。今别解为:打"平"的双"方"再进行的"比"赛,就是附加赛。

5. 为何设置斑马线（四字常言） 过人之处

斑马线指马路上标示人行横道的像斑马身上条纹的白色横线。谜底本义指超过别人的地方,今别解为:路人行过马路之处所,从而回答了谜面的问题。

6. 三顾茅庐是何人（四字常言） 有备而来

谜面典故是指东汉末年,刘备欲请隐居在隆中草舍的诸葛亮出来运筹策划,去了三次才见到。谜底本义指已经做好充分准备才前来干某件事,今别解为"有刘备前来",从而明确回答了谜面的提问。

7. 孙悟空何处降生（10画字） 础

根据《西游记》第一回所载,东胜神洲海东傲来小国之界,有一座花果山,山顶有一块仙石。由于自从开天辟地以来,每受天真地秀,日精月华,感之既久,遂有灵通之意,内有仙胎。一日迸裂,产一石卵,见风化一石猴,五官俱备,四肢皆全,眼运金光,射冲斗宿星宫。将谜底"础"分拆成"石出"二字,别解为"孙悟空"由"石"而生"出",从而高度概括地回答了谜面的提问。

## 八、谜面漏字法

即谜面巧妙地漏掉部分字或词,由谜底加以补充的谜法,这是一种特殊形式的会意体谜法。谜面借用某个有一定关联规律的词组或成句,故意漏掉某个字眼,谜底即以被漏掉的那个字眼,配以适当的表示没有、遗弃或丢舍的附加词来相扣。这类附加词有遗、漏、少、无、落、掉、溜、别、开、节、省等等。

1. 肝、脾、肺、肾（成语） 心不在焉

谜面列举了人体五脏中的四种器官，唯独少了"心"。谜底本义指心思不在这里，不专心，精神不集中。如今别解为："心"没有在谜面的五脏之中。

2. 毫、厘、分、钱、担（成语） 短斤缺两

我国市制质量单位为毫、厘、分、钱、两、斤、担，谜面少列了"两"与"斤"两种单位，谜底当然是"短斤缺两"了。

3. 四季只有夏、秋、冬（传统节日） 春节

四季为春、夏、秋、冬，这是妇孺皆知的。既然谜面仅有夏、秋、冬三季，言下之意就是"春"季被"节"掉了。

4. 五常只讲仁、义、礼、智（成语） 言而无信

五常指仁、义、礼、智、信，如今只讲仁、义、礼、智，言下之意漏掉了"信"。谜底本义指说话不守信用，入谜之后，抛弃本义，另取别义，谜趣油然而生。

5. 一、二、三、四、六、八、九、十（文学名词二） 五绝、七绝

从谜面可以看出，在从一至十的汉字小写数字组合中，"五"与"七"的踪迹灭绝了。这也就是"五绝"与"七绝"的"别解"。当然，这与五言绝句和七言绝句的本义是风马牛不相及的。

6. 鼠牛虎兔龙蛇马羊猴猪（成语） 鸡犬不留

一看谜面，明眼人便知道这是十二生肖。然而，再仔细数数，却发现少了"鸡"和"狗"，"鸡犬不留"也就呼之欲出了。

7. 金后岂只明朝清朝，戏角何止生丑末净（节日） 元旦

翻阅中国历代纪元表，不难发现金之后是元，然后才是明与清。也就是说，谜面故意将"元"漏掉了。就戏剧角色而言，谜面也是故意将"旦"角漏掉了。谜底"元旦"水落石出。

## 九、嵌字取义法

嵌字取义法指利用谜中有表示增加含义的字词，用以将个别字眼移入面或底，从而使面或底的本义发生改变，产生别义，最终达到面底互相扣合的目的。本谜法通常有两种表现形式。

### （一）谜面嵌字法

利用谜底的个别字眼嵌入谜面来达到面底相扣的成谜方法，叫做谜面嵌字法，亦称叫入法。

**1. 一（成语） 接二连三**

谜底本义是比喻一个接着一个，相连不断。如今别解为：谜面的"一"字如果接上一个"二"字，那么就可以连接出一个"三"字来。

**2. 羽（成语） 出言不逊**

谜底本义指说话不客气、不谦虚，今别解为：在谜面"羽"字旁边"出"现一个"言"字时，便得到一个"诩"字，而"诩"就有夸耀、自吹的含义。换句话说，也就是"不逊"。

**3. 通（成语） 博学多才**

谜底本义指学识渊博，有多方面的才能。今别解为：如果在谜面"通"字后面"多"加上一个"才"字，那就变成"通才"二字；而"通才"是指兼备多种才能的人，换言之，"通才"亦即是"博学"。在这里，谜底脱离了本义而转化为如下别义：谜面"通"字如果"多"了一个"才"字，就会变成"博学"的意思。

**4. 门（四字常言） 耳有所闻**

谜底本义指也曾听到一些消息。今别解为：谜面"门"字如果拥"有"一个"耳"的话，那么便可组合成"闻"字。也就是说，谜底经过别解之后，其含义得以与谜面切合。

5. 内人（成语） 一举两得

谜面的"内人"亦即妻子。谜底的本义指做一件事情，得到两种收获或好处。今别解为：谜面"内人"二字如果再添上一个"一"字的话，便可以得出一个"两"字来。因为，"两"字就是由"内人"与"一"三位一体组合而成的。

（二）谜底嵌字法

利用将谜面的个别字眼移入谜底来达到底面相扣的方法，叫做谜底嵌字法，亦称叫出法。

1. 翼王到达（9画字） 研

石达开是太平天国将领，曾晋封为翼王。谜底"研"拆开为"石开"，如果将谜面的"达"字移入谜底，便得出"石达开"三字。

2. 学生乃汉卿（汉代人） 张良

抗日名将张学良，字汉卿。谜面可看作是张学良在自报家门。谜底"张良"乃汉初三杰（萧何、韩信）之一，为刘邦的重要谋士。秦灭韩后，他结交力士刺客，在博浪沙谋刺秦始皇未遂。刘邦曾夸赞他"运筹帷幄之中，决胜千里之外"。乍看面底似乎互不沾边，其实关键在于对谜面"学生"二字进行别解。此"学生"不作"弟子"解，而应别解为："生"出一个"学"字来。再运用谜底嵌字法，将"学"字嵌入"张良"二字中间，从而变成"张学良"，亦即"汉卿"了。可见谜面故布疑阵，迷雾重重，若非精通谜法，要揭底谈何容易！

3. 得此道者称神医（二字常言） 安全

在《水浒传》中，安道全的诨号为"神医"。故欲破本谜，关键同样是先对谜面进行别解：如果谜底"得"到这个"道"字的话，谜底将会出现一个"神医"！然后采用谜底嵌字法，将"道"字嵌入谜底中间，从而得出"安道全"三字，也使面底最终达到相互扣合。

4. 小时叮人，长时咬人，大时吃人（6画字） 虫

使用谜底嵌字法，将谜面的"小"、"长"、"大"三个字分别移入谜底，便可与"虫"字组配成"小虫"、"长虫"和"大虫"三个词语。小虫如蚊子，会叮人；长虫即蛇，会咬人；大虫指老虎，会吃人！

谜面好像是描述了某个动物在小时、长时和大时的不同特点，很像是民间谜语。但它实质上是披着民间谜语外衣的地地道道的灯谜！欲破本谜，还得依赖对灯谜文字别解规律的掌握，否则，一味按民间谜语手法来猜射，只能是南辕北辙，背道而驰。

从上述众多谜例可以看出，嵌字取义法与谜面漏字法正好相反，前者是增补有关字眼，后者是遗漏有关字眼。显而易见，谜面漏字法的手段相对较为单调少变，因而谜味稍淡。而嵌字取义法的手段则较为灵活多样，云迷雾锁，隐蔽性较强，因而谜味较浓，趣味盎然。

## 十、消字取义法

所谓消字取义法，就是运用别解思维，根据谜面的有关提示，从谜面关键词所产生的联想别象表达文字中消除个别字眼，从而实现面底文义互相扣合。

1. 独不见孔亮（天文名词） 火星

本谜的关键词是《水浒传》中的梁山好汉孔亮。孔亮的诨号叫"独火星"，所以"独火星"也就是孔亮的联想别象表达文字。换句话说，"独火星"是孔亮的代名词。谜面的"独不见"实际上是暗示"独火星"三字中的"独"字"不见"了，从而余下"火星"，成为谜底。

2. 代父从军未挂花（9画字） 栏

一看谜面的"代父从军"，便知道指花木兰。换句话说，"代

父从军"的联想别象表达文字是"花木兰"。表面上看,"未挂花"是说花木兰在打仗中没有受伤,实际上是暗示"花木兰"三字中的"花"字没有了,从而余下"木兰"二字,组合成底字"栏"。

3. 智多星方略无大用(少笔字) 一

表面上看,面句是说智多星吴用的计谋不奏效,其实这是一条消字取义法灯谜。从关键词"智多星"可推导出其联想别象表达文字是"吴用"。"方略无大用"实际上是暗示:"吴用"二字里面的"方"(口)省略了,"大用"也没有了,从而余下"一"。

## 十一、自行抵消法

自行抵消法指通过谜面或谜底的文字暗示,运用别解思维,将谜面或谜底之中某些多余的字或词消去,然后以剩下的文字实现面底互相扣合。这类谜的特点是:谜面或谜底必须有相同的字(或笔画部件)。而且,运用抵消法同运用减损法一样,谜面或谜底都会出现表示消除意义的字眼,例如:不、减、损、无、没、空、虚、缺、少、节、约、省、略、分、离、开、销、脱、落、走、出、失、去、挑、除、闲、游、丢、掉、抛、弃、遗、失、漏、费、尽、灭、绝、斩、封、潜、隐、消、飞、摈、捐、扔、舍、甩、撤、丧、忘等等。

自行抵消法通常分为消面法和消底法两种。

(一)谜面抵消法(消面法)

根据谜面文字含义的暗示,运用别解思维,将谜面某些字或词消去,只用剩下的文字扣合谜底。

1. 福建省福安人(10画字) 健

谜面可别解为:从"福建"二字中"省"去"福"字余下"建"字,然后再"安"装上一个"人"字。如此一来,底字"健"也就跃然纸上了。

2. 孤老不孤有人伴（8画字） 佬

谜面"孤老不孤"可别解为："孤老"二字中去掉"孤"余下"老"，然后再有一个"人"字来作伴，得出底字"佬"。

3. 杏花——渐开花（国名） 日本

谜面可别解为：在"杏花——"四字中，"花"字离开了，从而余下"杏——"三字。此时再将"杏——"重新组装，便可得出谜底"日本"二字。

4. 不退洪水不罢休（6画字） 共

谜面后面的"不罢休"三字可以别解为：从前面的"不退洪水"四字中将"不"字休掉，从而余下"退洪水"三字。而"洪"字中的"水"（氵）退掉后自然只剩下"共"字了。

5. 进又进不得，退又退不得（4画字） 双

谜面前句暗示"进又"二字中"进"字不得存在，从而余下"又"；后句则暗示"退又"二字中"退"字不得存在，从而余下"又"；将前后两句剩余的两个"又"字组合起来,岂不是谜底"双"字么？

6. 一定仔细看，不细看定有遗漏（6画字） 存

首先须将谜面后句进行别解："不细看"是暗示不要"细看"二字，"定有遗漏"是暗示"定"字必须漏掉，如此一来，谜面前句就从"一定仔细看"五字之中抵消掉"定细看"三字，最后将余下"一仔"二字重新组合，得到谜底"存"。

（二）谜底抵消法（消底法）

与谜面抵消法相反，消底法是根据谜底文字含义的提示，运用别解思维，在谜底自行抵消多余的字眼，然后用抵消后剩余的文字来切合谜面。

1. 徒有虚名（中药二） 芡实、省头草

谜面指空有某种名声，名不副实。谜底中的"省头草"应别解为：省去"芡"字前头的草字头，从而余下"欠实"二字与谜面相切合。

2. 获益非浅（首都、国家各一） 维多利亚、拉脱维亚

维多利亚是非洲塞舌耳的首都，拉脱维亚是欧洲东北部国家。谜底后面的"拉脱维亚"应别解为：将谜底前面"维多利亚"四字中的"维亚"二字拉脱出来，从而余下"多利"二字与谜面切合。"获益非浅"也就是获得很"多利"益的意思。

3. 唯独哥哥做人直（晋代人二） 陶侃、陶潜

陶侃是东晋大臣，早年孤贫，有志操。他为政慎密，勤于职守，常勉人惜寸阴，毋醉饮赌博。陶潜亦即陶渊明，是东晋文学家、诗人。谜底后面的"陶潜"可别解为"陶"字隐藏不露，这样一来，就将谜底前头"陶侃"中的"陶"字抵消掉，从而余下"侃"字与谜面切合。

谜面的"哥哥"可同义扣"兄"，"做人直"可别解为：将一个"人"字及"一直"（｜）增补至"兄"字当中，最终得到一个"侃"字。

## 十二、数字换算法

数字换算法灯谜的谜面，通常是一个算式，或是与数量有关的词句。猜谜时，应当先将谜面的算式或数量关系进行计算或单位换算，求出结果后，再来确定谜底。这类谜的谜底结构中有时带有表示运算结果的特征字，如和、差、商、积、合、共等等。正是用上了这些附加词，才避免了谜作是纯机械的直解运算题，从曲折中透出谜味来。

1. 一元六毛二分（广西特产） 八角

谜面是人民币数目，谜底"八角"是八角茴香的地方俗称。八角茴香的果实是常用的调味香料，内含挥发油，可入药。今先将谜面的"二分"别解为"分成两份"，如此，整个谜面也就可以别解为：将一元六毛平均分成两份，其结果自然是八毛亦即八角了。

2. 出乎意料得百分（五字口语） 想不到一块

谜面似乎是说，某同学在一次考试中想不到竟然得了满分——一百分！谜底本义指各人有各人的想法。今将谜面的"百分"别解为人民币的一百分亦即一元钱，而一元也俗称为"一块"，所以"百分"可以等量交换成"一块"；而"出乎意料"也可以同义会意扣合"想不到"，从而实现了面底互相扣合。

3. 单程只要五角钱（数学名词） 一元二次

从单程只要五角钱，可以推导出双程就要一元钱。换句话说，"一元"就可以坐车"二次"了。

4. 打针吃药花百元（四字常言） 痛苦万分

本谜运用分段扣合法。"打针"当然是"痛"的，"吃药"自然是"苦"的，一"百元"如果换算成分币，也就是一"万分"。将上述各个分段扣合的谜底连接起来，岂不是"痛苦万分"吗？

5. 二点三十分（成语） 时时刻刻

谜底本义是经常的意思。今别解为：两个"时"和两个"刻"。"时"与"点"可同义借代；一刻等于十五分，两刻就是三十分。经过上述换算可推导出谜底。

6. 60分亦即3600秒（六字成语） 此一时彼一时

将谜面数字分别进行换算：60分是"一时"，"3600秒"亦是"一时"，"此"与"彼"都是"一时"。

7. 十分之九在革新（成语） 一成不变

谜底本义指一经形成，永不改变。一成为十分之一，故谜底应别解为：有九成在革新，有一成没有改变。

## 十三、同类归纳法

同类归纳法是指将谜面上具有内部联系的各种同类因素，进行概念上的归并或数量上的积累，然后在谜底中通过概括性的归纳而体现出来。

1. 普法日（古代史时代） 三国

谜面本义指普及法律知识宣传日。今别解为：普鲁士、法国和日本"三国"。

2. 煤、电、水、油、气（体育比赛项目） 五项全能

谜底可别解为：煤、电、水、油、气"五项全"都是"能"源。

3. 酒仙、酒鬼、酒虫（五言唐诗一句） 同是长干人

谜面的酒仙指李白；酒鬼和酒虫都是指那些嗜酒如命，有酒必喝，逢喝必醉的人。谜底出自唐人崔颢《长干行·其二》："同是长干人，生小不相识。"今别解为：同样都是长于干杯饮酒的人，从而与谜面切合。

4. 膏丹丸散全缺货（中药） 没药

"膏丹丸散"全都属于药品制剂，既然全缺货，也就是"没"有"药"了。

5. 自由滑、速度滑、花滑（菜肴） 溜三样

谜面原指滑冰运动的三种比赛方式。由于滑冰亦称溜冰，故谜底可别解为：溜冰的三种样式。当然，这与菜肴"溜三样"已经毫不相干。

6. 卢方、韩彰、徐庆、蒋平、白玉堂（二字贬称） 鼠辈

谜面是武侠小说《七侠五义》中的五位义士，他们的绰号中

都有一个"鼠"字：钻天鼠卢方、彻地鼠韩璋、穿山鼠徐庆、翻江鼠蒋平、锦毛鼠白玉堂。换言之，他们是带有"鼠"字之"辈"？自然，这只是玩弄文字游戏的灯谜家与他们开的一个小玩笑，因为他们其实并非"鼠辈"，而是义士！

7. 金五台、银峨眉、铜九华、铁普陀（广东地名二） 佛山、四会

谜面是按顺序排列的我国四大佛教名山，今将谜底别解为：四座佛教名山在谜面聚会。

8. 丹麦、乌拉圭、墨西哥、白俄罗斯、赤道几内亚（首都、国家各一） 首尔、以色列国

只要用心审视一下谜面，应该不难发现其中有一个共同的特点，谜面所列五个国家的头一个字，都是与颜色有关的形容词：丹、乌、墨、白、赤，所以，谜底可以别解为：首字以颜色排列的国家。

## 十四、因果关系法

利用面底之间的因果关系在别解语境中进行扣合的猜谜方法，叫做因果关系法。有时谜面是因，谜底是果；有时谜面是果，谜底是因。

谜面是因谜底是果的谜作，例如：

1. 公布开支结余（五言唐诗一句） 花落知多少

谜面意思是公布开支费用结算后余下多少钱。谜底出自孟浩然《春晓》："夜来风雨声，花落知多少？"今别解为：知道花费了多少，从而与面意吻合。正是因为将开支结余公布，所以得知耗费了多少钱。

2. 黄香寒天身暖席（农业名词） 温床

谜面典故是：黄香小小年纪便亲自劳作侍奉父亲，尽心供养。黄香九岁时，夏天为父亲扇床和枕头，冬天用自己的身体给父亲

温热床席。谜底"温床"本义指冬季或早春培养蔬菜、花卉等幼苗的苗床，今别解为：变得温暖的床席。

3. 幸有名师带高徒（宋五言诗一句） 生当作人杰

谜底出自李清照《乌江》诗："生当作人杰，死亦为鬼雄。"本义指活要活得超群拔俗，做个人中豪杰。今别解为：因为有名师带领和栽培，学生应当会成为人中龙虎。

下面，另外列举四条谜面是果谜底是因的谜作：

1. 灰色如何会生成（成语） 混淆黑白

谜底本义是把黑的说成白的、白的说成黑的，指颠倒是非，制造混乱。今别解为：因为把黑、白两色混合在一起，从而生成灰色。

2. 输液完了喊护士（成语） 不能自拔

谜底本义指陷入不利境地，自己无法摆脱。今别解为：因为医院规定病人不能自己拔掉吊针，所以输液完了要喊护士过来处置。

3. 陆绩廉石压船归（航天用语五字） 返回太空舱

谜面典故是：三国人陆绩卸任玉林太守，乘船渡海返回吴郡故里时，因为他为官清廉，没有多少行李压舱，只好取巨石代替。后来，这石头留在苏州，后人在石头上凿上"廉石"二字。谜底本义指宇航员结束了太空中的工作，返回太空舱。今别解为：陆绩因为在返回故里时船舱太空虚不够稳重，于是便用巨石来压船。

4. 考场不准两人同桌（卫生保健用语） 预防近视

谜底别解为：因为要预防出现坐得太近而偷窥的作弊情况，所以考场规定不准两人同桌。

## 十五、一语双关法

所谓"一语"是指谜面文字，而"双关"是指这些谜面文字得经过两次不同意思的"别解"，且把它们并列在一起，才是真正的谜底。因此谜底被截成了两段，也能分别与谜面切合。

1. 简（曲艺形式） 竹板书

谜底是曲艺的一种，说唱者一手打呱嗒板，一手打节子板。谜面的"简"字，有两层含义：一方面是指古代用来写字的竹片，故可以扣合"竹板"；另一方面是指书信，故也可以扣合"书"。所以，"简"可以一语双关地扣合"竹板书"。

2. 粤（音乐名词） 广东音乐

"粤"字从地名来说，它是广东的别称；但从读音来说，它与"乐"字读音相同，都读成 yuè。所以"粤"可以一语双关地扣合"广东音乐"。

3. 耳（成语） 一官半职

由于"耳"是五官之一，故可以扣合"一官"，别解为"一种器官"。由于"耳"在"职"字整体结构中占据了一半的部位，故可别解为半个"职"字。

4. 冤家（称谓类别用语二） 贬称、爱称

"冤家"这个称谓，在不同的人群中有不同的含义。对于因有仇恨而相互敌视的人而言，冤家亦即仇人，属于含有贬义的称谓，也就是"贬称"。但对于情侣或恩爱夫妻而言，"冤家"却成了一种喜爱或亲昵的称谓，也就是"爱称"。

5. 恨木不成梁，恨铁不成钢（七字常言） 道是无情却有情

谜面是十字俗语，本义是恨树木不能快快长成大梁，恨生铁炼不成好钢。形容对心爱的人要严格要求，急切地希望他早日成材。显而易见，谜面具有爱恨交加的双重含义，正因为它们一方

面具有恨意，故可以扣合"道是无情"；但与此同时又具有爱意，故可以扣合"却有情"，所以总而言之，正是由于谜面的一语双关，从而得与谜底相扣合。谜面的恨与爱是针对木与铁而言，但谜底的恨与爱却是对人而言。这也是本谜的别解所在。

### 十六、事物特征法

事物特征法是指主要根据某些事物本身所具有的重要特征，例如性质、动作、用途、形状、颜色、味道等等，运用别解思维，最终使面底达到互相扣合。

根据事物性质特征进行猜制的谜作，例如：

1. 书蠹（成语）  咬文嚼字

所谓书蠹，就是书里面的蠹虫。谜底本义是形容过分地斟酌字句。现多用于讽刺死抠字眼或当众卖弄学识的人。由于"书蠹"的本性是要吃书的，而书又是以文字为载体的，所以谜底"咬文嚼字"使用得十分妥帖精当，不爽毫厘。

2. 古旧书店（三字常言）  老本行

谜底本义指最早从事的职业，如今可以别解为：古老书本的行业，从而与谜面含义相吻合。

3. 羊毫狼毫齐挥毫（成语）  软硬兼施

经常练书法的人一定清楚：羊毫是用羊毛做笔头的毛笔，比较柔软；而狼毫是用黄鼠狼的毛做成的毛笔，比较硬。如果羊毫狼毫一齐书写，不就是"软硬兼施"吗？不言而喻，在这里谜底已经脱离了它原来的含义：软的手段和硬的手段一齐用。

根据事物动作特征进行猜制的谜作，例如：

1. 视力检测（八字俗语）  睁一只眼，闭一只眼

谜底的本义是比喻对人对事不认真，放任自流。然而，参加

过体检的人都知道，在进行视力检测时，只能先测一只眼，然后再测另一只眼。也就是说，当你睁开一只眼看视力表时，另一只眼必须用挡板遮住。这岂不是"睁一只眼，闭一只眼"吗？

2. 登山汗淋漓（十字俗语）　人往高处走，水往低处流

谜底本义是比喻人总是攀高向上，追求进步，向往幸福，就像水都向低处流去一样。但如今对照谜面，谜底也可以有与本义不一样的含义：人们在登山往高处行走，一路上汗水不停地往下流。

3. 戴口罩，披斗篷（八字俗语）　当面一套，背后一套

戴口罩就是将口罩往身子前面的嘴上一套，披斗篷就是将斗篷从身子后面往肩上一套，这岂不是"当面一套，背后一套"吗？谜底本义指耍两面派的行为，如今却摇身一变成为戴口罩、披斗篷的动作，而且十分形象，生动逼真，活灵活现。

4. 黄豆如何成豆浆（成语，双钩格）　软磨硬泡

豆浆就是将黄豆泡透后磨成的浆汁。按照双钩格四字之中前二字与后二字互换位置的要求，谜底应别读成"硬泡软磨"，别解为：将硬的黄豆泡软之后细磨成浆，从而得与谜面相切合。本谜就是根据黄豆制成豆浆的动作特征制作出来的。

根据事物的用途特征进行猜制的谜作，例如：

1. 催吐剂（成语）　令人作呕

谜面指具有促使胃内食物排出体外功效的药剂。谜底本义是形容对可憎的人和事非常讨厌。如今别解为：令人将胃内食物呕吐出来，从而与谜面切合。

2. 斑马线（《水浒传》泊号、泊人各一，掉尾格）　行者、安道全

谜底本义指行者武松和神医安道全。今按掉尾格将谜底最后二字的位置互换，读成"行者安全道"，别解为：斑马线是行人

安全通过的通道。

3. 襁褓有何用（食品） 包子

谜底可别解为：襁褓是用来"包"裹孩"子"的。

4. 中药两剂，膏药两张（四字常言） 服服帖帖

按照习惯，中药是煎好后用来服用的，膏药是用来贴在患处的。由于谜面已讲明是中药两剂，膏药两张，言下之意，自然是"服"了一剂再"服"一剂，"贴"了一张再"贴"一张，这不就是"服服帖帖"吗？

**根据事物的形状特征进行猜制的谜作，例如：**

1. 粉刺（食品） 面疙瘩

粉刺亦即痤疮，指生于面部形状为圆锥形的小红疙瘩。简而言之，也就是"面疙瘩"！

2. 扎马步（八字俗语） 站没站相，坐没坐相

扎马步是拳术的基本步型之一，姿势为把两脚分得略比肩宽，半蹲。谜底本义指人的举止不端正、不庄重。今别解为：扎马步的姿势，说站不是站，说坐不是坐。

3. 垂涎欲滴（语文名词） 顺口溜

谜面本义是形容嘴馋得口水都快要流下来了，也形容贪馋到极点。谜底本义指民间流行的一种口头韵文，句子长短不等，纯用口语，说起来很顺口。如今根据"垂涎欲滴"的形状，可以别解为：口水从口里一滴一滴流下来，从而得以实现面底扣合。

4. 失踪者穿露脐装（四字常言） 丢人现眼

所谓露脐装就是露出肚脐的服装。谜底本义指在众人面前出丑，丧失体面。今根据"露脐装"的形状特征，将谜底别解为：丢失的人（失踪者）穿着露出肚脐眼的服装，从而使面底含义实现扣合。

64

根据事物的颜色特征进行猜制的谜作，例如：

1. 煤球（成语） 一团漆黑

众所周知，煤球的形状是圆的，颜色是黑的。谜底本义是形容非常黑暗，也比喻一无所知。今根据煤球的形状与颜色两种特征，将谜底别解为：黑黑的圆圆的一团，从而使面底互相扣合。

2. 金色的鸟窝（唐代人） 黄巢

黄巢为唐末农民大起义领袖。公元880年曾率部占领唐都长安，即帝位，国号大齐。后来屡战失利，为唐军追击，自杀。现今根据谜面鸟窝的颜色特征，将谜底别解为：金黄色的鸟巢，从而使面底互相扣合。

3. 粉笔板书长文章（成语） 白字连篇

谜底本义指错别字很多，满篇都是。如今根据谜面粉笔字的颜色特征，将谜底别解为：满篇都是白色的粉笔字，从而使面底含义得到切合。

4. 红色如何变紫色（神话人物） 蓝采和

谜底"蓝采和"是传说中的八仙之一。由于紫色是红和蓝合成的颜色，因而谜底可以别解为：将蓝色取来与红色掺和在一起，便可变成紫色。

根据事物的味道特征进行猜制的谜作，例如：

1. 满口蜜糖（二字常言） 嘴甜

谜底本义是形容说的话使人听着舒服。今根据谜面"蜜糖"味甜的特征，可以将谜底别解为：满嘴充满蜜糖的甜味，从而达到面底互相扣合。

2. 冰天雪地饮白醋（二字常言） 寒酸

本谜面底扣合也十分清晰简明："冰天雪地"自然是"寒"，"饮白醋"自然是"酸"。谜底本义是形容穷苦读书人不大方的样子，也形容因简陋或过于简朴而显得不体面。由于利用了"白醋是酸的"这一味道特征进行创作，从而使谜底改变了本义。

## 十七、化解谜格法

谜格是制谜者处理面底扣合不十分贴切时所采用的一种补救手段，是一种不得已而为之的做法。正如谜圣张起南所言："谜之用格，终嫌做作；纵极灵巧，究失天然。"因此，历来谜坛有"无格胜有格"之共识。尽管带格谜中不乏精巧之作，但一用格往往难免有削足适履之嫌。所以，一般来说，与天然去雕饰的无格谜相比，有斧凿痕迹的带格谜无疑略逊一筹。下面介绍比较常用的两种化解谜格法：

（一）谜面藏格法

谜面藏格法，是将谜格名称与谜面其他文字有机地结合，在谜面的字里行间暗示要使用的谜格，从而按该谜格要求摸索出谜底。例如：

1. 卷帘门（成语） 充耳不闻

卷帘门是店铺常用的一种门。谜面的关键词是"门"字，"卷帘"是暗示需要使用卷帘格来猜射。谜底本义是指塞住耳朵不听，形容不愿听取别人的意见。今按谜面提示，将谜底倒读成"闻不耳充"，别解为：在"闻"字里没有装进"耳"字，那不就只余下"门"字了吗？从而使面底得以切合。本谜化解了卷帘格的使用。

2. 梨花满地不开门（称谓） 军官

谜面原出唐人刘方平《春怨》诗："寂寞空庭春欲晚，梨花满地不开门。"入谜后，面句中的"梨花"二字暗示本谜要使用梨花格，因而谜底"军官"需按格要求，用谐音别读成"均关"来切合面意。"满地不开门"亦即全部都关门了。

3. 上楼真的是公主（水果） 圣女果

谜面中的"上楼"二字暗示本谜使用上楼格。谜底按格要求别读成"果圣女"，别解为"果真是圣上的女儿"，从而使面底实现相互扣合。

4. 莫学野鸳鸯（文体形式） 应用文

谜面出自杜甫《数陪李梓州泛江》："使君自有妇，莫学野鸳鸯。"由于遥对格又称鸳鸯格，所以谜面"鸳鸯"二字是在暗示本谜需要使用遥对格，也就是说，要用"莫学野"三字来对仗"应用文"。

5. 梁红玉求偶（现代国画家） 齐白石

遥对格亦称为求偶格，谜面"求偶"二字是暗示本谜需要使用遥对格。也就是说，以"梁"对"齐"（二者均为朝代），以"红"对"白"（二者均为颜色），以"玉"对"石"（二者均为材料）。

（二）巧破徐妃格

本谜法的特点是，在原来设徐妃格的灯谜中删掉徐妃格，并在谜面上恰到好处地添加若干词语，将谜底中所含有的偏旁部首也化入到谜面文义中去。这种方法可以使面底扣合浑然一体，毫无斧凿痕迹，既化解了谜格的使用，又充实了谜面的内容，增加了谜趣与谜味。我们不妨对比一下以下 8 组中的 A、B 两类谜：

1. A. 辞职（河流名，徐妃格） 漓江

   B. 辞职双泪流（河流名） 漓江

2. A. 急死人（二字常言，徐妃格） 憔悴

   B. 两心牵挂急死人（二字常言） 憔悴

3. A. 不甚妥（二字常言，徐妃格） 坎坷

   B. 闺中分手不甚妥（二字常言） 坎坷

4. A. 与吾同行（植物，徐妃格） 梧桐

B．与吾同行疏林中（植物） 梧桐

5．A．紧急刹车（二字常言，徐妃格） 拉扯

  B．伸出两手，紧急刹车（二字常言） 拉扯

6．A．兴阑客散（二字常言，徐妃格） 缤纷

  B．异乡重逢，兴阑客散（二字常言） 缤纷

7．A．无家可归（五金工具，徐妃格） 铁锯

  B．丢失重金，无家可归（五金工具） 铁锯

8．A．奉命卧底（中药，徐妃格） 茯苓

  B．奉命卧底四十载（中药） 茯苓

  显而易见，不使用谜格的 B 类谜比使用谜格的 A 类谜棋高一着，略胜一筹。

## 十八、通假字义法

  通假字,是我国古书的用字现象之一。"通假"就是通用、借代,即用读音相同或相近的字代替本字。由于种种原因,书写者没有使用本字,而临时借用了音同或音近的字来替代。在灯谜中故意将某一字的今义解释变为古义解释的成谜方法,叫做通假字义法。使用通假法成谜应遵照下面四条基本原则:

  ①应使用多数人可以理解的常用通假字。②所用的通假字必须恰如其分,不能随便超出其适用范围。③多数通假字在灯谜中只能单向通假使用。所谓单向通假,是指通假的两字,由于今义不同,所以只能按古义单方面替代使用。④通假法成谜的面底,至少有一方存在别解现象。

  通假字用于谜底,是通假法成谜最主要、最常见的形式。例如:

1．归有光（成语） 反以为荣

  归有光是明朝文学家,今应别解为:回归时很有光彩。谜底

本义指不认为可耻，反以为荣耀。由于"反"通假"返"，所以可根据谜面别解后的语境，扣合出谜底的别解语境：在返回时感到很荣耀。

2. 凌晨便练舞（昆虫） 跳蚤

由于"蚤"可以通假"早"，故谜底可以别解为"跳舞跳得早"，从而与谜面切合。

3. 浑欲不胜簪（二字称谓） 发小

谜面出自杜甫《春望》："白头搔更短，浑欲不胜簪。"意思是：头发这么稀少几乎要插不住簪子了。谜底本义指从小就一起玩耍的朋友，由于"小"通假"少"，所以可别解为"头发稀少"，从而得与谜面切合。

4. 三军过后尽开颜（古文篇目）《师说》

谜面出自毛泽东《长征》诗："更喜岷山千里雪，三军过后尽开颜。"谜底《师说》是韩愈所写的一篇有关教师重要作用的论说文。由于"师"有军队的含义，"说"可以通假"悦"，故今可别解为"军队喜悦"，从而与谜面切合。

5. 火灾调查未有结果（十字成语） 知其然而不知其所以然

谜底本义指知道是这样，但不知道为什么是这样。由于"然"通假"燃"，故又可别解为：知道发生了燃烧，但不知道为什么会发生燃烧，从而与谜面切合。可谓一字通假，全谜含义发生了脱胎换骨似的变化。

6. 男家订婚下聘礼（八字成语） 将欲取之，必先予之

聘礼是指订婚时，男方向女方下的彩礼。谜底本义指要想取得别人的东西，一定先得暂时给他一些东西。由于"取"可以通假"娶"，所以谜底也可别解为：由于将要娶人家的女儿，所以必须先给人家下聘礼，从而使面底含义切合。

7. 酒后癫狂，再夸海口（五言唐诗一句） 春风吹又生

谜底出自白居易《赋得古原草送别》："野火烧不尽，春风吹又生。"本义指春风一吹，野草又重新生长出来。由于古时"春"可借代"酒"，"风"可通假"疯"，故现今可别解为：因为饮酒后变得有点疯癫，所以又重新吹牛起来，从而使面底得以切合。

通假字用于谜面的情况，有时也会出现。例如：

1. 秋分（成语） 不欢而散

谜面"秋分"是二十四节气之一，这一天，南北半球昼夜都一样长。谜底本义指不愉快地分手。由于"秋"可通假"愁"，故谜面可别解为"很忧愁地分手"，从而使面底含义相互切合。

2. 莫言（世界名著）《天方夜谭》

莫言是第一个获得诺贝尔文学奖的中国作家，《天方夜谭》是阿拉伯民间故事《一千零一夜》的旧译名。在这里，"莫"通假"暮"，"谭"是"谈"的书面语。谜面可别解为"入暮时分所言"，谜底可别解为"天方入夜时所谈"，从而使面底含义互相吻合一致。

## 十九、谜面加注法

指在谜面文字后面加上一句附加语，暗示谜面或谜底需要增加某个字、某个偏旁或者剔除某个字、某个偏旁之后方能实现面底扣合。这些附加语除了表示自谦或自诩之外，也可以是其他鼓励性或逗趣性的词语等。表面看来，这些附加语似乎是附带一提，无关痛痒，实际上是作者故布疑阵，巧设机关。因此，猜者除了推敲谜面之外，还须将这些附加语作为重要因素考虑进去，这样才能最终揭出谜底。

1. 帮朋友两肋插刀（此谜见笑），成语：助人为乐

谜面附加语"此谜见笑"，似乎是表示作者谦恭，其实是在

暗示谜底要见到一个"乐"字，因为"笑"是欢"乐"的表情。这样一来，实际上就是以谜底中的"助人为"三字来与谜面切合，"帮朋友两肋插刀"也就是帮"助人"之所"为"。

2. 谪仙笑颜开（此谜见不得人），春秋人：伯乐

谪仙即李白，伯乐是春秋时的相马大师。谜面"此谜见不得人"是暗示要将谜底"伯乐"二字之中的"人"字除去，从而余下"白乐"与谜面切合。别解为：李白很快乐。

3. 粲花之论（谜底无人可猜中），《聊斋志异》篇目：《李伯言》

谜面本义是形容人的言论精妙绝伦。典故是指李白："每与人谈论，皆成句读，如春葩丽藻，粲于齿牙之下，时人号曰：李白粲花之论。"谜底"李伯言"是《聊斋志异》中的一个人物，由于阴间的阎王出了空缺，要他暂时代行职务。谜面上的"谜底无人可猜中"，似乎是自谦之词，实际上是暗示需要将谜底中之"人"字除去之后，以余下的"李白言"来与谜面相切合。粲花之论也就是李白之语言。

## 二十、题外暗扣法

该法的主要特点是多以成句配面，即多以有名的古今诗词或文句配面，这点与运典法有相同之处。但在面底扣合时，题外暗扣法需要将成句的含义及成句与作者之间的关系进行联想思考，从而将谜底揭出；而运典谜却不需要考虑作者情况，直接根据谜面典故内容来揭示出谜底即可。

1. 儿童相见不相识（宋代词人） 贺方回

面出自唐人贺知章《回乡偶书》："少小离家老大回，乡音无改鬓毛衰。儿童相见不相识，笑问客从何处来。"谜底贺方回亦即贺铸，字方回。如今根据面句为贺知章所作之情况，谜底可别

解为：贺知章刚刚回到故乡，从而使面底得以扣合。

2. 但愿一识韩荆州（国际友人） 白求恩

谜面出自李白《与韩荆州书》："白闻天下谈士相聚而言曰：生不用封万户侯，但愿一识韩荆州。"谜底"白求恩"可以根据这个情况而别解为：李白意欲求得韩荆州给予的恩惠。

3. 以铜为鉴，以古为鉴，以人为鉴（宋代词人） 李清照

谜面出自唐太宗李世民的名言："以铜为鉴，可正衣冠；以古为鉴，可知兴替；以人为鉴，可明得失。"所以，谜底可别解为："李"世民以上述三面鉴来很"清"楚地对"照"自己，以防止出现过失。

# 第二节　借代别解体灯谜

借代别解体灯谜简称借代谜，指在字义分析的基础上，运用借代手法制作出来的灯谜。借代法是灯谜中使用非常广泛的一种手法。制谜者常常借用彼此呼应、互为对象的替代词使面底互相扣合，借代法就应运而生。运用借代法应当遵循两条原则：一是要掌握以小概念代大概念、以特殊代一般的原则，须以不违背事物概念的大小关系为度，切不可犯"倒吊"谜病；二是借代的内容应是约定俗成且为大众所熟悉的，生僻晦涩、不合情理的则不宜使用。借代扣法范围极广，五花八门。兹将比较常用的11种借代扣合法分别予以介绍。另外诸如韵目代日法、《周易》八卦借代法及五音五脏借代法等，由于不常用，省略不提。

## 一、人名的借代

人名的借代，主要指以人的姓名、别名、字号、绰号、爱称、封号、官职等相互借代。应当指出的是，以名扣姓时，不能光凭

一个字的单名来扣合姓氏，因为单名者很多，往往缺乏唯一性。例如，单独一个"飞"字，既不能作为"张飞"来扣"张"，也不能作为"岳飞"来扣"岳"；既不能作为将军"叶飞"来扣"叶"，也不能作为导演"谢飞"来扣"谢"。同样，如果是二字或二字以上的名字，也不能只取其中一个字来借代某个人，因为这样不规范、不严谨，达不到互为借代的对等条件。例如，悟空、悟能、悟净分别是孙悟空、猪八戒、沙和尚的法号，由于法号皆由二字组成，就不能仅仅以"空"来借代孙悟空，以"能"来借代猪八戒，以"净"来借代沙和尚。下面列举若干人名扣合的谜例。

1. 送走云长迎来孟德（14画字） 遭

关羽字云长，故"云长"可以扣合"关"。"送走云长"别解为："送"字中的"关"字要走开，从而余下走之（辶）；曹操字孟德，故"孟德"可以扣合"曹"。"迎来孟德"别解为前面余下的"辶"要添加上一个"曹"字，从而组合出谜底"遭"字。这是以人物的字来扣合其姓氏。

2. 鲁迅先生与世长辞（成语） 百年树人

鲁迅原名周树人，故可扣"树人"。"百年"是死亡的婉转说法，故可以与"与世长辞"切合。谜底本义指经过相当长的时间，才能培养出优秀的人才。今别解为：周树人去世。这是以今名扣合原名。

3. 齐桓公之子（动物） 小白鼠

齐桓公为春秋时齐国国君，经过九合诸侯，成为盟主。其原名是姜小白，故可以扣"小白"。根据地支生肖借代法，"子"可对应扣合"鼠"。本谜是以封号扣合名字。

4. 昌黎尺牍（汉代人） 韩信

唐代文学家、哲学家韩愈因其郡望昌黎，自称"昌黎韩愈"，故后人称之为"韩昌黎",所以,"昌黎"可以扣"韩";由于古人称书信为尺牍,故"尺牍"可以扣"信"。本谜是以人物的别称来扣合姓氏。

5. 参军到鲁北（水产品） 鲍鱼

谜面似乎是说某人参军去了山东北部。欲破本谜,须将谜面进行别解。由于南朝诗人鲍照曾担任临海王子项前军参军,人称"鲍参军",所以谜面的"参军"可以别解为鲍照;"到鲁北"可别解为将"鲁"字北部的"鱼"字取出,经过如此分段扣合,便可组合出谜底"鲍鱼"来。本谜是以人物官职扣合其姓氏。

6. 小雪下时西子美（商业场所） 当铺

谜面似乎在称赞西湖雪景,其实却暗藏玄机。欲破本谜,需要使用离合法、方位法、五方五行借代法及人名借代法。离合法指将谜面的"小"字移位到谜底作为部件结构。方位法指将"雪"字下边的"彐"移到谜底与"小"重新组合成"当"字。五方五行借代法指以谜面的"西"借扣谜底的"钅"（金字旁）。人名借代法是指将谜面的"子美"别解为杜甫的字,从而转扣"甫"。最后将"钅"与"甫"组合得到"铺"。

7. 鼓上蚤悄悄行事,入云龙念念有词（七言唐诗一句） 此时无声胜有声

谜底出自白居易《琵琶行》:"别有幽愁暗恨生,此时无声胜有声。"是指琵琶女曲中声音渐弱到无时,作者却仍能够感受到曲子所蕴涵的情调。今别解为:鼓上蚤时迁行动时没有声音,而入云龙公孙胜却发出声音。显而易见,本谜是以人物绰号扣合名字。

## 二、称谓的借代

称谓指人们由于亲属或其他方面的相互关系,以及身份、职

业等而得来的名称。传统称谓反映了我国古老的文明礼仪，体现了长幼尊卑以及个人的文化修养。在称谓中有一般的称呼，还有尊称、敬称、谦称、荣誉称号等。在平时的相互称谓中，口头和书面礼仪也有所不同。现将一些比较常用的称谓及与之对应的部分借代词列举如下：

父：爸、爹、尊、严、椿、老子。

母：妈、娘、堂、慈、萱、内亲。

父母：爸妈、爹娘、二老、双亲、高堂、椿萱。

岳父：丈人、泰山、外父。

岳母：丈母、泰水、外母。

我：自、己、吾、余、予、咱、俺、本人、仆、愚、洒家、鄙人、小可、在下、不才、后学、晚生。

男：君、公、丁、汉、子、士、生、夫、儿、郎、须眉、先生、爷们、男子汉。

女：口、娇、娃、妞、妮、妹、姑娘、丫头、红颜、粉黛、蛾眉、巾帼、裙衩。

夫：君、婿、汉、郎、老公、相公、先生、男人、外主、官人、良人。

妻：内、室、媳、妇、内人、内子、内助、夫人、太太、娘子、堂客、拙荆、家眷、贱内、糟糠、老婆。

子女：孩儿、骨肉、香烟、弱息。

教师：先生、西席、西宾、教员、园丁、外傅、书匠。

学生：生、徒、门人、弟子、高足、桃李。

文人：儒、生、士、学者、秀才、墨客、书生。

帝王：龙、皇、君、圣、上、天子、陛下、万岁、至尊、九五。

兵：士、卒、行武、军人、战斗员。

同学：同窗、学友、砚友、同砚。

朋友：故人、旧交、莫逆、相好、知音、知己。

庸人：阿斗、草包、饭桶、窝囊废、酒囊饭袋、无能之辈。

愚人：笨蛋、白痴、蠢材、蠢猪、呆子、傻瓜。

盗贼：小偷、扒手、惯窃、三只手、梁上君子。

下面列举一些称谓借代法方面的谜作：

1．岳父（5 画字） 仗

底字"仗"可分拆成"丈人"二字来切合谜面。

2．一生当园丁（5 画字） 帅

底字"帅"增补"一"则成为"师"，老师亦称园丁。

3．我的妻子很普通（四字常言） 太太平平

谜底本义指社会很平安，今别解为：我的太太很平常。

4．不重生男重生女（8 画字） 呵

谜面出自《长恨歌》："遂令天下父母心，不重生男重生女。"由于古时有"男为丁女为口"之说，而将底字"呵"分拆正好得一个"丁"两个"口"，也就是说，"丁"不重复"口"重复，而这也是与谜面本义不同的别解。

5．兄弟俩一筹莫展（成语） 手足无措

谜底本义指手和脚不知放到哪里好，形容举动慌乱或没有办法应付。今别解为：兄弟俩毫无办法。在这里，将"手足"借代为"兄弟"。

6．主人唱歌，客人拍手（成语） 声东击西

谜底本义指在东边佯装声势，而真正要打击的是西边。由于通常将主人称为东、客人称为西，故今可以别解为：发出歌声的是主人，击打手掌的是客人。

7. 丈夫底细未了解，为啥又要嫁给他（《五柳先生传》一句）
先生不知何许人也

《五柳先生传》是陶渊明所写的一篇著名人物传记。谜底本
义指五柳先生不知道是什么地方人，今先将底顿读成：先生不知/
何许人也，然后别解为：既然不知道你先生的情况，为什么你要
嫁给（许）他呢？

## 三、物品的借代

物品的借代在灯谜中应用很广，上自天文地理，下至动植
物皆可借代。除了以某物的正名和别称互为借代扣合之外，还有
一种常用手法是以某种具体的物品来扣合该物品所从属之种类名
称。下面，先列举若干物品名称借代方面的例子：

天：乾、空、昊、碧落、重霄、星汉、云表等。

山：峰、岭、峦、丘、岫、岳、嶂、巅、冈等。

日：金乌、羲和、火轮等。

月：嫦娥、婵娟、玉兔、冰轮等。

农村：乡、屯、寨、庄、堡子等。

房屋：宅、居、门、第、庐、室、舍、斋、家、户、寓、所、
堂、寮、间、住处等。

花：英、芳、葩、苞、蓓蕾等。

荷：莲花、芙蓉等。

虎：於菟、大虫等。

蛇：小龙、长虫等。

书信：函、简、柬、笺、翰、牍、札、鱼书、鸿雁、尺素等。

酒：春、醇、醪、醴、杜康、佳酿、杯中物、玉液琼浆、平
原督邮、青州从事等。

银幕：电影。

荧屏：电视。

货币：金、银、钱、钞、资、泉、票、文、圆、元、孔方兄、阿堵物、白水真人等。

还有相思／豆、君子／兰、龙井／茶、黄粱／梦、南柯／梦、秋波／眼、樱桃／小口等，不一而足。下面拟举若干谜例说明物品借代谜是如何扣合的。

1. 岳云（5画字）讪

岳云本是岳飞的儿子。今以"岳"借代扣"山"，以"云"同义扣"言"（讠）。

2. 谜格我不熟（成语）虎口余生

谜底本义指老虎嘴里剩下的生命，比喻经历了极大的危险，侥幸保全了性命。由于灯谜亦称文虎，故"谜"可以扣"虎"。"格"可象形扣方格亦即"口"字。"余生"可别解为"我感到生疏"。

3. 酒少饮为佳（三字祝词）春节好

因为古时"酒"亦称为"春"，故谜底可别解为：酒（春）节制饮为好。

4. 好似嫦娥模样（10画字）娟

由于"嫦娥"可以借代扣"月"，故底字"娟"可拆开成"如月"来切合面意。

5. 左牵黄，右擎苍（成语）行同禽兽

面句出自苏轼词《江城子·密州出猎》："老夫聊发少年狂，左牵黄，右擎苍。"意思是说：我老头子也要学学年轻人的狂态，左手牵着黄狗，让苍鹰歇在右臂膊上。谜底本义指行为如同禽兽，形容人的行为卑鄙丑恶之极。今别解为：与飞禽走兽一道出行打猎。本谜是以"黄"借代"兽"，以"苍"借代"禽"。

6. 石头下面有老虎（10画字） 蚕

"石"字的前头笔画为"一"，"老虎"别称"大虫"，"一"与"大虫"可组合成"蚕"字。

7. 背上樱桃上市来（首都） 北京

本谜使用方位法与借代法混合制法。"背"字之上面为"北"，"市"字之上头为"亠"，"樱桃"借代扣"小口"，将上述三个部件组装起来，便得出"北京"。

## 四、朝代姓氏的借代

中国历史上的封建王朝，其中有一部分以其创建人的姓氏代称之，如汉刘、曹魏、司马晋、李唐、赵宋、朱明等等。在灯谜中，常常以朝代名扣帝王的姓氏，或以年号扣合朝代名称，或以帝王姓名扣合朝代等等。例如：

1. 朱元璋研究专家（成语） 自知之明

谜底本义指有透彻了解自己的能力。今别解为：自然知道明朝的历史。这是以帝王姓名来借代扣合朝代。

2. 宋立程朱之道（现代作家） 赵树理

程朱之道亦即程朱理学，是北宋理学家程颢、程颐和南宋理学家朱熹思想的合称。谜底的"赵树理"既是著名小说家，也是人民艺术家。他的小说多以华北农村为背景，反映农村社会的变迁及矛盾斗争，塑造农村各式人物的形象。他开创的文学流派"山药蛋派"，成为新中国文学史上最重要、最有影响的流派之一。今照应谜面的提示，可别解为：赵宋时代树立起来的理学思想，从而得与面意切合。本谜是以朝代来扣合帝王姓氏。

3. 东晋建都于建康（汉代人） 司马迁

由于西晋建都于洛阳，而东晋却转移南下建都于建康（今南京），所以谜底"司马迁"已抹去其《史记》作者的身份，别解为：由司马氏所迁移，从而得与面意切合。这里是使用朝代借代扣合帝王姓氏。

## 五、时间的借代

借用四季、月份、节日、时辰乃至年龄的代称等等来实现面底互相扣合。下面先列几份与时间及年龄有关的对应关系表，然后再举若干谜例予以说明。

### 十二地支与十二时辰对应关系表

| 十二地支 | 子 | 丑 | 寅 | 卯 | 辰 | 巳 | 午 | 未 | 申 | 酉 | 戌 | 亥 |
|---|---|---|---|---|---|---|---|---|---|---|---|---|
| 十二时辰 | 夜半 | 鸡鸣 | 平旦 | 日出 | 食时 | 隅中 | 日中 | 日昳 | 晡时 | 日入 | 黄昏 | 人定 |

### 月、季异称表

| 季次 | 月次 | 别名 |
|---|---|---|
| 春 | 一月 | 正月、端月、元月、孟春 |
| | 二月 | 花月、如月、杏月、仲春 |
| | 三月 | 桐月、桃月、暮春、季春 |
| 夏 | 四月 | 梅月、槐月、蚕月、孟夏 |
| | 五月 | 蒲月、榴月、仲夏 |
| | 六月 | 暑月、伏月、荷月、暮夏、季夏 |
| 秋 | 七月 | 巧月、相月、孟秋 |
| | 八月 | 桂月、壮月、仲秋 |
| | 九月 | 菊月、玄月、暮秋、季秋 |
| 冬 | 十月 | 阳月、亥月、孟冬、小阳春 |
| | 十一月 | 黄钟、辜月、葭月、畅月、仲冬 |
| | 十二月 | 大吕、腊月、涂月、暮冬、季冬 |

## 年龄别称表

| | | | |
|---|---|---|---|
| 三朝 | 汤饼之期 | 三十岁 | 而立之年、半甲之年 |
| 周岁 | 初度 | | |
| 童年 | 总角、垂髫 | 四十岁 | 不惑之年、强壮之年 |
| 儿童 | 龆龀 | | |
| 九岁 | 教数之年 | 五十岁 | 艾、知天命、杖家之年 |
| 十三岁男 | 舞勺之年 | | |
| 十三岁女 | 豆蔻之年 | 六十岁 | 花甲、耳顺、有寿、周甲、杖乡之年 |
| 十五岁男 | 束发之年 志学之年 | | |
| 十五岁女 | 及笄之年 | 七十岁 | 古稀、中寿、致政、杖国之年 |
| 十六岁女 | 破瓜之年 | | |
| 十八岁女 | 待字之年 | 七十七岁 | 喜寿 |
| 二十岁男 | 弱冠之年 请缨之年 有室之年 | 八十岁 | 八秩、大寿、杖朝之年 |
| 八十八岁 | 米寿 | | |
| 八十岁至九十岁 | 耄耋、龙钟、皓首、黄发、冻梨、移山、鲐背 | | |
| 九十九岁 | 白寿 | | |
| 一百岁 | 期、期颐、上寿、百龄、百春 | | |
| 一百零八岁 | 茶寿 | | |

### 1. 公子（四字常言） 称雄一时

公子在古代用来称诸侯的儿子，后来人们也用来称官僚的儿子，或者尊称别人的儿子。"称雄一时"本义指在一段时期内居于首位。由于"公"有雄性之含义，故可以扣"称雄"；由于"子"是十二时辰中的第一个时辰，故可以扣"一时"。

2. 好似是午时（成语） 如日中天

"午时"在十二时辰中称为"中天"。谜底本义指好像太阳正处在正午时刻，但人们在实际应用时，都不顾本义而只取其喻义——亦即比喻事物正发展到十分兴盛的阶段。正是由于灯谜的别解作用，使"如日中天"从其经常使用的喻义回转到本义，露出其庐山真面目。

3. 仲秋（10画字） 朕

底字"朕"可分拆成"八月天"三字，而"仲秋"就是八月的别称。

4. 五月孤儿去远行（蔬菜） 蒲瓜

五月亦称"蒲月"，故可以扣"蒲"；"孤儿去远行"暗示"孤"字中之"子"字离去，从而余下"瓜"字。

5. 正月初七（6画字） 因

农历正月初七叫做人日，而"人日"二字可组合成"因"字。

6. 婚礼定于中秋后（成语） 大喜过望

婚礼是人生中的"大喜"事。中秋在农历八月十五，而农历每月十五别称为"望"，所以，本谜可别解为：大喜事过了十五才举办。

7. 而立之年得脱困（四字年纪用语） 三十出头

本谜使用分段扣合法。"而立之年"借代扣合"三十"，"得脱困"会意扣"出头"。

8. 一届花甲表心声（7画字） 辛

"花甲"指六十岁，"一届花甲"可别解为：将"一"与"六十"混合组装得出"辛"字，而"表心声"则用象声法提示：谜底之"辛"字与"心"字的读音相同。

9. 古稀夫妻去旅游（成语） 七十二行

谜底本义指各种行业的总称。今应顿读成"七十／二行"以应合面意。"古稀"借扣"七十"岁，"夫妻去旅游"会意扣"二行"。

10. 生于世上一百年（银行用语） 活期

谜底本义指银行存户随时可以提取款项，今别解为：活到了期颐，从而与面意切合。古人称一百年日"期"。

11. 国际儿童节（9画字） 音

国际儿童节是六月一日，简称"六一"。谜底"音"字可分拆为"六一日"，从而得与谜面切合。

12. 前所未有的建军节（7画字） 兵

本谜使用分段扣合法。"前所未有"可别解为："所"字的前面部分没有了，从而余下"斤"；"建军节"是八月一日，简称"八一"；将"斤"和"八一"三个字组装起来，便可得出底字"兵"了。

## 六、地名的借代

地名的借代，指以首都借扣国家，或者地名全称与简称、地名正称与别称、地名今称与古称之间的互相借代扣合。例如：

1. 三点到上海（4画字） 户

底字"户"如增添"三点"便为"沪"，而沪正是上海的别称。

2. 贵州今腾飞（12画字） 黑

贵州别称"黔"，"今腾飞"别解为："黔"字中的"今"要飞走，从而余下"黑"作为底字。

3. 山西毕业去东瀛（少笔字） 一

山西别称"晋"，"毕业"别解为："业"字完结了；"去东瀛"别解为："日"字去掉了，因为日本古称东瀛，"晋"字没有了"业"与"日"，最后只余下"一"字。

4. 福建出门到宁波（13画字） 蛹

福建别称"闽"，"宁波"别称"甬"，"福建出门"别解为："闽"

第五章 灯谜常见的六大谜体

字中的"门"出去了余下"虫","虫"再与"甬"组合得底字"蛹"。

5. 山东有雨，安徽少云（15画字）　皖

面句好像是天气预报，其实里面玄机暗藏。"山东"别称"鲁"，"有雨"暗示"鲁"中没有"日"，从而余下"鱼"；"安徽"别称"皖"，由于"白"与"云"均有说话之意，可以同义借代，故"少云"是暗示"皖"中少去"白"，从而余下"完"。最后将"鱼"与"完"合二为一组成底字"皖"。

6. 中国梦一定能圆（辛亥革命组织）　华兴会

华兴会是1904年2月成立于长沙，以黄兴为会长、宋教仁为副会长，以"驱除鞑虏、复兴中华"为宗旨的辛亥革命团体。由于中国别称"华"，故谜底可别解为：中华复兴一定会实现，从而与面意切合。

7. 十八岁赴华盛顿（成语）　成人之美

十八岁亦即成人，"之"有"往"的意思，华盛顿是美国首都。谜底本义为"成全人家的好事"，今别解为"成人之后去了美国"。这是以首都借代扣合国家。

8. 昆明遍降鹅毛雪（七言唐诗一句）　春城无处不飞花

谜底出自唐人韩翃《寒食》："春城无处不飞花，寒食东风御柳斜。日暮汉宫传蜡烛，轻烟散入五侯家。"谜底本义指春天的长安城里，没有一个地方不飘飞落花。由于昆明有"春城"之誉称，故入谜后可别解为：昆明无处不飘飞着雪花，从而得与谜面切合。这是以城市正称来借代扣合其誉称。

## 七、作品与其作者的借代

作品与其作者的借代，是指以某部或某些比较有名的作品来暗喻其作者，从而实现面底相互扣合。例如：

1. 七步诗成逃一劫（环保名词） 植被保护

三国时魏文帝曹丕嫉妒其弟曹植的才华，企图加害于他。一次命曹植作诗，限七步之内完成，否则治以死罪。不料曹植马上应声吟成一首《煮豆诗》，其最后两句是："本是同根生，相煎何太急！"曹丕闻之，深有愧色。谜底本义指对生活在一定地域内的植物的总量进行保护。今别解为：曹"植"由于七步成诗而"被保护"。这是以七步诗来借代扣合作者曹植。

2. 是谁撰写《三国志》（二字常言，徐妃格） 踌躇

西晋史学家、文学家陈寿搜集并整理三国史事，撰成《三国志》六十五卷。后人把《三国志》与《史记》《汉书》《后汉书》合称为"四史"，成为史籍中的名著。谜底"踌躇"原本有犹豫、停留或得意等三种含义，今按徐妃格读半面的规定，以"寿著"来回应谜面的问题，别解为"是陈寿所著"。

3.《汉书》出自何人手（管理学名称） 三班制

汉班固撰写《汉书》历时二十余年，其中汉武帝以后的历史，采用了其父班彪的遗文。公元89年，固因受大将军窦宪事件牵连死于狱中，《汉书》未成之稿，由其妹班昭与马续共同续成。三班制本指每日分三个班次交替着工作，今别解为：《汉书》由"三"个姓"班"的共同"制"作而成。

## 八、符号的借代

符号的借代指将人们熟悉的有关符号与其含义通过别解转换成相应的字眼，以达到面底相扣的目的。下面举若干谜例予以说明。

1. 区区之心（数学名词） 连乘

谜面指微小的一点儿心意或想法，常用作谦辞。谜底指三个或三个以上的数相乘。今将"区区之心"别解为：两个"区"字

的中心部位亦即"×"，然后将"×"别解为乘号，于是谜底"连乘"也就可以别解为"连续的乘号"，从而实现面底相扣。

2. 一错再错，铸成大错（八画字） 爽

将谜底的"×"别解为错误含义，那么，"一错"暗喻一个"×"；"再错"暗喻两个"×"；"大错"暗有一个"大"和一个"×"，将上述有关部件组装，便得出谜底"爽"字。

3. 二（二字教育新词） 减负

谜底"减负"本义指减轻学生负担，今别解为：减号与负号，也就是有两个"—"，从而与谜面切合。

4. 路上正逢泼水节（现代画家） 程十发

"路上"会意扣"程"；"正"别解成正号，从而借代扣合"十"；"泼水节"别解为"泼"字节掉三点水，从而余下"发"。

5. 三十六计名声久（少笔字） 九

"三十六计"在我国家喻户晓，久负盛名。今将"三十六计"中的"十"别解为加号，那么，"三十六计"就可别解为："三"加上"六"合"计"得"九"；"名声久"则暗示底字"九"与"久"同是谐音字。

6. 十一频道（七字俗语） 是非只为多开口

谜面指电视频道，谜底指是非都是由于话多惹出来的。今须将整个谜面进行别解：以"十"借代扣合"是"，以"一"借代扣合"非"，将"频道"谬解为"频频说话"，从而会意扣合"多开口"。

7. 电池负极作正极（成语） 以一当十

电池的负极亦称阴极，其符号为"—"；正极亦称阳极，其符号为"＋"。谜底本义指一个人抵挡十个人，今别解为：以负极（—）当作正极（＋）使用。

## 九、天干、四季、五行、五方、五色的借代

天干、四季、五行、五方、五色是我国传统的民俗文化。有些灯谜利用其中的对应关系，使谜面与谜底互相扣合。现将其约定俗成的对应关系列表如下，然后再举若干谜例予以说明。

| 天干 | 四季 | 五行 | 五方 | 五色 |
|------|------|------|------|------|
| 甲乙 | 春 | 木 | 东 | 青 |
| 丙丁 | 夏 | 火 | 南 | 红 |
| 戊己 | 长夏 | 土 | 中 | 黄 |
| 庚辛 | 秋 | 金 | 西 | 白 |
| 壬癸 | 冬 | 水 | 北 | 黑 |

1. 丙丁一个，甲乙一双（12画字） 焚

根据天干五行借代法，"丙丁"对应扣"火"，"甲乙"对应扣"木"。"丙丁一个"扣一个"火"，"甲乙一双"扣两个"木"。

2. 株（歌曲）《东方红》

根据五行五方借代法，"木"对应扣"东方"，"朱"同义扣"红"。

3. 盛夏（江西地名） 南昌

根据四季五方借代法，"夏"对应扣"南"，"盛"同义扣"昌"。

4. 立秋旅行遗笔端（古典名著）《西游记》

根据四季五方借代法，"秋"对应扣"西"；"旅行遗笔端"会意扣"游记"。

5. 冬至后三日（矿物） 水晶

根据四季五行借代法，"冬"对应扣"水"，"三日"会意扣"晶"。

6. 水穴（天文名词） 黑洞

谜底"黑洞"是科学上预言的一种天体，它只允许外部物质和辐射进入，而不允许其中的物质和辐射脱离其边界。因此，人

们只能通过引力作用来确定它的存在，所以叫做黑洞。如今根据五行五色借代法，以"水"对应扣"黑"，以"穴"同义扣"洞"。

**7. 满目春色（12画字） 靓**

根据四季五色借代法，"春"对应扣"青"，故"满目春色"也就是"见青"，而"见青"调整一下位置，便得到底字"靓"。

**8. 黄金美玉（成语） 中西合璧**

谜底本义比喻由中国和西方的精华结合成美好事物。今根据五色五方借代法，"黄"对应扣"中"，根据五行五方借代法，"金"对应扣"西"，"美玉"可会意扣"璧"。

## 十、生肖地支的借代

灯谜中常用传统的十二生肖与十二地支互相对应借代扣合（见下表）。谜面中如果有生肖字出现，应往相应的地支上去联想；同样，谜面中如果有地支字出现，则应往相应的生肖上去联想。

### 十二生肖与十二地支对应关系表

| 十二生肖 | 鼠 | 牛 | 虎 | 兔 | 龙 | 蛇 | 马 | 羊 | 猴 | 鸡 | 狗 | 猪 |
|---|---|---|---|---|---|---|---|---|---|---|---|---|
| 十二地支 | 子 | 丑 | 寅 | 卯 | 辰 | 巳 | 午 | 未 | 申 | 酉 | 戌 | 亥 |

**1. 籽（卡通人物） 米老鼠**

面字"籽"由一个"米"与一个"子"组合而成。根据地支生肖借代法，"子"可以对应扣"鼠"。所以，以"籽"扣"米老鼠"可谓铢两悉称，毫厘不爽。

**2. 初生牛犊（戏曲行当） 小丑**

根据生肖地支借代法，"牛"对应扣"丑"；既然是"初生"，当然是"小"了。

**3. 东北虎（戏剧名词） 主演**

根据五方五行借代法，"北"对应扣"水"（氵）；根据生肖地支借代法，"虎"对应扣"寅"；而"东"亦可借代扣合"主"。经过上述分段扣合，最终可得出谜底"主演"。

4. 夤夜出行（动物） 虎

夤夜亦即深夜。由于"夕"可与"夜"同义借代扣合，故"夤夜出行"可别解为："夤"字中之"夕"出去了，从而余下"寅"；而根据地支生肖借代法，"寅"对应扣"虎"。

5. 一对兔子隐林中（植物） 柳树

根据生肖地支借代法，"兔"对应扣"卯"；运用离合法将谜面上的"对"字移入谜底作为底字的部件；"隐林中"暗喻将"林"字分拆成两个"木"，并分别与"卯"和"对"组合成"柳树"二字作为谜底。

6. 主动点卯（月亮别称） 玉兔

旧时官厅在卯时（早上五点到七点）查点到班人员，叫点卯。本谜使用分段扣合法，将"主动点"别解为："主"字中之一"点"进行了移动，从而得出"玉"字；根据地支生肖借代法，"卯"对应扣"兔"。

7. 蛇口开放自此起（少笔字） 己

蛇口工业区位于深圳南头半岛，是招商局全资开发的中国第一个外向型经济开发区。根据生肖地支借代法，"蛇"对应扣"巳"。"蛇口开放"别解为将"巳"字打开缺口变成"己"；"自此起"则暗示"己"与"自"含义相同，从而排除了将"已"作为谜底的可能性，进一步锁定谜底非"己"莫属。

8. 诧异（成语） 打草惊蛇

"诧"可以同义扣"惊"，"异"可拆成"巳"与"艹"两部分。根据地支生肖借代法，"巳"对应扣"蛇"，"艹"可借代扣"草"。谜底的"打"作猜射解。换句话说，谜面"诧异"可以别解成"草惊蛇"，从而实现面底遥相呼应。

9. 一马当先（传统节日） 端午

谜面是形容带头或领先之意。今根据生肖地支借代法，以"马"对应扣"午"，"当先"会意扣"端"。

10. 灯谜如何扣"午"字（国名） 马尔代夫

根据地支生肖借代法，"午"可以对应扣"马"。所以，谜底可别解为：可以用"马"字来借代"午"字。

11. 未见其人，已知其诈（8画字） 佯

根据地支生肖借代法，"未"对应扣"羊"；"羊"与"其人"相"见"，可得"佯"；而且，"佯"有"假装"的含义，也就是具有"诈"的性质。

12. 家里卖猪养猴（8画字） 审

"豕"即"猪"；根据生肖地支借代法，"猴"对应扣"申"，所以，"家里卖猪养猴"应别解为：将"家"字里面的"豕"除去，然后添上"申"。如此一来，谜底"审"就跃然纸上了。

13. 伸（中药二） 猴头、人参

根据地支生肖借代法，"申"对应扣"猴"。所以，谜面"伸"可以别解为：在"申"（猴）的前头有一个"人"字参加进来。

14. 属鸡与我可相匹（10画字） 配

根据生肖地支借代法，"鸡"对应扣"酉"，"我"同义扣"己"，二者组合成"配"字。而"配"本身也有"相匹"的含义。

15. 醒目（疾病名） 斗鸡眼

斗鸡眼亦称斗眼，指患内斜视的眼睛。本谜使用分段扣合法，根据地支生肖借代法，"酉"对应扣"鸡"，"星"同义扣"斗"，"目"同义扣"眼"。

16．猪增加出口（8画字） 劾

根据生肖地支借代法，"猪"对应扣"亥"；"增加出口"可别解为："加"字之中的"口"字出去了，从而余下"力"；"亥"与"力"再组合成底字"劾"。

## 十一、同义字词的借代

同义字词借代是利用汉字一字（词）多义及多字（词）同义的特点而成谜。下面按同义的名词、形容词、动词以及虚词分成四组，然后每组列举两条谜例，以具体说明这些同义字词是如何借代成谜的。

### （一）同义的名词

1．国花（国际名词） 英联邦

国家把本国人民喜爱的花作为国家的象征，这种花叫做国花。英联邦指英国和已经独立的前英国殖民地或附属国组成的联合体。在本谜中，"国"与"邦"、"花"与"英"皆属于同义的名词，"联"是连接词。谜底别解为："国花"是"英"与"邦"的联合体。

2．洞中得会郎君面（13画字） 窥

"洞"与"穴"、"郎君"与"夫"皆属同义的名词，"得会……面"可会意扣合"见"。底字"窥"可拆成"穴见夫"来切合面意。

### （二）同义的形容词

朱墨（法国小说） 《红与黑》

朱墨亦即用朱砂制成的墨。谜底《红与黑》是法国现实主义文学家司汤达的代表作。在本谜中，"朱"与"红"、"墨"与"黑"皆属于同义的形容词，而"与"则是连接词。谜底别解为：谜面"朱墨"就是红色与黑色的意思。

（三）同义的动词

1. 视（神话人物） 观世音

在本谜中，"视"与"观"皆属于同义的动词，"世音"则暗示"视"字与"世"字是谐音字。

2. 边走边说（交通设施） 人行道

在本谜中，"走"与"行"、"说"与"道"皆属于同义的动词。谜底别解为：人们一边行走一边说话。

（四）同义的虚词

1. 狗猫像什么（成语） 如狼似虎

谜底原先用来形容勇猛，后用来比喻凶暴、残忍。入谜后，又将其喻义转化为本义，别解为：狗如狼，猫似虎。在本谜中，"像"与"如"、"似"皆属于同义的虚词。

2. 回顾为官很清正（战国人） 廉颇

谜面"回顾"其实是暗示要将谜底文字顺序倒过来看，亦即须将"廉颇"看成是"颇廉"。由于"很"与"颇"是同义虚词，"清正"与"廉"是同义形容词，所以本谜属于同义的虚词与形容词混合借代扣合。除此之外，本谜还是一则化格谜，因为它化解了秋千格的使用规则。

# 第三节　拆字别解体灯谜

拆字别解体灯谜简称拆字谜，指在字形分析的基础上，运用拆字别解方法制作出来的灯谜。拆字谜与会意谜一样，是灯谜中最常用的谜体之一。可以说，会意谜与拆字谜是中华灯谜大厦的两大支柱。

拆字谜是利用汉字可以分析拆拼的特点，对谜面或谜底文字的形状、笔画、偏旁、部首进行增损变异或离合归纳，使原来的字形发生改变，最终达到面底互相扣合。本节拟介绍拆字谜中比较常用的 12 种创作方法，其中的增损法、离合法与方位法，是构成拆字谜的三大主要法门。由于增损法较为复杂，为了使读者有更加具体透彻的理解，下面拟进一步将它细分成增补法、减损法及增减法等三种手法予以介绍。

## 一、增补法

增补法亦称增添字形法，这是根据谜面或谜底带有增添意义的字眼所作的提示，用增补某个字或增补笔画偏旁部首等办法来达到面底相互扣合。增补法分谜面增补法与谜底增补法两种。

（一）谜面增补法

1. 交（成语）　一口咬定

谜底本义指一口咬住不放，形容说话非常坚决，决不更改。今别解为：面字"交"如增补一个"口"，那么必定会变成一个"咬"字。本谜提示增添意义的字眼是"一口"。

2. 吾（文学名词二）　寓言、成语

谜底可别解为：面字"吾"如寄托（寓）一个"言"（讠）字，那就会变成一个"语"字。本谜提示增添意义的字眼是"寓"。

3. 一一补足（9画字）　是

谜面可别解为：将"一一"二字增补至"足"字中去，得到底字"是"。本谜提示增添意义的字眼是"补"。

4. 五点三分进川来（甘肃地名）　兰州

将谜面"三"与"川"两个单字整体抽出，并转为谜底文字的部件；然后将"五点"分成两部分，有两点与"三"组合成"兰"，有三点与"川"组合成"州"。本谜提示增添意义的字眼是"进"。

5. 一人受灾，八方支援（14画字） 熔

由于"方"可以象形扣合"口"字，故可以将谜面的"人"、"灾"、"八"与"口"（方）四个单字抽出来，作为谜底文字的部件，经过一番笔画调整，最终可组合成底字"熔"。本谜提示增添意义的字眼是"受"与"支援"。

（二）谜底增补法

1. 有点着迷（8画字） 述

如果底字"述"增补上一点，就会成为"迷"字，这也就是谜面"有点着迷"的别解——别一种解释。本谜提示增添意义的字眼是"有点着"。

2. 一点一点落实（6画字） 买

如果将"一点一点"（亦即两点）降落到底字"买"的头上，那么"买"就会变成"实"字。本谜提示增添意义的字眼是"落"。

3. 引进人才留得住（5画字） 主

底字"主"如引进"人"（单人旁），那么就会得到"住"字。本谜提示增添意义的字眼是"引进"。

4. 一笔写出两个字（4画字） 毛

底字"毛"如果增补两个"个"字的话，就会写成"笔"字。本谜提示增添意义的字眼是"写出"。

5. 全力以赴定成功（少笔字） 工

底字"工"如增补上一个"力"字的话，一定会成为"功"字。本谜提示增添意义的字眼是"赴"。

## 二、减损法

减损法与增补法相反，它是根据谜面或谜底中具有减损意义的字眼所作的提示，从面或底中减去有关的字，或减去有关的偏

旁部首、笔画，然后使面底互相扣合。减损法也分谜面减损法与谜底减损法两种。然而，在灯谜实践中，谜面减损法的谜作比谜底减损法的谜作多得多。

（一）谜面减损法

1. 藏羚羊（5画字） 令

将"羚"字中之"羊"字收藏起来，从而余下"令"字。本谜提示减损意义的字眼是"藏"。

2. 尘土飞扬（少笔字） 小

"尘"字中之"土"字飞走了，从而余下"小"。本谜提示减损意义的字眼是"飞扬"。

3. 朝前走，莫后退（11画字） 萌

"朝"字的前面部件"走"开了，从而余下"月"；"莫"字的后面部件（大）"退"出了，从而余下"艹"与"日"；最后，将"月"、"艹"与"日"三种部件进行组装，便组成底字"萌"。本谜提示减损意义的字眼是"走"与"退"。

4. 孤燕空中上下飞（5画字） 北

单独一个"燕"字，如果其中间的"口"字空缺了，上边的"艹"（草字头）和下边的"灬"（四点底）都飞走了，那结果就只剩下一个"北"字了。本谜提示减损意义的字眼是"空"与"飞"。

5. 消息似无自是无（7画字） 沁

由于"肖"与"似"都具有"好像"的含义，故二者可以互相借代扣合。谜面可以别解为："消息"二字中之"肖"字没有了，"自"字也没有了，从而余下"沁"字。本谜提示减损意义的字眼是"无"。

6. 文不加点错全无（少笔字） 一

"文不加点"本义指文章一气呵成，无须修改。今别解为："文"

字中那一点（丶）不要。"错全无"别解为："文"字中那个"乂"（错）也不要，"文"字去掉了"丶"与"乂"，岂不只余下孤零零的"一"字了吗？本谜提示减损意义的字眼是"不加"与"全无"。

### 7. 无心念书则落后（8画字） 贪

"念"字无心余下"今"，"则"字落掉其后面的"刂"（立刀）余下"贝"，二者组合成底字"贪"。本谜提示减损意义的字眼是"无"与"落"。

### 8. 车辆行驶避行人（5画字） 丙

"车"字要从"辆"字离开，从而余下"两"；之后，"人"字也要"避"开"两"字而出"行"，从而余下底字"丙"。本谜提示减损意义的字眼是"行驶"与"避行"。

### 9. 去掉上边，只剩下边（4画字） 公

"去掉上边"别解为：将"去"字的上面部件去掉余下"厶"；"只剩下边"别解为："只"字只有下面部件"八"字剩下。于是上述两个取出的部件重新组合成底字"公"。本谜提示减损意义的字眼是"掉"和"剩"。

### 10. 破坏森林，水必流失（11画字） 梳

"森"字之中毁掉"林"余下"木"，"流"字失去其"水"（氵）余下后面的部件，最后将"木"与"流"字的后面部件组合成底字"梳"。本谜提示减损意义的字眼是"破坏"与"失"。

### 11. 查出木马，——清除（6画字） 吗

"查"字之中的"木"出走了，"——"二字也清除了，从而仅余下"口"字，而"口"与"马"可组合成底字"吗"。本谜提示减损意义的字眼是"出"与"清除"。

### 12. 公文包不装半个私字（6画字） 交

谜面似乎是称赞领导干部严于律己，办事公正，不循私情，

其实里面装有一个文字别解机关。本谜的关键词是"公文"二字，"不装半个私字"是暗示要将"公文"中之"厶"字清除出去，从而余下底字"交"。其实，"厶"不但是"私"字中的一"半"部件，而且还是"私"字的古字。本谜提示减损意义的字眼是"不装"。

13. 园墙四面开，但无人进来（节日）　元旦

"园墙"暗喻"园"字中之方框，"园墙四面开"也就是暗示"园"字除掉方框余下"元"；"但无人进来"则暗示"但"字之中的"人"（单人旁）没有了，从而余下"旦"。本谜提示减损意义的字眼是"开"与"无"。

（二）谜底减损法

1. 白（成语）　百无一是

谜底本义指一百件事情里，没有一件做得对。今别解为："百"字之中如果没有"一"，即"白"字。本谜提示减损意义的字眼是"无"。

2. 乖（成语）　乘人不备

谜底本义指趁着对方没有防备或疏忽而采取相应的行动。今别解为："乘"字中的"人"没有了，从而余下"乖"。本谜提示减损意义的字眼是"不备"。

3. 田（成语）　挖空心思

谜底是形容费尽心机，今别解为：将"思"字之中的"心"字挖掉，从而余下"田"字。本谜提示减损意义的字眼是"挖空"。

4. 弃权得十分（9画字）　树

将底字"树"中之"权"字舍弃，便余下"寸"字，而一寸亦即"十分"。本谜提示减损的字眼是"弃"字。

5. 无一人猜中（7画字）　束

底字"束"如果没有其中的"一人"二字，则成"中"字。

本谜提示减损意义的字眼是"无"。

### 三、增减法

增减法是指根据谜面表示增补或减损意思的字眼的提示，对谜面关键词的单字或部件进行适当整合，或者先增补后减损，或者先减损后增补，从而实现面底互相扣合。

**1. 陕西省西安人（8画字） 侠**

表面看来面句是说某人的籍贯，十分平常，其实里面却是玄机暗藏。要破本谜，须先对谜面作如下别解：将"陕"字西边的"阝"（双耳旁）省掉，从而余下"夹"；然后在"夹"字的西边，安上一个"人"字，于是底字"侠"也就应运而生了。本谜表示减损的字眼是"省"，表示增补的字眼是"安"。

**2. 有人站着吹口哨（8画字） 俏**

"有人站着"暗示谜底应当有一个"亻"；"吹口哨"则暗示须将"哨"字中之"口"吹掉，从而余下"肖"，上述两个部件组合成"俏"字。本谜表示增补的字眼是"有"，表示减损的字眼是"吹"。

**3. 少了一字要补上（陕西地名） 西安**

"字"字里面缺少"了"字与"一"字这两个部件，从而余下"宀"；然后再将"要"字增补进来，与"宀"组合成"西安"二字。本谜表示减损的字眼是"少"，表示增添的字眼是"补上"。

**4. 本人退休儿顶替（少笔字） 兀**

从"本人"二字里面退出"休"字，从而余下"一"；然后将"儿"字增补进来，最终组合成底字"兀"。本谜表示减损的字眼是"退"，表示增补的字眼是"顶替"。

**5. 洪水无情人有情（8画字） 供**

"洪"字中的"水"（氵）没有了，但谜底应当有一个"人"

字存在，从而得出一个"供"字。谜面中的"情"字不属闲字，因为它可别解为"情况"，亦即谜面文字情况。本谜表示减损的字眼是"无"，表示增补的字眼是"有"。

6. 失败之后当和尚（12画字） 赏

"败"字后面的反文（攵）损失了，然后再将"尚"字掺和进来，从而得到底字"赏"。本谜表示减损的字眼是"失"，表示增补的字眼是"和"。

7. 主要缺点不团结（8画字） 环

"主"字要缺失其中之一点（丶），然后将"不"字团结进来，从而得出底字"环"。本谜表示减损的字眼是"要缺"，表示增补的字眼是"团结"。

8. 可别开口就发火（6画字） 灯

"可"字离别开了"口"从而余下"丁"，然后又产生出一个"火"，"丁"与"火"再组合成底字"灯"。本谜表示减损的字眼是"别开"，表示增补的字眼是"发"。

9. 一言既出，驷马难追（12画字） 詈

谜面是形容话说出来，就不能再收回。今应别解为：谜底应当"出"现一个"言"字；"驷"字中的"马"字收不回来了，从而余下"四"，"言"与"四"再组合成底字"詈"。本谜表示增补的字眼是"出"，表示减损的字眼是"难追"。

10. 连本带利，一笔勾销（11画字） 梨

将"本"与"利"二字结合在一起，然后从中将"一"字勾销，便得出底字"梨"。本谜表示增补的字眼是"连"与"带"，表示减损的字眼是"勾销"。

11. 鱼汛之日，组织下水（现代作家） 鲁迅

鱼汛是指某些鱼类由于越冬等原因在一定时期内高度集中在

一定水域,适于捕捞的时期,也作渔汛。今将谜面别解为:先将"鱼汛之日"四字组合在一起,然后将其中的"水"(氵)除下,最后再统一调整余下部件,从而得出谜底"鲁迅"二字。本谜表示增补的字眼是"组织",表示减损的字眼是"下"。

12. 投石破水面,少游得妙联(11画字) 婆

乍看谜面,不禁使人回忆起那副"闭门推出窗前月,投石冲开水底天"的妙联。但是要注意,谜面是一个故弄玄虚的迷魂阵,表面看是运典谜,其实却是运用了有典化无典的手法。具体来说,是运用增减法创作出来的,与原来的典故风马牛不相及。

下面我们不妨作进一步剖析:"投石破"是暗示将一个"石"字增补进来,便可得到一个"破"字,当为"皮"字。"水面"则暗示应当有"水"(氵)来相见。"皮"与"氵"相见可组合成"波"。"少游得妙"是暗示:"少"字得从"妙"字游走出去,从而余下"女"字。"联"则暗示须将"女"字与"波"字互相联合,遂得出真正的谜底"婆"字。这条谜需要经过如此多次抽丝剥茧的分析推导,才能使底字浮出水面,想必即使叫秦少游来猜射,他也会搔头抓耳,叫苦不迭的!

## 四、离合法

离合法是一种将汉字部件拆离于谜面,聚合于谜底的成谜法,也是拆字谜中运用十分普遍的手法。该法根据许多汉字是由两三个部件组成的特点,利用拆字别解手法,将谜面关键词的整个单字或有关部件(指偏旁部首或笔画)进行分离移动后,重新加以装配,最终顺理成章地形成与谜面文字迥异的谜底文字。下面拟举谜例说明。

1. 散而复聚（6画字） 血

将"而"字结构拆散，将其顶上的一横安置于最底部，从而得到底字"血"。

2. 奥运火种（传统节日） 中秋

将"火种"二字的部件很巧妙地进行搬运并重新安装，遂得出谜底"中秋"二字。

3. 修旧如旧（5画字） 古

对"旧"字进行修理，也就是对其原有的笔画结构进行改动，从而得出"古"字。"如旧"二字则暗示这个底字具有"旧"的含义，从而排除了底字是"由、田、甲、申、旦、叶"等字的可能性，因为这些字眼皆无"旧"的含义。这样也就确保了"古"字是本谜唯一的谜底。

4. 东西部交流会（10画字） 陪

将"部"字的两个部件的东西位置进行互换，然后再会合在一起，形成"陪"字。

5. 立即移居到中国（18画字） 璧

谜面应进行分段别解："移居"是暗示"居"字的笔画结构需要移动，亦即须将"居"字里面的"十"移至外边；"中国"暗示要取出"国"字的中央部件"玉"，最后再将"立"字增补进来。如此整理一番之后，谜底"璧"终于露出了真容。

6. 鱼香必须调制好（国名） 秘鲁

鱼香是四川菜肴主要传统味型之一，成菜具有鱼香味，但其味并不来自鱼，而是由有关调味品调制而成的。谜面"须调制好"四字其实是在提示猜者，要将前面的"鱼香必"三字进行先拆离后组装，这样就不难摸索出谜底"秘鲁"了。

第五章 灯谜常见的六大谜体

7. **安排周到有水准（艺术形式） 冰雕**

当猜者用别解的眼光对谜面进行审视时，不难发现本谜的关键词是"周"、"水"与"准"三个字。然后在艺术形式的范畴内对这三个字重新组配，很快便发现谜底就是用冰雕刻形象的艺术——冰雕！

8. **桥头较乱须整治（交通工具） 校车**

"须整治"是暗示本谜要运用离合法。先将谜面进行分段别解："桥"头亦即"桥"字前头部件"木"，"较乱"则暗示将"较"字拆离打乱后与"木"字进行装配，从而得出谜底"校车"。

9. **厂里产品，力求更新（调味品） 咖喱**

本谜的关键词是"厂里"、"品"与"力"四个字。"求更新"是提示须要对这四个字进行拆离移动后，再重新组装。"厂里"可组合成"厘"，"品"字中的三个"口"要拆离，分别与"力"和"厘"组配出"咖喱"二字。

10. **小调整带来大变化（6画字） 灯**

"小"字的笔画需要调整，"大"字的笔画也要变化，经过如此一番拆离组合，最终得出底字"灯"。

11. **自小在一起，目前少联系（9画字） 省**

表面看谜面说的是两个总角之交的发小，长大以后联系不多。其实，里面却深藏着拆字离合之玄机。在本谜中，前句的"自小"与后句的"目少"，都是关键词，而且，它们都是从同一个"省"字衍生演化出来的，都同样是构成"省"字的部件！也就是说，"自小"二字"在一起"，可以组合成"省"字；"目少"二字"联系"起来，也可以组合成"省"字。面句明白如话，流畅自然，将"省"字不动声色地分拆成四个不同的部件，然后又天衣无缝地将它们连缀起来，可谓独出机杼，极尽文字离合、回互其辞之能事。这条谜由已故谜家王能父先生制作，不愧为离合法字谜之典范，传世之神品！

## 五、方位法

所谓方位法，就是指按照谜面所提示的东南西北、上下左右、内外边角、前头后尾等方位，运用别解手法，将有关的字眼、偏旁部首或笔画作去留处置，再巧妙缀合为谜底。方位的确定一般以地图"左西、右东、上北、下南"为惯例，或以偏旁部首和笔画在文字中的位置，以及书写时的先后顺序为依据。单纯的方位词，有上、下、左、右、前、后、内、外、先、中、始、初、旁、边、头、周、畔、首、尾、高、低、顶、脚、底、终、端、末等等。方位法在拆字谜中的应用也相当广泛，举谜例说明。

1. 下车伊始（4画字） 什

谜面旧时指新官到任。今别解为：取出"车"字的下边部件"十"，以及"伊"字的起始笔画单人旁（亻），二者组合成底字"什"。

2. 无云无雨天更高（节日简称） 六一

处于"无云无雨天更"六字最高位置的笔画都是"一"，共计有"六"个"一"，所以谜底为"六一"无疑。

3. 表吾拳拳赤子心（节日简称） 六一

处于"表吾拳拳赤子"六字中心位置的笔画都是"一"，共计有"六"个"一"，所以谜底非"六一"莫属。

4. 白首雄心有劲头（8画字） 径

"白"字的开首笔画是一撇（丿），"雄"字的中心笔画是单立人（亻），再取出"劲"字的前头部件，将这三个部件组装起来，便得到谜底"径"。

5. 摇头晃脑走在前（10画字） 捏

"摇"字的前头部件是提手旁（扌），"晃"字的前头（脑）部件是"日"，"走"字的前头部件是"土"，将这三个部件组装起来，便得到底字"捏"。

6. 东村雪后觅初梅（10画字） 梈

"村"字的东边部件是"寸"，"雪"字的后面部件是"彐"，"觅初梅"暗示要将"梅"字的初始部件"木"增补进来，将这三个部件组装成底字"梈"。

7. 先修古宅，后铺村路（网络名词） 博客

博客既指在互联网上发表的文章、图片等内容，也指发表者本人。今须将谜面别解为：取出"古宅"二字中处于先前位置的部件"十"与"宀"，以及"铺村路"三字中处于后面位置的部件"甫"、"寸"和"各"，然后进行重新组装，最终装配出谜底"博客"二字。

8. 这东西极坏，一沾悔终生（社会不良现象） 吸毒

看了这条谜，大家都觉得所言极是。吸毒不但会严重伤害吸毒者的身体，而且往往会使吸毒者陷入犯罪的泥坑，落得家破人亡的悲惨下场。所以，一旦沾上，必定会后悔终生。善良的人们，切记要珍爱生命，远离毒品！这是一条运用方位法制作的佳谜。首先，如同猜射许多字谜时那样，必须对谜面进行别解。"这东西极坏"其实是暗示：将"极"字东边部件"及"与"坏"字西边部件"土"取出作为谜底文字的部件；"一沾悔终生"则暗示须将"沾悔"二字的最后书写的部件"口"与"母"取出作为谜底文字的部件，而且，尚须将前头的"一"字也一并增补进来。经过如此一番将部件提取并加以装配之后，终于组装出"吸毒"二字。本谜是一条将政治思想性与灯谜艺术性完美结合的谜作，但愿这样的佳作层出不穷，长盛不衰！

9. 公字当头争上游，一生心血为兴中（9画字） 洪

"公字当头"暗示取出"公"字的前头部件"八"，"争上游"暗示取出"游"字上端位置部件"氵"，"生心血"暗示取出"血"字中心的两竖（‖），与此同时，还要将"一"字增补进来。将上述各有关部件进行装配，便能打造出底字"洪"了。

## 六、半面法

半面法又称取半法，是字形离合体的一种特殊形式。该谜法是运用别解思维将谜面中的关键词取出一半进行重新组装，以便形成谜底的新文字。这类谜的谜面经常有取出一半的提示，但到底取出哪一半往往没有具体明确指出，猜者必须根据面底扣合的需要来决定取舍。举谜例说明。

1. 彼此各一半（12画字） 跛

从"彼"中取出"皮"、"此"中取出"止"、"各"中取出"口"，组合成底字"跛"。

2. 比二多一半（6画字） 死

从"比"中取出"匕"，从"二"中取出"一"，从"多"取出"夕"，组合成底字"死"。

3. 半掩村桥半拂溪（11画字） 淋

面句出自唐人杜牧《柳》："数树新开翠影齐，倚风情态被春迷。依依故园樊川恨，半掩村桥半拂溪。"今将谜面别解为：从"村桥"二字中取出"木木"，从"溪"字中取出"氵"，组合成底字"淋"。

4. 有点含羞半遮颜（11画字） 羚

"含羞半遮颜"是暗示在"含羞"二字中遮盖一半，取出一半，亦即取出"今"与"羊"二字；"有点"则暗示要将一点（丶）增补进来，从而得出底字"羚"。

105

5. 秋枫烟岚半朦胧（成语） 风风火火

谜面似乎是一幅具有朦胧美的秋景图。谜底本义指匆匆忙忙的样子,也指莽撞的样子。"半朦胧"其实是在暗谕猜者需要从"秋枫烟岚"四字之中各取出一半部件,也就是两个"风"字和两个"火"字,从而组合出谜底"风风火火"。

6. 相爱多年半是虚（18画字） 瞬

"半是虚"是暗喻"相爱多年"四字之中,各有一半部件空虚了。换言之,就是要将"相爱多年"四字之中的一半部件取出进行重新装配,从而拼装出底字"瞬"。

7. 半对半对,合成一对（4画字） 双

谜面"半对"可别解为:从"对"字取出一半部件"又","半对半对"合成"双"字。

8. 切一半,吃一半,还剩一半（8画字） 迢

从"切"中取"刀",从"吃"中取"口",从"还"中取"辶",将这三个部件组合成底字"迢"。

## 七、聚残法

聚残法就是将谜面中的关键词的残缺部分聚集起来,同时往往与减损法、半面法、方位法等等共同使用,从而最终组合出谜底。关键词的残缺部分随谜意而定,或半面,或一笔,或残边,或残角,运用比较灵活。在谜面中,通常都有诸如"残、缺、破、损、断、毁"等等的提示字眼,但又不明确告之应该取舍的部分,一切须视面底扣合需要而定。举例说明。

1. 一斗（成语） 偷工减料

谜底本义指不按照产品或工程所规定的质量要求而暗中掺假或削减工序和用料。今别解为:将"工"字中的笔画偷走,只余

下"一";将"料"字中的部件减损，只余下"斗"。

2. 人残心不残（5画字） 必

使"人"字残缺，从中取出一撇（丿），"心"字原封不动，组合成底字"必"。

3. 折枝杨柳送佳人（广西城市） 桂林

谜面典出"折柳"：汉代京城长安习俗，凡送远客，都要送到城东的灞桥，攀折柳枝赠别。今将谜面别解："折枝杨柳"暗喻将"枝杨柳"三字弄残，并取出"木木木"三个部件；"送佳人"则暗喻将"佳"字中的"人"送走，从而余下"圭"。最后将四个部件重新组装，便得出"桂林"二字。

4. 包公巧断无头案（8画字） 构

"包公巧断"别解为：从"包"字中取出包字头（勹），从"公"字中取出"厶"；"无头案"别解为"案"字的前头部件"安"没有了，从而余下"木"。将这三个部件组装成底字"构"。

5. 案件告破无问题（9画字） 保

"案件告破"应别解为：将"案件告"三字弄破，从中取出"木亻口"三个部件，重新组装出"保"字。

6. 伤筋动骨两个月（8画字） 朋

谜面的"伤筋动骨"可别解为：将"筋"与"骨"二字弄残，而"两个月"则暗喻从"筋骨"二字中取出两个"月"字，从而组合成谜底"朋"字。

7. 不足之处，非在内部（5画字） 外

"不足之处"是暗喻将"处"字弄残，让其原来的笔画结构有所残缺不足，从而形成底字"外"。而"非在内部"则运用反面会意法：既然非在内部，反过来就一定是在外部了，从而将底字"外"牢牢锁定。

## 八、反转法

反转法是指将谜面的关键词或其部件围绕一个中心做180°平面转动，或做镜中反形般的立体转动，以达到面底相扣的目的。运用此法成谜时，通常使用"反、侧、翻、映、影、背、颠倒、反转"等等表示辗转反侧意义的字眼加以提示。举例说明。

1. 翻面不认人（少笔字） 入

将"人"字翻过来，那当然是"入"字了。

2. 一川横流人倒映（6画字） 羊

谜面"一川横流"应别解为：将"川"字从竖到横放置，从而得到一个"三"字；"人倒映"应别解为：将"人"字倒转成"丫"字，最后将"三"与"丫"组合成底字"羊"。

3. 方得脱苦翻了身（5画字） 卉

由于"方"可以象形扣合"口"，所以"方得脱苦"可以别解为：将"口"从"苦"字中脱离，从而余下"艹、十"；而"翻了身"则暗喻要将"艹、十"翻转过来，最后得出底字"卉"。

4. 转身一飞结良缘（11画字） 痕

"转身一飞"应别解为：将"飞"字翻转过来变成"冫厂"；"结良缘"则应别解为：将"良"字增补进来与"冫厂"结合，从而组合出底字"痕"。

5. 失恋后倒少点牵挂（5画字） 业

"失恋后"是暗喻"恋"字后面的"心"失去了，从而余下"亦"；"倒少点牵挂"则是暗喻将"亦"字倒转过来，同时还将"亦"字上面那一"点"也切割掉，不再让它继续"牵挂"在"亦"字上面。经过如此一番处理，最后能"坚守阵地"者，就非"业"字莫属了。

6. 总不留心，要栽跟头（5画字） 只

谜面"总不留心"应别解为："总"字中的"心"没有了，从而余下"丷口"；"要栽跟斗"则应别解为：要将"丷口"翻转过来成为"只"，可谓一环扣一环，减损明确，反转分明，干净利索，不枝不蔓。

7. 将其放翻，一一拿下（6画字） 并

谜面"将其放翻"应别解为：将"其"字翻转过来，"一一拿下"应别解为：将"其"中间那个"二"（一一）拿走。这样处置后，底字"并"也就呼之欲出了。

## 九、包含法

包含法的特点是将谜底的文字用隐晦含蓄的方式罗列于若干谜面文字当中，这若干文字当中所共有的文字就是谜底文字。举例说明。

1. 珍珠玛瑙样样有（4画字） 王

在"珍珠玛瑙"四个字当中，都包含一个"王"字。

2. 桌椅箱柜都齐备（4画字） 木

在"桌椅箱柜"四个字当中，都包含有一个"木"字。

3. 笙箫管笛全不少（6画字） 竹

在"笙箫管笛"四个字当中，都包含有一个"竹"字。

4. 党员高尚品格，处处有所体现（少笔字） 口

在"党员高尚品格"六个字当中，都包含有一个"口"字。

5. 唐宋没有隋朝有，金元没有明清有（4画字） 月

在"隋朝"和"清朝"四个字当中，都包含有一个"月"字。

6. 地没有天有，妻没有夫有，我没有你有，马没有犬有（少笔字） 人

在"天"、"夫"、"你"、"犬"四个字当中,都包含有一个"人"字。

7. 同在通达逍遥道,皆是轩辕轻辇轮(7画字) 连

轩辕是我国古代传说中皇帝的名字。轻辇指皇帝、皇后坐的车。在"通达逍遥道"五个字中,都包含有一个走之底"辶";在"轩辕轻辇轮"五个字当中,都包含有一个"车"字。将"辶"与"车"组合起来,就是谜底"连"字。

8. 刘备有,张飞有,曹操有,人人都要有(15画字) 德

刘备字玄德,张飞字翼德,曹操字孟德,这三位三国名人的字,都含有一个"德"字。"人人都要有"则是暗喻:人人都需要有道"德"。这样看来,谜面四句话,都包含有一个"德"字,将"德"作为谜底,大有"舍我其谁"的气概。

## 十、变形法

所谓变形法,是指一种对谜面关键词的有关部件或笔画的形状结构进行适当的改造革新,从而形成面目一新的谜底文字的成谜方法。有关部件的变形,是指繁体字与简体字、正体字与非正体字的变换,或字形外观、大小与原来不同,稍有改变。有关笔画的变形,是指笔画在长短或增损之间的变换,或者笔画的位置产生移动以及方向有所改变等。我们在运用变形法制谜时,一定要掌握好分寸,尽量做到有根有据,恰到好处。应当牢记:谜底无论如何"变形",都必须以谜面文字为基础,千万不能随心所欲,天马行空,毫无章法,致使猜者找不着北。举例说明。

1. 变形金刚(11画字) 铡

谜面已提示要使"金刚"二字变形。如何变呢?将"金"变成金字旁(钅),将"冈"变成"贝",再把立刀旁增补进来,最终组合出底字"铡"。

2. 杂交玉米（11画字） 球

将"玉米"二字掺杂交合，组配出新字。先将"玉"字中的一点分离出去从而余下"王"字，再将"米"字上面两点往下移动，并将"玉"字原先那一点增补进来，从而形成"求"字。最后将"王""求"二字组合成"球"字作为谜底。

3. 衣着有点变化（11画字） 袋

本谜的关键词是"衣"与"化"。"变化"暗示需要使"化"字的字形发生改变，"有点"则暗示还要增补上一点（、），如此一来，便可将"化"摇身一变成为"代"，然后再将"代"与"衣"合二为一，组成底字"袋"。

4. 若有改变更难受（8画字） 苦

谜面的"若有改变"已暗示"若"字需要变形，亦即将其中间笔画由"艹"变成"十"，从而变为"苦"字。"更难受"同义会意扣"苦"，从而进一步将谜底牢牢锁定，保证其唯一性。

5. 心有余而力不足（7画字） 忍

谜面的"心有余"可别解为：将"心"字从谜面移出成为底字的部件，而且还多"余"出一点（、）；"力不足"则别解为："力"字中之一撇（丿）应有所缩短，从而变成"刀"字。最后将"心""、"与"刀"三个部件组装成为底字"忍"。

6. 脱贫带来厂貌新（10画字） 颁

本谜的关键词是"贫"与"厂"。"脱贫"暗示要将"贫"字分拆成"分""贝"二字；"厂貌新"暗示要使"厂"字变形成为"厂"；最后再将这三个提取出来的部件进行组装，便得出底字"颁"了。

7. 六斤少一点，八斤多一些（7画字） 兵

对于"六斤"二字来说，"兵"字是少了一点（、）；对于"八斤"二字来说，"兵"字又多了一横（一）。也就是说，"兵"字是一个"六

斤不足，八斤有余"的变形字。

8. 重新构思（8画字） 怙

将"思"字重新构建，"思"字中的"心"应变成竖心（忄），"田"应变成"古"，然后再组合成底字"怙"。在这里，正"心"变成竖心，大"口"变成了小"口"。本谜的关键词是"思"，它真是变得面目全非，与原貌截然不同了。

9. 中国改革搞四化，主动创新盛空前（10画字） 盐

"中国改革"应别解为：将"国"字之中的"玉"字进行变形，从而拆离得出"卜"与"土"；"主动创新"应别解为：将"主"字进行变形，同样拆离得出"卜"与"土"。"四化"是暗示"四"字应发生变化，变形成"皿"；"盛空前"是暗示"盛"字前头之部件"成"字空缺了，从而余下"皿"字。通过如此梳理之后，谜面前后两句虽然都是扣合底字"盐"，但前句使用的是方位法与变形法，后句使用的是离合法与减损法，可谓异曲同工，殊途同归。

## 十一、借繁法

众所周知，汉字有繁体字和简化字之区分。经过简化并由政府正式公布使用的汉字，叫做简化字。而已经由简化字代替的汉字，则称为繁体字。简化字的使用为利用繁体字入谜提供了创作条件，这种借用繁体字成谜的方法，称为借繁法。相对简化字而言，繁体字属于从前使用的汉字，因此，在借繁法灯谜中，通常都会出现一些表示"从前"含义的提示词，例如：古、旧、故、老、前、昔、陈等等。请看如下谜例：

1. 来到川西采古风（8画字） 虱

"川西"别解为"川"字西边的笔画一撇（丿），底字"虱"与"丿"可组合成"風"字，而"風"亦即"风"的繁体字，也就是"古

时使用的"凤"字。

2. 二十四桥圆旧梦（少笔字） 夕

由于"二十"可借代扣"卄"，"桥"可象形扣秃宝盖（冖），故谜面可别解为：底字"夕"如增补进"卄""四"与"冖"，则可组合成梦的繁体"夢"。

3. 心上犹存故国心（12画字） 惑

"故国"应别解成：从前的"国"字——亦即"国"的繁体字"國"。因此，"故国心"亦即"國"字的中心"或"字。最后再将"或"与"心"组合成底字"惑"。

4. 前尘是非一笔勾（11画字） 鹿

"前尘"应别解为：以前的"尘"字——亦即"尘"的繁体字"塵"。由于"是"可借代扣合"十"，"非"可借代扣合"一"，所以"前尘是非一笔勾"可别解为：将"塵"字里面的"土"勾销掉，从而余下底字"鹿"。

5. 昔时无日不言诗（6画字） 寺

谜面应顿读成：昔时无日／不言诗，"昔时"应别解为：昔时使用的"时"字——亦即"时"的繁体字"時"，这样"昔时无日"亦即"時"无"日"，从而余下"寺"。"不言诗"应别解为："诗"字里面不要"言"，从而也余下"寺"。"不言诗"起到了进一步锁定底字的作用。

6. 双足无法寻陈迹（字二，不连） 亦、责

谜面应顿读成：双足无法寻／陈迹。"陈迹"应别解为：从前使用的"迹"字——亦即"迹"的繁体字"跡"与"蹟"；"双足无法寻"则暗喻："跡"与"蹟"二字中的足字旁应当除掉，从而余下底字"亦"与"责"。

113

7. 老乡离乡，一生未回（传说人物） 牛郎

"老乡"应别解为：古老的"乡"字——亦即"乡"的繁体字"鄉"，这样，"老乡离乡"亦可别解为："鄉"字中的"乡"字离开了，从而余下"郎"。而"一生未回"则可别解为："生"字中之"一"字一去不返，从而余下"牛"。如此，谜底"牛郎"终于露出了真容。

## 十二、多描法

所谓多描法，是指谜面包括两个或两个以上的句子，每一个句子都能单独对谜底进行刻画描绘，从而达到面底扣合的目的。由于受到灯谜短小精悍特性的条件制约，所以在多描法灯谜中，主要还是以谜面为两个能够单独扣合谜底的句子为主。这种成谜方法，亦可称为双描法。当然，以三个或三个以上句子为谜面的多描法灯谜，尽管数量不是很多，但偶尔也会出现。多描法的好处是，既可以使谜面更加饱满充实，扑朔迷离，又可以保证谜底的唯一性。下面，拟举若干谜例予以说明。

1. 其言有诈，怎能放心（5画字） 乍

谜面"其言有诈"别解为：底字"乍"如增添一个"言"字，便成为"诈"字；"怎能放心"别解为："怎"字将其中的"心"字放走，从而余下"乍"字。谜面两个句子，一个使用增补法，一个使用减损法，都能单独扣合底字"乍"。

2. 减四余二，减二余四（7画字） 园

谜面应作如此别解：如果将底字"园"减去其中的"四"字，则会余下"二"字；而减去"二"字的话，则会余下"四"字。谜面前后两句虽然都使用减损法扣合"园"，但颇有故弄玄虚、回互其辞的味道。

114

3. 艺高人出众，心宽乃从容（7画字） 苁

"艺高"暗喻处于"艺"字高处的笔画"艹"；"人出众"暗喻从"众"字之中走出去一个"人"字，从而余下"从"字。"艹"与"从"组合成"苁"。这是使用方位与减损混合成谜的方法。"心宽"暗喻"宽"字中心的"艹"，"乃从容"则暗喻谜底须容纳一个"从"字。同样，"艹"与"从"也可以组合成"苁"。这是使用方位与离合混合成谜的方法。

4. 汕尾重逢之后，岁岁除夕团圆（5画字） 出

"汕尾"别解为："汕"字的末尾部件"山"字，"重逢之后"则别解为有两个"山"亦即谜底"出"字。"岁岁除夕"别解为：将"岁岁"二字之中的"夕"字除掉，从而余下"山山"二字；而"团圆"则暗喻将这"山山"二字组合起来也得到谜底"出"字。

5. 用心还是记不牢，举目反而看不见（少笔字） 亡

谜面前句应别解为：底字"亡"如果使用上一个"心"的话，便成为"忘"，也就是"记不牢"的意思。谜面后句应别解为：底字"亡"如果产生一个"目"的话，便成为"盲"，也就是"看不见"的意思。前后两句都使用增补法来扣合同一个底字"亡"，

6. 心存志向读书人，十载抱负誓言现（少笔字） 士

谜面前句应作如此别解："心存志"是暗喻底字"士"如存在一个"心"的话，便会成为"志"字；而且，"士"字也是指"读书人"。谜面后句应作如此别解："十载抱负"是暗喻"十"字与"负"号（－）抱合成为"士"字；"誓言现"则是暗喻："士"字与"誓"字为谐音字。

7. 十载念书终归苦，直到金榜题名时（少笔字） 口

谜面前句应作如此别解：由于"念"是"廿"的大写，廿亦即二十，可扣合"廿"，所以"念"也就可以扣合"艹"。如此，"十

载念书终归苦"便是暗喻:底字"口"如增添"十"与"艹"(念)的话,终归便会成为"苦"字。谜面后句则应作如此别解:由于"直"可别解为笔画一竖(丨),所以,底字"口"如果增添上(丨)的话,便会成为"中"字,而"中"则含有科举及第亦即金榜题名的意思。

上面均是谜面为两句的双描法灯谜,下面拟列举一些谜面为三、四句的三描法、四描法灯谜,以加深对多描法灯谜的认识。

1. 听听像父,看看像母,是父还是母? 其实不! (4画字) 毋

谜面前两句用声音与形象来表述"毋"字,以"父"字之音(fù)混似"毋"(wù),听时相近;以"母"字之形比拟"毋",看时相像。后两句则是对前两句进行否定,"其实不"三字妙语相关,是暗示"毋"与"不"字的含义相同。本谜使用了象声法、象字法及同义字借代法。

2. 二足并拢,表示服从(9画字) 是

看了本谜,读者的脑海里可能会闪现出这样一幅情景:一个士兵在长官面前将双脚并拢,右手行礼,大声说道:是! 其实,这是一条使用离合、象声与会意三种综合成谜手法的灯谜。"二足并拢"应别解为:将"二足"二字并拢组合成"是"字;"表示"二字隐含有象声法,由于"表"有讲述之意,故"表示"可别解为:底字"是"与"示"为谐音字。"服从"可与"是"相扣,这是因为士兵回答"是"的时候,也就是表示服从长官命令的意思。

3. 上不在上,下不在下,不宜在上,且宜在下(少笔字) 一

"上不在上"暗喻:底字对"上"字而言,不是其上面的笔画。反过来说,应该是"上"字的下面笔画"一"了。"下不在下"暗喻:底字对"下"字而言,不是其下面的笔画。反过来说,应该是"下"字的上面笔画"一"了。"不宜在上"暗喻:底字对"宜"字而言,不是其上面的笔画。反过来说,应该是"宜"字的下面笔画"一"

字了。"且宜在下"暗喻：底字对"且"字而言，应该是其下面的笔画"一"字。由此可见，谜底"一"字看似简单，但其谜面通过妙施方位法，却极尽回互其辞之能事，使猜者如坠五里雾中，实在不简单啊！

4. 听见声腔，看见贼样，贪钱头断，卑鄙形象（9画字）　贱

"听见声腔"应别解为：底字"贱"与"见"为谐音字；"看见贼样"应别解为：底字"贱"与"贼"字的样子相似；"贪钱头断"应别解为："贪钱"二字的前头部件断开了，从而余下后面部件"贝"与"戋"，可组合成"贱"字；"卑鄙形象"亦即下贱，从而同义会意扣"贱"。本谜使用了象声、象字、减损与会意四种成谜方法来扣合"贱"字。

5. 正看八十八，倒看八十八，左看八十八，右看八十八。仔细一端详，好像是朵花（6画字）　米

本谜通过使用四次象字法和一次象形法，总共对底字"米"进行了五次刻画描绘。

## 第四节　象形别解体灯谜

象形别解体灯谜简称象形谜，指在字形分析的基础上，运用象形别解手法制作出来的灯谜。众所周知，汉字起源于象形文字，直到今天，某些汉字还具有象形文字的特点。象形法就是利用汉字（也可以用外文字母或各种符号）的笔画或结构进行刻画、拟形、比喻、夸张后，使汉字的全部或一部分变成简练的图画或形象，从而扣合谜底。象形谜要求制谜者要有丰富的想象力，通过巧妙的构思和多方的联想，利用汉字的笔画或结构特征，恰如其分地将其比拟成某种东西。为了使读者对象形法灯谜的表示手法有具

体了解，兹将比较常见的汉字笔画、偏旁部首及某些字的象形扣合情况罗列如下，以供参考。

点（丶）：星、珠、球、豆子、芝麻、蚂蚁、蝌蚪、小鸟、小鱼、小虫、小刀、药丸、瓜果、米粒、子弹、铃儿、斑痕、浪花、雨点、水滴、眼睛、泪珠、尘埃等。

横（一）：刀、绳、岸、雁阵、横江、道路、屋梁、床铺、扁担、板凳、平堤、平沙、横栏、钢丝、日光灯、独木桥等。

竖（丨）：箭、笔、柱、墙、竹竿、棍棒、桅杆、电线杆、树干、直尺、立木、砥柱、直道、轨道等。

撇（丿）：刀、箭、针、铲、鞭、棒、眉月、柳叶、棹桨、竹篙、斜坡、雨丝、鸟毛、眉毛、飘旗等。

竖钩（亅）：铁锚、钓钩等。

横钩（乚）：小舟、月牙、帘钩、钓钩、游蛇、尾巴、竹篮、铁锅、曲线、脚爪、弯路等。

四点（灬）：马蹄、熊掌、蹄迹、火堆等。

秃宝盖（冖）：桥梁、帽子、罩盖、帐篷等。

宝盖头（宀）：帽子、屋顶等。

走之底（辶）：舟船等。

三撇（彡）：斜雨、柳丝、竹叶、胡须、刀刃等。

同字框（冂）：球门、破网、凳子、高桥等。

单耳旁（卩）：帆、扁舟、旌旗等。

双耳旁（阝）：耳朵、风帆、旗帜等。

口：方、框、格、洞、窗户、箱子、方柜、方盒、白帆、围墙、篮板、窟窿、嘴巴、眼儿、池塘、菜园、院子、房屋等。

人：雁阵、燕子、雨伞、山形、古亭、房顶等。

丰：远树、树影、电线杆等。

个：伞、竹叶、箭镞、路标、爪迹、亭子等。

乙：鹅、鸭、蛇、龙舟、大鱼钩、披肩长发等。

八（儿、丷）：眉毛、胡须、对鸟、双飞燕等。

巾：钢叉、画戟等。

田：荷叶、小窗等。

士、干：蜻蜓、飞机、电线杆等。

丫：幼苗、萌芽、杯子、竹叶、燕剪、岔路、三岔口等。

册：栏杆、篱笆等。

卅：疏篱、栅栏、路障等。

厶：远山、鼻子等。

幺：重山、乱山、塔松等。

回：篮板、口罩、蒲团等。

甲：团扇、球拍、风筝、苍蝇拍等。

虫（卫）：孤帆、小舟等。

酉：风箱、酒坛等。

巛：雁阵、群雁等。

皿：碉堡、栏杆等。

且：层楼、楼阁、梯子等。

凸：印章、领奖台等。

凹：陷阱、古长城等。

品：菊蕊等。

臣：花窗等。

丁：珠帘等。

女：梅枝等。

亚：栏杆等。

介：亭子等。

舌：三弦等。

占：钥匙等。

甩：风筝等。

目：马路等。

而：耙子等。

非：拉链等。

之、了：曲径等。

弓、尸、习：残月等。

象形法灯谜通常分成两大类，一类是纯粹象形谜，这类谜的特点是谜面纯粹运用象形法，对谜底进行刻画和拟形；另一类是混合象形谜，这类谜的特点是谜面除了运用象形法之外，还根据面底扣合需要，与会意法、借代法或拆字法结合使用。

下面列举 15 条纯粹象形谜，并略加注释：

1. 两只气球断了线（网络名词） QQ

谜底"QQ"活脱脱就是两只断了线的气球，谁曰不然？

2. 一双筷子一把勺（报警电话号码） 119

119 本是火警电话号码，但从模样来看，"11"就像一双筷子，"9"就像一把勺。

3. 两把牙刷柄已断（8 画字） 非

底字"非"乍看分明是两把断柄牙刷。

4. 带耳棉帽风吹开（少笔字） 几

底字"几"只有简单的两笔，但说它就像一顶被风吹开的带耳棉帽，十分贴切，惟妙惟肖。

5. 甩开双臂向东奔（4 画字） 方

底字"方"最顶那一点（丶）象形人的头，那一横（一）象形甩开双臂，"方"字那下面部件（丂）象形迈开双脚向东奔跑；

应当说，描摹得十分逼真贴切，栩栩如生，反映了谜作者的想象力相当丰富，构思十分巧妙。

6. 孤舟惊起三鸥鹭（4画字）　心

"孤舟"象形扣卧钩（乚），"三鸥鹭"象形扣"心"字里面那三点，相当生动、逼真，令人击节。

7. 一箭力穿五道栏（8画字）　奉

在底字"奉"里面，"一箭"象形扣"个"，"栏"象形扣一横（一），五道栏也就是五个"一"。仔细审视这个"奉"字，不难发现：这个"个"字的确一连贯穿了五道"一"。

8. 锅内炒黄豆，铲穿锅破黄豆漏（5画字）　必

"锅"象形扣卧钩（乚），"铲"象形扣一撇"丿"，"黄豆"象形扣那三点。在底字"必"里面，一撇"丿"穿过卧钩（乚），不就是"铲穿锅破"吗？那三个点，只有一个在卧钩里，其余两点在卧钩外面，不就是"黄豆漏"吗？活灵活现，十分风趣。

9. 一桥飞架南北岸，两行斜雁东西飞（7画字）　巫

底字"巫"由一个"工"和两个"人"组合而成。"工"字中间那一竖（丨）可象形扣"桥"，那一横（一）可象形扣"岸"；"南北岸"则意味着一横在上、一横在下，刚好与"工"字不差毫厘。而"人"则象形扣"斜雁"，"巫"字中的两个"人"字刚好被"工"字一左一右分在两边，正好与"两行斜雁东西飞"吻合。

10. 一块豆腐切四份，放在锅中盖上盖（八画字）　画

谜作者将"田"象形扣"一块豆腐切四份"，将"凶字框"（凵）象形扣"锅"，将"一"象形扣"盖"，可谓神态毕肖，活灵活现。

11. 高脚桌面铺台布，一根烧烤摆上头（9画字）　带

以"高脚桌"象形扣"巾"，"台布"象形扣秃宝盖（冖），"一根烧烤"象形扣"卅"，可谓慧心巧思，不落窠臼，独辟蹊径，

令人叫绝!

**12. 一桅白帆悬两片,三颗寒星映孤舟(11画字) 患**

由于"一桅"可以象形扣"丨","白帆"象形扣"口",所以"一桅白帆悬两片"可以象形扣"串",可谓真切逼肖。由于"孤舟"可以象形扣"乚","三颗寒星"象形扣三点,从而以"三颗寒星映孤舟"扣"心"也是顺理成章。

**13. 三人玩足球,一人旁边瞅,一人用头顶,一人踢倒钩(6画字) 似**

底字"似"中的三个人,可谓各得其所:左边那个单立人,好像事不关己似的站立一旁;右边那个人好像在顶头球;而中间那个人最厉害,正在倒挂金钩!这个"似"字真是把三个人玩足球的情景,描摹得神态逼真,栩栩如生!

**14. 坦克阻击登陆艇(食品种类) 点心**

纯粹象形谜通常以单字为谜底,谜底为两个字的并不多见,但是偶尔也会出现。例如本谜,以"坦克"来象形扣合"点",以"登陆艇"来象形扣合"心",可谓别出心裁,不落俗套。

**15. 两个蚂蚁扛棍棒,一个蚂蚁棒上躺(4画字) 六**

本谜使用底字"六"中下面的一撇一捺(八)象形扣两个蚂蚁,中间一横"一"象形扣棍棒,上面那一点(、)象形扣一个蚂蚁,形象逼真,栩栩如生,风趣诙谐,令人捧腹!

下面再列举10条混合象形谜。

**1. 一棍打断狗腿(5画字) 龙**

欲破本谜,有两个关键之处:一是确认"狗"是本谜的关键词,二是必须以"狗"的同义借代词"犬"来取代之。然后,再将"一棍"象形扣一撇(丿);既然是"打断狗腿",那就意味着"犬"字要伤残,从而得出底字"龙"。本谜是象形法与借代法、变形法的综合使用。

2. 两把交椅头目坐（12画字） 鼎

"两把交椅"象形扣"鼎"字下面的部件；"头目坐"别解为："目"字应当成为底字"鼎"字的前头部件，安放于"鼎"字前头位置。本谜是象形法与离合法混合使用。

3. 与子水边期（数学名词带符号） 约等于≈

谜面本义是指某个女子与情郎相约在水边幽会。谜底"约等于"本义指大概等同于某个数量，今别解为：双方相约于水边等候。谜底的"≈"本是数学上"约等于"的符号，由于其形象与河水的波浪十分相似，故可以象形扣合"水边"。显而易见，本谜是会意法与象形法混合使用，而且象形手法相当新奇精巧，独具匠心。

4. 盗猎羚羊坐监牢（8画字） 图

谜面的"盗猎羚羊"应别解为："羚"字中的"羊"被"盗走"了，从而余下"令"字；而"监牢"则象形扣合方框（囗），"令"二者组合成底字"图"。本谜是减损法与象形法的混合使用。

5. 精美礼包，一并呈上（11画字） 兽

谜面的"精美礼包"象形扣合底字"兽"的上面部件(䒑)；"呈上"别解为："呈"字的上面部件亦即"口"，将"䒑"与"口"和"一"共同组装，便可得到谜底"兽"字了。

6. 小两口守两球门，一人跳起一人蹲（乐器） 唢呐

本谜以"球门"象形扣合同字框（冂）；同时将"小""人"及两个"口"字从谜面移出，并移入谜底成为谜底文字的部件。其中以"一人跳起"象形扣"内"字，以"一人蹲"象形扣"贝"字，十分生动逼真，饶有趣味。本谜是象形法与离合法的混合使用。

7. 掀掉帽子，拉掉胡子，原来是个孩子（10画字） 窃

谜底的"掀掉帽子"暗喻将底字"窃"的上面部件（宀）除掉，因为帽子可象形扣"宀"；"拉掉胡子"暗喻将"窃"字中间部件（八）除掉，因为胡子可象形扣"八"；"原来是个孩子"则是暗喻："窃"字除掉了"宀"与"八"之后，只剩下"幼"字，而"幼"就是指孩子。本谜风趣诙谐，逗人发笑。本谜是将象形法与会意法混合使用。

8. 日照小窗一点亮，风吹细柳三枝斜（15画字） 影

本谜以"窗"象形扣"囗"，以"点"象形扣"、"，以"风吹细柳三枝斜"象形扣三撇（彡），而"日""小"与"一"三字则从谜面移入谜底，成为谜底文字的部件。经过如此一番整理之后，最终使底字"影"跃然纸上。本谜是象形法与离合法混合使用。

9. 检查视力，用手示意，向左，向左，向下，向下（日用品） 扫帚

谜面似乎是在描述检查视力时的情景，其实是作者故弄玄虚，机关巧布。众所周知，视力表大多是以英文字母"E"作为标识符号的，所以，"向左，向左"是在暗喻谜底应当有两个向左的"E"，而"向下、向下"则是暗喻谜底应当有两个向下的"E"，至于"用手示意"则是暗喻谜底应当有一个提手旁（扌）。经过上述一番梳理之后，再将有关部件进行组装，终于使谜底"扫帚"撩起了神秘的面纱，露出其庐山真貌。本谜是象形法与会意法的混合使用。

10. 两只蜻蜓林中戏，穿来穿去里外飞，一只飞到林外去，一只林中碰断尾（机械名词） 杠杆

本谜以"蜻蜓"象形扣"干"，本来，"两只蜻蜓"应该有两个"干"，可是由于"一只林中碰断尾"，因而变成了"工"。而且，这个断尾蜻蜓"工"是在"林"中，亦即两个"木"当中；而另

一只蜻蜓"干"则飞到两个"木"字的外面了。以断尾蜻蜓象形扣"工",应当是本谜一大亮点,风趣幽默,令人哑然失笑。

总的来说,一条成功的象形谜佳作,能给人一种谜中有画的美感。象形扣谜一定要力求形似,不能牵强附会,毫无尺度,乱描一通,否则,画虎不成反类犬,其结果不但难以服众,反而会贻笑大方,自讨没趣。

# 第五节　象声别解体灯谜

象声别解体灯谜简称象声谜,指在字音分析的基础上,运用象声别解法制作出来的灯谜。说得具体些,就是利用模拟声音和同音异字的手法,来达到面底相互扣合的目的。

## 一、模拟声音法

模拟声音法,是指利用谜面提供的一些表示事物声响的文字的提示,去联想出表示这些事物声音的拟声词语,从而顺藤摸瓜揭出谜底。这类谜的谜底,往往隐藏着约定俗成的拟声词,或者通过谐音来拟写词语。如以"格格"或"哈哈"模拟笑声,以"慢——"模拟羊叫,以"妙——"模拟猫叫,以"喔喔"模拟鸡叫,以"呱呱"模拟鸭或乌鸦叫,以"汪汪"模拟狗吠,以"阁阁"等模拟蛙声,以"唧唧"或"瞿瞿"模拟蟋蟀声,以"吱"或"子"模拟鼠叫,以"呢喃"形容燕子叫,以"啁啾"形容鸟叫,以"潺潺"模拟流水声,等等。下面列举 8 个谜例予以说明。

1. 啪、啪、啪(京剧)《三击掌》

《三击掌》是京剧传统剧目,演的是丞相王允第三女宝钏彩楼抛绣球择婚,中薛平贵,王允嫌薛贫穷,劝女另婚,宝钏不从,父女争吵,三击掌誓不相见,宝钏决然出走,至寒窑与薛成婚的故事。今谜面有三个"啪",而"啪"可别解为拍掌声,故谜底"三击掌"可别解为:三次拍掌声。

2. 蓦地响起摩托声（9画字） 突

由于"突"字的读音与摩托车的声音十分相近,故"响起摩托声"可以象声扣合"突"。但光凭这一条扣合的力度尚嫌不足,所以作者又在前头加上"蓦地"二字,蓦地的意思亦即突然,从而将谜底进一步锁定。

3. 篱前系马扣门声（9画字） 笃

"篱前"别解为"篱"字前头部件"竹","竹"系上"马"组合成"笃",而"笃"的读音很像敲门声。

4. 碧波传来嘚嘚声（食品） 清水马蹄

"碧波"可会意扣"清水",而"嘚嘚声"也就是马蹄声。

5. 屋脊群鸦噪声闻（三字常言） 顶呱呱

谜底本义指非常了不起,今别解为:屋顶上一群乌鸦在呱呱地叫。

6. 呆子打鼾响连声（四字口语） 傻乎乎的

谜底本义指某人头脑糊涂,不明事理。今别解为:傻子发出"呼呼（乎乎）"的打鼾声。

7. 少女聚会闻猫叫（7画字） 妙

"少女"二字组合起来可成为"妙"字,而猫叫声听起来也很像"妙"的读音。

8. 飞鸟鸣空中,忽闻一枪响（5画字） 叭

"飞鸟鸣"暗喻"鸣"字中的"鸟"飞走了,从而余下"口";"空中"暗喻"空"字中间的部件亦即"八","口"与"八"组合成底字"叭"。同时,"叭"也是表示枪响的象声词。

## 二、同音异字法

同音异字法是指利用汉字一音多字的特点，以谐音字来实现面底最终互相扣合的成谜方法。通常是制谜者先用会意法，或借代法，或拆字法，或象形象声法，将谜底字眼扣合，然后再用同音异字法将谜底字眼"验明正身"，如果读音相同，谜底便确凿无疑。所以本法亦称提音法。下面拟举12个谜例予以说明：

1. 一声惊叹（16画字） 噫

底字"噫"与"一"是谐音字；同时，"噫"也是表示惊讶的象声词。

2. 背后小声笑（7画字） 肖

"背"字的后面部件为"月"，"月"与"小"可组合为"肖"。而"肖"与"笑"是谐音字。

3. 同音词、同义词（13画字） 辞

底字"辞"与"词"是谐音字。同时，"辞"与"词"含义相同。

4. 声称东西规格全（15画字） 鞋

谜面应作如此别解：谜底"鞋"字由东边部件"圭"与西边部件"革"组合而成。同时，"圭"与"规"是谐音字，"革"与"格"是谐音字。

5. 读书连年列榜首（10画字） 殊

谜面的"连年列榜首"应别解为：将"年列榜"三字的起首笔画或部件，亦即"⺈歹木"连接起来，并组合成底字"殊"。同时，"殊"与"书"是谐音字。

6. 三岔路口闻鸦叫（少笔字） 丫

谜面的"三岔路口"可象形扣"丫"字；同时，底字"丫"与"鸦"是谐音字。

7. 清早放晴知音来（5画字） 汁

谜面应作如此别解：将"晴"字从"清早"二字中放走，从而余下底字"汁"；同时，"汁"与"知"是谐音字。

8. 哭声撕裂暮鼓声（9画字） 枯

底字"枯"与"哭"是谐音字；同时，如果将"枯"字分裂成"木""古"二字的话，那么，"木"与"暮"是谐音字，而"古"与"鼓"也是谐音字。

9. 蓦听西楼初更报（8画字） 抹

"西楼"暗喻要取出"楼"字的西边部件，亦即"木"字；"初更报"则暗喻要取出"更""报"二字的初始部件，亦即"一"与"扌"；最后，再将"木""一"及"扌"这三个部件进行组装，便得出底字"抹"。而谜面的"蓦听"二字，则是暗喻：底字"抹"与"蓦"是谐音字。

10. 耳畔又闻曲声扬（8画字） 取

"耳畔又"暗喻在"耳"字旁边增补一个"又"，从而变成底字"取"；"闻曲声扬"则暗喻底字"取"与"曲"是谐音字。

11. 凉雨声声桥栖鸦（香港作家） 梁羽生

谜面的"凉雨声"是暗喻与谜底的"梁羽生"读音相同，"桥栖鸦"则可会意扣合"梁羽生"，别解为：桥梁上有鸟类生存。

12. 须臾人不见，传来呼救声（6画字） 白

谜面似乎在讲述：有个人一下子不见了，只听闻他传来的呼救声。其实，这里隐含有减损法及象声法。"须臾人不见"是暗喻：必须使"臾"字中的"人"不见，从而余下底字"白"；"传来呼救声"则暗喻："白"与"救"为谐音字。

# 第六节　拼音别解体灯谜

拼音别解体灯谜，简称拼音谜，指在字音分析的基础上，运用拼音别解法制作出来的灯谜。应当指出，拼音成谜本来有多种方法，由于受篇幅所限，本节只介绍比较常用的同字异音法和声韵拼音法这两种。

## 一、同字异音法

利用同一个汉字有不同读音的特点来制作灯谜的方法，称为同字异音法。下面列举 8 个谜例予以说明。

1. 点子大王（二字职务）　会计

所谓"点子大王"，是指很会出点子的人。谜底"会计"本应读成"kuài jì"，入谜后却应别读成"huì jì"，别解为"很会出计谋"来切合面意。

2. 密锣紧鼓（二字常言）　快乐

谜底本应读成"kuài lè"，入谜后却应别读成"kuài yuè"，别解为"节奏很快的音乐"，以切合面意。

3. AB 制演员（数学名词）　互为补角

AB 制演员本义指剧团排演某剧时，其中的同一主要角色由两位演员担任。谜底本义指如果两个角的和为 180°，那么这两个角互为补角。入谜后，谜底的"角"字应从本音 jiǎo 别读成 jué，并应别解为：互相作为对方的补充角色，从而与面意吻合。

4. 主人隐居到拉萨（成语）　东躲西藏

谜底本义指为了逃避灾难而到处躲藏，其中的"藏"本应读 cáng。入谜后，"藏"却应别读成 zàng，别解为：主人隐藏于西藏，从而与面意吻合。

5. 满座重闻皆掩泣（武器） 催泪弹

面句出自白居易《琵琶行》，意为在座的人重新听闻琵琶乐曲后，都蒙着脸在流泪。谜底本义指装填有催泪性毒剂的弹种，其中的"弹"本应读成 dàn；入谜后，"弹"却应别读成 tán，别解为：催人泪下的弹奏。

6. 节约传统代代传（职务） 省长

谜底中的"长"本应读成 zhǎng，入谜后，却应别读成 cháng，别解为：节省的时间很长久，从而与面意吻合。

7. 范进为何成疯癫（成语） 乐在其中

范进是《儒林外史》中的人物。他原是一个比较老实、受人欺侮的穷秀才，五十多岁才中举，看到报帖，喜出望外，竟登时发疯。谜底指乐趣在自己所做的事情中，这里的"中"本应读成 zhōng，入谜后却应别读成 zhòng，别解为：范进由于中举而过度快乐，以至疯癫，从而明确地回答了谜面的问题。

8. 你走你的阳关道，我过我的独木桥（银行机构简称） 分行

谜面本义是指各奔前程，谁也别干涉谁。谜底的"行"本应读成 háng，入谜后却应别读成 xíng，别解为：分别前行，从而与面意吻合。

## 二、声韵拼音法

这是一种近年流行的比较新的拼音成谜法，其特点是将谜面两个关键词的声母与韵母，彼此相拼而形成一个新字出现于谜底，而且谜面必须有与声韵或拼音有关的字眼作为关键提示。下面列举 6 个谜例予以说明。

1. 箫声琴韵吐心音（13 画字） 新

谜面的"箫声琴韵"是暗示取出"箫"字的"声"母（x）及"琴"

字的"韵"母（in）进行彼此相拼，从而得出底字"新"（xīn）。"吐心音"则暗示底字"新"与"心"同音。

2. 竹声幽韵月中调（8画字） 周

面意本指丝竹乐声如同月宫中的曲调那么优美。今应别解为：取出"竹"字的"声"母（zh）及"幽"字的"韵"母（ou）进行彼此相拼，从而得出底字"周"（zhōu）。"月中调"则暗示：将"月中"二字笔画进行调整，同样也得出"周"字，从而将谜底进一步锁定。

3. 步韵赋诗声特别（10画字） 殊

将"诗"字的"声"母（sh）与"步"字的"韵"母（u）彼此相拼，从而得出底字"殊"（shū）。然后再将"特别"与"殊"进行同义形容词借代扣合，以便使谜底无处遁逃。

4. 笳声箫韵西郊来（6画字） 交

将"笳"字的"声"母（j）与"箫"字的"韵"母（iao）彼此相拼，从而得出底字"交"（jiāo）。"西郊来"则暗示取出"郊"字西边部件"交"，从而再度认定谜底只能是"交"字。

5. 湖中传来歌舞声（5画字） 古

谜面"传来歌舞声"应别解为：将"歌"字的声母（g）与"舞"字的韵母（u）彼此相拼，从而得出底字"古"（gǔ）。"湖中"则暗示"湖"字的中间部件，亦即"古"字，从而明确谜底。

6. 似闻妻语心有怯（5画字） 去

将"妻"字的声母（q）与"语"字的韵母（u）彼此相拼，从而得出底字"去"（qù）。"心有怯"则暗示：底字"去"如增补上一个"心"（忄）的话，就会变成"怯"，锁定谜底。

# 第六章 常用谜格简介

## 第一节 谜格概况

所谓谜格，就是在制作与猜射某些灯谜时必须遵循的谜底变化格式，也称格律。在有如恒河沙数的灯谜总量中，带格谜仅占极少部分。需要使用谜格的带格谜，必须在谜目的前面或后面注明谜格名称，否则，会使猜射者丈二和尚摸不着头脑。

谜格是灯谜发展到一定时期的产物。谜格之所以盛行于明代，是因为那时灯谜已经成为一项时兴的文化娱乐活动。但灯谜却又不像其他娱乐项目那样可以反复玩耍，一条谜被猜破后，如果再猜便味同嚼蜡，毫无新鲜与刺激的感觉，当然也谈不上什么趣味性了。为了摆脱谜材供不应求、日渐枯竭的窘境，制谜人受到诗词格律的启发与借鉴，以汉字的形、音、义三要素及文字顺序的可变性为根据，对谜底有关文字进行必要的改造与加工：或者是改动字形，或者是利用字音，或者是将底字移动位置、调换次序等等，其宗旨就是要达到使底面互相扣合的目的。这样一来，各式各样的谜格也就应运而生了。应该说，谜格与谜体相辅相成，构成了带格谜不可或缺的重要组成部分。谜格为灯谜大大拓宽了创作的路子，换句话说，就是"格助谜活"。此外，谜格也在某种程度上增加了猜射的难度，相应提高了谜味浓度，进一步促进了灯谜的繁荣。

然而，谜格在后来的发展进程中也走过一段弯路。从明末扬州马苍山首创《广陵十八格》开始，至 1922 年韩英麟的《增广隐格释例》问世，该书所罗列的谜格竟已多达 507 个。由于许多谜格都是制谜者脱离实际需要挖空心思生拼硬凑而炮制出来的，难免会显得矫揉造作，叠床架屋，苍白无力，支离破碎，晦涩乏味。到头来，绝大部分谜格都禁不起时间的考验，不是惨遭淘汰就是被打入冷宫，只有少数使用有效、饶有趣味、变化有致的优秀谜格才得以流传至今。

本章拟对 30 种迄今比较常用或有点特殊性的谜格进行简要介绍。

## 第二节　谐音类谜格

谐音类谜格是指利用汉字具有同音不同字的特点，使谜底的关键字通过谐读变成新字，从而实现与谜面切合。为了符合灯谜规范化的要求，这里的"谐读"不但指语音相同，而且声调也要相同。由于谐读字的位置不同，也就产生了不同的格式，猜射者可以通过格名获知谐读的文字及其所处的位置。如以白、粉、玉、鹤（羽毛白色）等字表示谐音（白字），而那些头、颈、带、膝、底等字眼则是点明其所在的位置。

### 一、白头格

又名皓首格、寿星格、雪帽格、冠玉格，借用唐诗"来对白头吟"句中词冠名。本格谜底为二字或二字以上，须将首字读成谐音字来切合谜面。例如：

133

1. 衣冠冢（成语，白头格） 目中无人

谜底首字"目"用谐音字"墓"代替，以"墓中无人"来切合谜面。衣冠冢指只埋着死者的衣帽等遗物的坟墓，墓中没有人。

2. 歌以咏怀（成语，白头格） 畅所欲言

谜底首字"畅"用谐音字"唱"代替，以"唱所欲言"来切合谜面。原底含义是指尽情地说出想说的话，今别解为：用歌声唱出想说的话。

3. 家徒四壁（军事设施，白头格） 防空洞

谜底首字"防"用谐音字"房"代替，以"房空洞"来切合谜面。谜面含义是指家里只有四堵墙，言下之意，也就是房间里是空洞洞的。

4. 尾数不须计（调味品，白头格） 蒜头

谜底首字"蒜"用谐音字"算"代替，以"算头"来切合谜面。既然尾数不须计，那就只计算前头的数字好了。

5. 月是故乡明（宋代词人，白头格） 李清照

李清照是南宋著名女词人，自号易安居士。其词卓然自成一家，向为后人所推重，称之为"李易安体"。谜面出自杜甫《月夜忆舍弟》："露从今夜白，月是故乡明。"意思是指露水从今夜起开始变白，月亮是故乡的最圆亮。谜底首字"李"用谐音字"里"代替，以"里清照"来切合谜面。底别解为：故里被月亮的清辉所照耀。

6. 只有阁下最合适（现代女作家） 韦君宜

谜底首字"韦"用谐音字"唯"代替，以"唯君宜"来切合谜面。由于"阁下"是对说话对方之尊称，故谜底可以别解成：唯有你最为适宜。

7. 小弦切切如私语（武器，白头格） 氢弹

面句出自白居易《琵琶行》，意思是说细弦上发出轻幽的声音，犹如低声谈心一样。谜底首字"氢"用谐音字"轻"代替，以"轻弹"切合谜面。应当指出，谜底的"弹"也必须从原来的读音 dàn 别读成 tán，从而使"弹"字从原义"炸弹"转化成别义"弹琵琶"。

8. 才了蚕桑又插田（节气，白头格） 芒种

面句出自宋诗人翁卷《乡村四月》："绿遍山原白满川，子规声里雨如烟。乡村四月闲人少，才了蚕桑又插田。"谜底首字"芒"用谐音字"忙"代替，以"忙种"切合谜面。"忙种"也就是忙于耕种，指农民在农历四月忙完了蚕桑种植之后，又赶忙去插秧田了。

9. 峨眉风光天下冠（动物，白头格） 穿山甲

峨眉山位于四川省，为中国佛教四大名山之一，峰峦挺秀，山势雄伟，誉称"峨眉天下秀"。谜底首字"穿"用谐音字"川"代替，以"川山甲"切合谜面。

10. 一枝红杏出墙来（古称谓二，白头格） 员外、探花

谜面出自宋代叶绍翁《游园不值》："应怜屐齿印苍苔，小扣柴扉久不开。春色满园关不住，一枝红杏出墙来。"谜底"员外"有两种含义，一是指古时官至员外郎，一是对地主豪绅的称呼。探花是科举时代的一种称呼，明清两代称殿试考取一甲（第一等）第三名的人。谜底首字"员"用谐音字"园"代替，以"园外探花"切合谜面，别解为：一枝杏花探头出园子外面。

11. 抱头鼠窜，藏形匿迹（晋代诗人，白头格） 陶潜

陶潜即陶渊明，他的散文《桃花源记》与辞赋《归去来辞》都是赫赫有名的。谜底首字"陶"用谐音字"逃"代替，以"逃潜"来切合谜面。"抱头鼠窜"自然是"逃"，"藏形匿迹"自然是"潜"，

从灯谜扣合角度看似乎无可厚非，但对这位田园诗人而言，未免有点亵渎之意了。

## 二、粉底格

又名立雪格、素履格。"粉"喻谐音字，"底"表示此字的位置。本格谜底为二字或二字以上，需将最末一字读成谐音字来切合谜面。例如：

1. 剃度（数字名词，粉底格）　除法

剃度为佛教用语，指给要出家的人剃去头发，使成为僧尼。谜底末字"法"用谐音字"发"代替，以"除发"来切合面意。

2. 雹子（军事称谓，粉底格）　空降兵

雹子是冰雹的通称。谜底末字"兵"用谐音字"冰"代替，以"空降冰"来切合面意。雹子就是空中降下来的冰块。

3. 练习发音（教育称谓，粉底格）　学生

谜底末字"生"用谐音字"声"代替，以"学声"来切合谜面。发音就是通过声道上下部位的接近或接触发出语音、声音，"学声"也就是学习发出声音。

4. 落英缤纷（酒名，粉底格）　花雕

花雕指上等的绍兴黄酒，因装在雕花的坛子里而得名。谜底末字"雕"用谐音字"凋"代替，以"花凋"来切合面意。

5. 集体婚礼（成语，粉底格）　成群结队

谜底末字"队"用谐音字"对"代替，以"成群结对"来切合谜面，别解为：成群人结成一对一对的夫妻。

6. 快画上句号（职务，粉底格）　速记员

速记是指用一种简便的记音符号迅速地把话记录下来。谜底末字"员"用谐音字"圆"代替，以"速记圆"来切合面意。由

于句号是一个小圆点，故谜底可以别解为：迅速记下一个圆点。

7. 东南西北都走遍（数学名词，粉底格） 四边形

四边形指同一平面上的四条直线所围成的图形。谜底末字"形"用谐音字"行"代替，以"四边行"来切合面意。

8. 垂钓之后干什么（二字常言，粉底格） 等于

谜底末字"于"用谐音字"鱼"代替，以"等鱼"来切合谜面。垂钓之后所能干的事，就是耐着性子等鱼上钩了。

9. 门前冷落车马稀（城市公共设施，粉底格） 交通亭

面句出自白居易《琵琶行》，意思是指琵琶女由于色衰年老，风光不再，往昔门庭若市的热闹情景不见，变成了门庭冷清，来访的人群与车马异常稀少。谜底末字"亭"用谐音字"停"代替，以"交通停"切合谜面，别解成：所结交的人都停止了往来。

10. 败鳞残甲满天飞（护肤品，粉底格） 雪花膏

面句出自宋代张元《咏雪》诗："战罢玉龙三百万，败鳞残甲满天飞。"诗人以玉龙的败鳞残甲飘落人间的生动比喻，穷形尽态地描绘了大雪纷纷扬扬的情景。谜底末字"膏"用谐音字"高"代替，以"雪花高"来切合面意。

11. 高手从不乱下子（成语，粉底格） 步步为营

谜底原意是指军队前进一步就设下一道营垒，形容行动谨慎，防备严密。谜底末字"营"用谐音字"赢"代替，以"步步为赢"来切合谜面，别解为：弈坛高手每下一步棋子都是为了赢棋。

12. 但使龙城飞将在（江苏名胜，粉底格） 莫愁湖

莫愁湖在南京市水西门外，水陆面积 700 余亩。相传南齐时，有洛阳少女莫愁远嫁江东卢家，住在湖滨，故名。谜面出自唐代王昌龄《出塞》诗："秦时明月汉时关，万里长征人未还。但使龙城飞将在，不教胡马度阴山！"龙城指汉时的右北平。李广曾

任右北平的太守,匈奴人最怕他,称之为"飞将军"。谜底末字"湖"用谐音字"胡"代替,以"莫愁胡"来切合谜面,别解为:有飞将军在,就不用为胡人入侵而发愁了。

## 三、玉带格

又名素心格、银腰格。玉,喻谐音白字;带,表示谐音字位置。本格谜底为三字或三字以上的奇数,须将中间一字读作谐音字来切合面意。例如:

1. 漫步海滩边(词牌名,玉带格) 踏莎行

谜底中间一字"莎"用谐音字"沙"代替,以"踏沙行"来切合面意,别解为:踏着海滩边的沙在行走。

2. 读书未必要出声(学科,玉带格) 心理学

谜底中间一字"理"用谐音字"里"代替,以"心里学"来切合面意,别解为:学在心里,不用读出声音来。

3. 接见百姓理所当(京剧,玉带格)《群英会》

谜底中间一字"英"用谐音字"应"代替,以"群应会"来切合面意,别解为:应该与群众会面。传统京剧《群英会》取材于小说《三国演义》,剧中周瑜集东吴文官武将举行宴会,接待曹操之说客蒋干,号称"群英会"。

4. 大车雨中行土路(外国首都,玉带格) 马尼拉

谜底中间一字"尼"用谐音字"泥"代替,以"马泥拉"来切合面意,别解为:马拉着大车在泥泞的路上行走。马尼拉是菲律宾首都。

5. 小孩挥臂放风筝(地理名词,玉带格) 子午线

子午线亦称本初子午线,指0°经线,是计算东西经度的起点。谜底中间一字"午"用谐音字"舞"代替,以"子舞线"来切合面意,

别解为：孩子在舞动着风筝线。

6. 儿时出家入空门（河南名胜，玉带格） 少林寺

空门指佛教，因佛教认为世界是一切皆空的，所以"遁入空门"也就是出家为僧尼。谜底中间一字"林"用谐音字"临"代替，以"少临寺"来切合面意，别解为：少儿时就来临到寺院。

7. 女儿接过父母的班（机械名词，玉带格） 千斤顶

千斤顶简称千斤，是一种用以顶起重物的工具，常用的有液压式和螺旋式两种。谜底中间一字"斤"用谐音字"金"代替，以"千金顶"来切合面意。"千金"为敬辞，用来称呼别人的女儿。

## 四、梨花格

又名谐音格、全白格、粉面格、玉壶冰格。借取苏东坡诗中"梨花淡白"之意，以喻谜底全部谐读。本格谜底为二字或二字以上，须字字读作谐音字来切合面意。例如：

1. 绝妙好辞（商品类别，梨花格） 家具

"绝妙好辞"指极为美妙的文词。本谜用"家具"的谐音字"佳句"作为整个谜底来切合面意。

2. 祭拜先人（电学名词，梨花格） 电阻

电阻指导体对电流通过的阻碍作用。本谜用"电阻"的谐音字"奠祖"作为整个谜底来切合面意。

3. 鳏寡孤独（中药，梨花格） 丹参

谜面泛指没有劳动能力而又无亲属赡养的人。《孟子·梁惠王下》："老而无妻曰鳏，老而无夫曰寡，老而无子曰独，幼而无父曰孤。"本谜用"丹参"的谐音字"单身"作为整个谜底来切合面意。

4. 迅速笔录（职务，梨花格）会计

本谜用"会计"的谐音字"快记"作为整个谜底来切合面意。

5. 中秋皎月（二字礼貌用语，梨花格）原谅

本谜用"原谅"的谐音字"圆亮"作为整个谜底来切合面意。中秋皎月自然是又"圆"又"亮"。

6. 重峦叠嶂（昆虫，梨花格）蜜蜂

"峦"指小而尖的山，"嶂"指高而险峻像屏障的山峰。面句形容山岭重叠，峰峦相接，连绵不断。本谜用"蜜蜂"的谐音字"密峰"作为整个谜底来切合面意。

7. 折翅的鸟儿（国名，梨花格）南非

本谜用"南非"的谐音字"难飞"作为整个谜底来切合面意。鸟儿折断了翅膀，当然难以飞翔了。

8. 安装避雷针（国名，梨花格）缅甸

本谜用"缅甸"的谐音字"免电"作为整个谜底来切合面意。避雷针是保护建筑物等避免雷击的装置，安装之后，可以避免雷电的袭击。

9. 岁数一样大（安徽地名，梨花格）铜陵

本谜用"铜陵"的谐音字"同龄"作为整个谜底来切合面意。

10. 辛亥革命成功（山东地名，梨花格）青岛

辛亥革命是孙中山先生领导的、推翻清朝封建统治的资产阶级民主革命。本谜用"青岛"的谐音字"清倒"作为整个谜底来切合面意。

11. 皇帝亲自当考官（传媒形式，梨花格）电视

本谜用"电视"的谐音字"殿试"作为整个谜底来切合面意。殿试是科举制度中最高一级的考试，在皇宫大殿举行，由皇帝亲自主持。

12. 三伏天时穿棉袄（湖北地名，梨花格） 武汉

本谜用"武汉"的谐音字"捂汗"作为整个谜底来切合面意。在一年中最热的时候穿上大棉袄，怎能不"捂"出"汗"来呢？

13. 幽会不让旁人知（食品，梨花格） 蜜饯

幽会指相爱的男女秘密相会。本谜用"蜜饯"的谐音字"密见"作为整个谜底来切合面意。

14. 小兔儿乖乖，把门儿开开（文化场所，梨花格） 画廊

谜面是小朋友们耳熟能详的童话剧《大灰狼》中的一句台词，是大灰狼伪装成小兔的外婆，企图诱骗小兔开门时所说的话。本谜用"画廊"的谐音字"话狼"作为整个谜底来切合面意，别解为：说这"话"的是大灰"狼"。

# 第三节　离合类谜格

离合类谜格是指利用某些汉字可以分离或组合的特点而形成的各种谜格。本节只介绍汉字分离类谜格，这是指将谜底中不同位置的文字进行离析，使它由一个字分裂成两个或几个字后，产生了与本义不同的别义，从而得以同谜面切合。由于汉字组合类谜格使用不多，省略不谈。

## 一、虾须格

又名丫髻格、鸦髻格。虾须左右分生，形象地比喻该格系将谜底首字左右分拆。本格谜底为二字或二字以上，须将首字左右拆成两个字后切合谜面。例如：

1. 恢复视觉（二字旅游名词，虾须格） 观光

谜底中的首字"观"左右分拆成"又见"二字，整个谜底应读成"又见光"，从而与面意切合。

2. 白费口舌（二字称谓，虾须格） 信徒

信徒指信仰某一宗教的人，也泛指信仰某一学派、主义或主张的人。谜底中的首字"信"左右分拆为"人言"二字，整个谜底应读成"人言徒"与面意切合，别解为：人们所言是徒劳无益的。

3. 特使抵家（单位机构，虾须格） 传达室

特使指国家临时派遣的担任特殊任务的外交代表。谜底中的首字"传"左右分拆为"专人"二字，整个谜底应读成"专人达室"与面意切合。

4. 夕阳如画（工程名词，虾须格） 晒图

晒图是把描在透明或半透明纸上的图和感光纸重叠在一起，利用日光或灯光照射，复制图纸。谜底中的首字"晒"左右分拆为"日西"二字，整个谜底应读成"日西图"来切合面意。

5. 三八红旗手（三字常言，虾须格） 好榜样

由于国际妇女节简称三八节，所以人们常用"三八"来代表女子。谜底中的首字"好"左右分拆为"女子"二字，整个谜底应读成"女子榜样"来切合面意，别解为：三八红旗手是女子中的先进榜样。

6. 老兄太直了（音乐名词，虾须格） 歌曲

谜底中的首字"歌"左右分拆为"哥欠"二字，整个谜底应读成"哥欠曲"来切合面意。"老兄"亦即"哥"，"太直"即"欠曲"。

7. 金乌与玉兔（二字修辞法，虾须格） 明喻

金乌指太阳，传说太阳中有三足乌。玉兔指月亮，传说嫦娥在月宫里养有一只白兔。谜底"明喻"是比喻的一种，明显地用另外的事物来比拟某事物，表示两者之间的相似关系。谜底中的首字"明"左右分拆为"日月"二字，整个谜底应读成"日月喻"来切合面意，别解为：日与月之比喻。

8. 田汉特聪明（宋代人，虾须格） 侬智高

田汉是我国现代剧作家、诗人，由其作词、聂耳谱曲的《义勇军进行曲》后被采用为中华人民共和国国歌。侬智高是北宋时期的壮族首领。入谜后，"田汉"别解为"种田的汉子"。谜底中的首字"侬"左右分拆为"农人"二字，整个谜底应读成"农人智高"来切合面意。

9. 一下火车就分娩（动物学名词，虾须格） 胎生

"分娩"指生小孩或生幼畜。"胎生"指人或某些动物的幼体在母体内发育到一定阶段以后才脱离母体，这种生殖方式叫做胎生。胎生动物的胚胎发育依赖母体的营养。谜底中的首字"胎"左右分拆为"月台"二字，整个谜底应读成"月台生"来切合面意。

10. 话到嘴边又咽下（二字常言，虾须格） 味道

谜底中的首字"味"左右分拆为"口未"二字，整个谜底应读成"口未道"来切合面意。

## 二、蝇头格

又名垫巾格，取"竹篁筘垫"之意，即竹子上下分节。"蝇头"语出陆游《南堂杂兴》诗句"常作蝇头细字分"，以蝇头之形喻格法。谜底为二字或二字以上，须将其中的首字上下分拆成两个字来切合谜面。例如：

1. 汽（化工产品，蝇头格） 氨水

氨水是氨的水溶液，无色，有刺激性气味，用作肥料，医药上用作消毒剂。谜底中的首字"氨"上下分拆为"气安"二字，整个谜底别读成"气安水"来切合面意——"汽"即一个"气"字再安上一个"水"（氵）。

2. 襟怀坦白（二字常言，蝇头格） 忠诚

谜面是形容心胸开阔，心地纯正，光明磊落的意思。谜底中的首字"忠"上下分拆为"心中"二字，整个谜底别读成"心中诚"来切合面意。

3. 倭寇兵舰（医学名词，蝇头格） 晕船

倭寇原指 14—16 世纪屡次骚扰抢劫朝鲜和我国沿海地区的日本海盗。抗日战争时期也称日本侵略者为倭寇。谜底中的首字"晕"上下分拆为"日军"二字，整个谜底别读成"日军船"来切合面意。

4. 你知我知（三字常言，蝇头格） 天晓得

谜底中的首字"天"上下分拆为"二人"二字，整个谜底别读成"二人晓得"来切合面意。

5. 盼望过华诞（二字时间用语，蝇头格） 星期

谜底中的首字"星"上下分拆为"生日"二字，整个谜底别读成"生日期"来切合面意，别解为：对于生日的期望。

6. 放开喉咙唱（音乐名词，蝇头格） 夯歌

夯歌指打夯时唱的歌。谜底中的首字"夯"上下分拆为"大力"二字，整个谜底别读成"大力歌"来切合面意。

7. 只能靠武力解决（国名，蝇头格） 斐济

谜底中的首字"斐"上下分拆为"非文"二字，整个谜底别读成"非文济"来切合面意，别解为：文的不能济事。

8. 口若悬河，滔滔不绝（二字称谓，蝇头格） 会长

谜面指说话像河水倾泻下来一样滔滔不绝，形容口才好，能言善辩。谜底中的首字"会"上下分拆为"人云"二字，整个谜底别读成"人云长"来切合面意。

9. 分手热泪垂，唯有长叹息（医学名词，蝇头格） 禽流感

禽流感是禽流行性感冒的简称，是由Ａ型流感病毒引起的禽类传染病。谜底中的首字"禽"上下分拆为"人离"二字，整个谜底别读成"人离／流／感"来切合面意，别解为：人在别离时流下泪水，感叹不已。

## 三、展翼格

又名比干格、剖心格，取自商纣王将大臣比干剖心的典故。谜底为三字或三字以上的奇数，须将谜底中间的一个字左右分拆成两个字，以切合谜面。例如：

1. 李耳之妻（三字泛称谓，展翼格） 老好人

李耳，字伯阳，春秋末年思想家，道家创始者，又称老子、老聃。将谜底中间的"好"字左右分拆为"子女"二字，整个谜底别读成"老子女人"，从而与面意切合。

2. 阴阳历合订本（文体形式，展翼格） 说明书

阴历指我国传统的农历，阳历指现在国际通用的公历。"阴"指太阴可扣"月"，"阳"指太阳可扣"日"。将谜底中间的"明"字左右分拆为"日月"，整个谜底别读成"说日月书"与面意切合。别解为：解说日月运行规律的历书。

3. 东坡无言以对（唐代人，展翼格） 苏味道

苏味道为唐朝大臣、文学家。武则天时为相数年，为人圆滑，自称凡事模棱以持两端即可，故时人称为"苏模棱"。将谜底中间的"味"字左右分拆为"口未"二字，整个谜底别读成"苏口未道"，从而与面意切合。

4. 有泪也弹好男儿（三字称谓，展翼格） 流浪汉

俗话说：男儿有泪不轻弹，只缘未到伤心处。鲁迅先生在《答

客诮》诗中亦有云："无情未必真豪杰，怜子如何不丈夫。"将谜底中间的"浪"字左右分拆为"水良"二字，整个谜底别读成"流水/良汉"，别解为：流下泪水的也是好汉。

5. 心生不快因断后（三字口语，展翼格） 没好气

没有子孙延续，称为断后。将谜底中间的"好"字左右分拆为"子女"二字，整个谜底别读为"没子女/气"来切合面意，别解为：没有子女，很是生气。

6. 重耳虽赢非大捷（《水浒传》泊人，展翼格） 公孙胜

重耳即春秋晋国君王晋文公。他本是献公之子，因献公立幼子奚齐为太子，曾出奔在外十九年，人称重耳公子。将谜底中间的"孙"字左右分拆为"子小"二字，整个谜底别读为"公子小胜"来切合面意。

7. 千树万树梨花开（首都，展翼格） 都柏林

都柏林是爱尔兰首都。面句出自唐人岑参《白雪歌送武判官归京》："忽如一夜春风来，千树万树梨花开。"这两句诗是形容夜里下大雪，使人觉得好像忽然在一夜之间，春风已经吹了起来，使得那千千万万的树枝上全开满了雪白的梨花似的。将谜底中间的"柏"字左右分拆为"白木"二字，整个谜底别读成"都白木林"来切合面意，别解为：都是一大片雪白的树林。

8. 世上无难事，只怕有心人（三字常言，展翼格） 多功能

将谜底中间的"功"字左右分拆为"工力"二字，整个谜底别读成"多/工/力/能"来切合面意，别解为：只要多下工夫，多多努力，就能够成事。

## 四、中分格

又名断锦格。语出李白《登金陵凤凰台》句"二水中分白鹭洲"，

146

借以比喻从中间拆字。谜底为三字或三字以上的奇数，须将中间一字上下分拆成两个字，以切合谜面。例如：

1. 自言自语（三字常言，中分格） 说大话

将谜底中间的"大"字上下分拆为"一人"二字，整个谜底别读成"说一人话"，从而与面意切合。

2. 鲲鹏展翅（现代作家，中分格） 张天翼

张天翼于1938年发表短篇小说《华威先生》，刻画了一个利用抗日拼命抓权、终日开会、言行相悖的官僚典型。后期转以儿童文学创作为主，出版有《宝葫芦的秘密》《大林和小林》等著作。鲲鹏指鲲化成的大鹏鸟。将谜底中间的"天"字上下分拆为"一大"二字，整个谜底别读为"张一大翼"，从而与面意切合。

3. 芳径洒甘霖（化妆品，中分格） 花露水

芳径亦即花径，甘霖指久旱以后所下的雨。将谜底中间的"露"字上下分拆为"路雨"二字，整个谜底别读成"花路雨水"，从而与面意切合。

4. 野火烧不尽（农业名词，中分格） 春花生

春花生指在立春至立夏播种的花生。谜面出自白居易《赋得古原草送别》："离离原上草，一岁一枯荣。野火烧不尽，春风吹又生。远芳侵古道，晴翠接荒城。又送王孙去，萋萋满别情。"在这首咏草诗中，"野火烧不尽，春风吹又生"是描绘与赞美野草坚韧顽强的生命力的千古传诵的名句——不论野火怎样烧都烧不尽，只要春天到来，春风一吹，野草便又到处滋生起来。将谜底中间的"花"字上下分拆为"草（艹）化"二字，整个谜底别读成"春草化生"来切合面意。

5. 君王夜夜佳丽伴（首都，中分格） 圣多美

圣多美为中非岛国圣多美和普林西比的首都。将谜底中间的

"多"字上下分拆为"夕夕"二字,整个谜底别读成"圣夕夕美"来切合面意,别解为:圣上晚晚有美人陪伴。

6. 高山流水忆知音（医学名词,中分格） 怀孕期

《列子·汤问》记载,俞伯牙善于弹琴,钟子期对音乐的欣赏力很强。有一次俞伯牙弹琴时心里想着高山,钟子期听了说:"善哉,峨峨兮若高山!"伯牙又想着流水,钟子期听了说:"善哉,洋洋乎江河!"钟子期死后,伯牙将古琴摔碎,将琴弦扯断,终身不复弹琴,因为世上再没有他的知音了。将谜底中间的"孕"字上下分拆为"乃子"二字,整个谜底别读成"怀乃子期"来切合面意,别解为:所念怀的乃是子期也。

7. 在山东每天见多识广（《水浒传》泊人,中分格） 鲁智深

"泊人"指《水浒传》中梁山泊108个好汉。将谜底中间的"智"字上下分拆为"日知"二字,整个谜底别读成"鲁日知深"来切合面意。

## 五、燕尾格

又名鱼尾格、燕剪格。以燕尾形状来比喻谜格。本格谜底为二字或二字以上,将其末字左右分拆成两个字,以切合谜面。例如:

1. 皮（建筑材料,燕尾格） 玻璃

将谜底中的末字"璃"左右分拆为"离王"二字,整个谜底别读成"玻离王"来切合谜面,别解为:"玻"字中的"王"字"离"开了,从而余下"皮"字。

2. 哑谜（三字礼貌用语,燕尾格） 不用谢

按照规则,猜射哑谜,只需使用动作来完成,不需使用语言。将谜底的末字"谢"左右分拆为"言射"二字,整个谜底别读成"不用言射"来切合面意。

3. 传授蜀语（二字常言，燕尾格）　教训

四川古称蜀，蜀语亦即四川话。将谜底的末字"训"左右分拆为"川言"二字，整个谜底别读成"教川言"来切合面意。

4.《水浒》好汉宣言书（传统戏剧人物，燕尾格）　梁山伯

梁山伯是传统剧目《梁山伯与祝英台》中的男主角，因不能与心爱的祝英台结合，伤心过度，患疾而亡。将谜底的末字"伯"左右分拆为"人白"二字，整个谜底别读成"梁山人白"来切合面意。

5. 漂亮姑娘并不多（二字常言，燕尾格）　美妙

将谜底的末字"妙"左右分拆为"女少"二字，整个谜底别读成"美女少"来切合面意。

6. 不少人默不做声（外国首都，燕尾格）　多哈

多哈是西亚国家卡塔尔的首都。将谜底的末字"哈"左右分拆为"合口"二字，整个谜底别读成"多合口"来切合面意。

7. 东风不与周郎便（成语，燕尾格）　金屋藏娇

要理解本谜面底如何扣合，先要弄清本谜是属于典故谜，面句来自唐人杜牧的《赤壁》一诗："折戟沉沙铁未销，自将磨洗认前朝。东风不与周郎便，铜雀春深锁二乔。"二乔不仅是美女，她们还有着特殊的身份：大乔是东吴前国主孙策的夫人，当时国主孙权的亲嫂；小乔则是带领东吴全部水陆兵马和曹操决一死战的军事统帅周瑜的夫人。

"金屋藏娇"的典故：汉武帝幼时，姑母长公主曾指着其女儿阿娇问他："阿娇好不？"武帝笑着回答："好！若得阿娇作妇，当作金屋贮之也。"后来人们借用"金屋藏娇"来喻指男人纳妾或在外包养女人。本谜按格规定，将谜底的末字"娇"左右分拆为"乔女"二字，整个谜底别读成"金屋藏乔女"，从而与面意切合。

8. 怀孕后期要调职（成语，燕尾格） 大腹便便

谜底"大腹便便"原意是含有贬义地指某人肚子肥大的样子。入谜后按格要求将谜底的末字"便"左右分拆为"更人"二字，整个谜底别读成"大腹便更人"，从而与面意切合。

9. 脱我战时袍，着我旧时裳（成语，燕尾格） 重归于好

谜面出自描述花木兰代父从军的古代民歌《木兰诗》，谜底指彼此重新和好的意思。入谜后，按格要求将谜底的末字"好"左右分拆为"女子"二字，整个谜底别读成"重归于女子"来切合面意。

## 六、蜻尾格

又名垫足格。取蜻蜓之尾上下分开之状来比喻格名。本格谜底为二字或二字以上，将其末字上下分拆成两个字，以切合谜面。例如：

1. 由（三国人，蜻尾格） 黄忠

黄忠是三国时期蜀汉的五虎上将之一，与关羽、张飞、赵云、马超齐名。我国人民历来把"老黄忠"作为老年英雄的代表。将谜底的末字"忠"上下分拆为"中心"二字，整个谜底别读成"黄中心"来切合面意，别解为："由"字就在"黄"字的"中心"。

2. 铁扇公主（食品，蜻尾格） 牛肉

将谜底的末字"肉"上下分拆为"内人"二字，整个谜底别读成"牛内人"来切合面意。众所周知，在小说《西游记》中，铁扇公主是牛魔王的夫人，而夫人亦称内人。

3. 眉头一皱（金融名词，蜻尾格） 计息

谜底"计息"原意是计算利息。今按格要求，将谜底的末字"息"

上下分拆为"自心"二字,整个谜底别读成"计自心"来切合面意。成语有云:眉头一皱,计上心来。本谜采用启下法,用"计上心来"扣合"计自心"。

4. 鹦鹉学舌(外交名词,蜓尾格) 照会

照会是指一国政府把自己对于彼此有关的某一件事的意见通知另一国政府的行动或外交文件。入谜后,按格要求将谜底的末字"会"上下分拆为"人云"二字,整个谜底别读成"照人云"来切合面意。鹦鹉学舌当然是学人所云了。

5. 家书抵万金(金融名词,蜓尾格) 信贷

面出杜甫《春望》诗:"烽火连三月,家书抵万金。"意思是说,在战争不断、兵荒马乱的时候,收到一封家书,足以抵万金。谜底"信贷"原指银行存款、贷款等信用活动的总称。今按格要求将谜底的末字"贷"上下分拆为"代贝"二字,整个谜底别读成"信代贝"来切合面意。因为古人曾用贝壳做货币,所以"贝"可以借代为金钱。

6. 匹夫有责守边疆(德国城市,蜓尾格) 汉堡

将谜底的末字"堡"上下分拆为"保土"二字,整个谜底别读成"汉保土"来切合面意。"匹夫"同义扣"汉","守边疆"会意扣"保土"。

7. 归来已是古稀人(计算机用语,蜓尾格) 回车

将谜底的末字"车"上下分拆为"七十"二字,整个谜底别读成"回七十"来切合面意。古时称人到七十岁为古稀之年,杜甫曾写有"人生七十古来稀"的诗句。

## 七、碎锦格

又名碎金格、破镜格、堆金格、积玉格。本格谜底为二字或

二字以上，须将每个字拆成两个或几个字，不拘拆法，左右、上下、内外均可，以便与谜面切合。例如：

1. 查分（国名，碎锦格） 日本

谜面是指在某次考试之后查阅分数。谜底中的"日"可分拆成"一口"二字，"本"可拆成"一木"二字，整个谜底可别读成"一口一木"来切合谜面。别解为：谜面的"查"字可以"分"拆成"一口一木"四个字。

2. 诉衷情（二字常言，碎锦格） 信息

诉衷情也就是诉说内心的情感，谜底中的"信"可拆成"人言"，"息"可拆成"自心"，整个谜底可别读成"人言自心"来切合面意。

3. 建筑工（中药，碎锦格） 杜仲

谜底中的"杜"可拆成"土木"二字，"仲"可拆成"中人"二字，整个谜底可别读成"土木中人"来切合面意。

4. 众口一辞（邮政设施，碎锦格） 信筒

谜面是形容许多人说同样的话。谜底中的"信"可拆成"人言"，"筒"可拆成"个个同"，整个谜底可别读成"人言个个同"来切合面意。

5. 万岁爷祈雨（体育运动项目，碎锦格） 沙球

万岁爷亦即皇帝。谜底中的"沙"可拆成"少水（氵）"，"球"可拆成"王求"，整个谜底可别读成"少水王求"来切合面意。

6. 话说沧海变桑田（城市誉称，碎锦格） 泉城

济南市由于喷泉众多，故有"泉城"之誉称。谜底中的"泉"可拆成"白水"二字，"城"可拆成"成土"二字，整个谜底可别读为"白水成土"来切合面意，别解为：说的是海水变成了田土。

7. "洼"字如何变"桂"字（法律名词，碎锦格） 法案

谜底中"法"可拆成"去水（氵）"二字，"案"可拆成"安木"

二字,整个谜底可别读成"去水(氵)安木"来切合面意。显而易见,如果将"洼"字偏旁三点水去掉后再安上一个"木",即成"桂"字。

8. 糊里糊涂说自己(民间文学形式,碎锦格) 谜语

谜底中的"谜"可拆成"迷言(讠)"二字,"语"可拆成"言(讠)吾"二字,整个谜底可别读成"迷言言吾"来切合面意。

9. 都是曾经沧海人(中药,碎锦格) 竹沥

竹沥是指淡竹或青竿竹的新鲜竹竿经火烤灼流出的液汁,性寒、味甘,主治痰热咳喘、中风痰迷、惊痫癫狂等症。谜底中的"竹"可拆成"个个"二字,"沥"可拆成"历水"二字,整个谜底可别读成"个个历水"来切合面意。

10. 一律不准代发言(二字贬称,碎锦格) 笨伯

笨伯指愚蠢的人。谜底中的"笨"可拆成"个个本"三字,"伯"可拆成"人白"二字,整个谜底可别读成"个个本人白"来切合面意。

11. 农夫心内如汤煮(水果,碎锦格) 香蕉

谜面取材于《水浒传》第十六回"杨志押送金银担,吴用智取生辰纲",说的是白胜假扮卖酒郎,挑着一担白酒路过黄泥冈,边走边唱着一首歌谣:"赤日炎炎似火烧,野田禾稻半枯焦。农夫心内如汤煮,公子王孙把扇摇。"谜底中的"香"可拆成"日禾"二字,"蕉"可拆成"草焦"二字,整个谜底可别读成"日禾草焦"来切合面意。别解为:农夫心内如汤煮,是因为烈日把禾苗都晒焦了。

## 八、三须格

三须格要求谜底为二字或二字以上,须将首字分拆成三字,与其余底字连读来切合谜面。例如:

1. 垂涎欲滴(物理名词,三须格) 涡流

谜面是形容人们嘴馋得口水快要滴落下来。谜底指流体旋转

而形成的流动的旋涡。按格要求将谜底的首字"涡"分拆成"口内水"三字，整个谜底连读成"口内水流"来切合面意。

2. 个个手不释卷（出版名词，三须格）丛书

按格要求将谜底的首字"丛"分拆成"人人一"三字，整个谜底连读成"人人一书"来切合面意。

3. 儿童乐园乐翻天（日用品，三须格）筷子

按格要求将谜底的首字"筷"分拆成"个个快"三字，整个谜底连读成"个个快子"来切合面意。别解为：个个都是快乐的孩子。

4. 父母跟儿住高层（建筑名词，三须格）筒子楼

按格要求将谜底的首字"筒"分拆成"个个同"三字，整个谜底连读成"个个同子楼"来切合面意。别解为：个个都同儿子住在高楼。

5. 将权力关进笼子里（二字常言，三须格）管束

按格要求将谜底的首字"管"分拆成"个个官"三字，整个谜底连读成"个个官束"来切合面意。别解为：由于权力被装进笼子里面，那么个个官员都要被约束了。

## 九、鼎足格

又名蟾足格、金蟾格。因鼎为三足，传说中金蟾亦为三足，故名。本格要求谜底为二字或二字以上，须将最末一字分拆成三字，与其余底字连读来切合谜面。例如：

1. 欧美公民（春秋人，鼎足格）西施

按格要求将谜底的末字"施"分拆成"方人也"三字，整个谜底连读成"西方人也"来切合面意。西施为越国第一美女，本姓施，以家住浣纱村西得名。越军被吴军打败后，国都被围，越

王勾践求和不得，听从范蠡计谋，把西施献给吴王夫差，受到特殊宠爱。相传吴亡后，她与范蠡驾扁舟，偕入太湖，不知所终。

2. 孤家寡人（饰品，鼎足格） 指环

孤家、寡人都是古代君王的自称。按格要求将谜底的末字"环"分拆成"王一个"三字，整个谜底连读成"指王一个"来切合面意。

3. 於菟吼叫因肚饥（二字称谓） 老饕

谜面的於菟（wū tú）是古代楚人对虎的称呼。谜底的老饕主要指极能饮食或贪吃的人，近年也有称美食家的。按格要求将谜底的末字"饕"分拆成"虎号食"三字，整个谜底连读成"老虎号食"来切合面意，别解为：老虎号叫是因为要觅食。

# 第四节　半读类谜格

半读类谜格是指将谜底的有关字眼掩盖一半之后切合谜面，颇有"犹抱琵琶半遮面"的神韵。本节只介绍徐妃格、摘遍格与放踵格，因为这三种谜格所针对的谜底文字，皆有相同的偏旁或部首，比较整齐划一，结构鲜明，较有谜味。为了方便猜射者进行干净利落、直截了当的猜谜，建议可将摘遍格与放踵格一并归纳于徐妃格名下。也就是说，凡是谜底具有相同的偏旁以及相同部首者，一律称之为徐妃格，不再另设摘遍格与放踵格。

## 一、徐妃格

又名半妆格、徐娘格。徐妃是南朝梁元帝的妃子，亦即俗语"徐娘半老，风韵犹存"中的徐娘。梁元帝一只眼是瞎的，当他来的时候，徐妃只梳半面妆等待他，他看见以后顿时发怒，拂袖而去。故李商隐在《南朝》诗中，不无讥刺地写道："休夸此地分天下，

155

只得徐妃半面妆。"徐妃格谜底为二字或二字以上，均有相同偏旁，应将相同偏旁取出后，以余留的文字来切合谜面。例如：

1. 瞎说一通（地理名词，徐妃格） 湖泊

将谜底"湖泊"二字的三点水旁除去，以余下的"胡白"来切合面意，别解为"胡乱说话"。

2. 各边之和（二字常言，徐妃格） 惆怅

谜底"惆怅"本义指伤感或失意。今按格要求将谜底"惆怅"二字的竖心旁除去，以余下的"周长"来切合面意。各边之和也就是周长。

3. 分开并不难（动物，徐妃格） 蜥蜴

将谜底"蜥蜴"二字的虫字旁除去，以余下的"析易"来切合面意。

4. 素不相识（物理名词，徐妃格） 惯性

惯性指物体保持自身原有运动状态或静止状态的性质，如行驶的机车刹车后不马上停止前进，静止的物体不受外力作用就不变位置，都是由于惯性的作用。今按格要求将谜底"惯性"二字的竖心旁除去，以余下的"贯生"来切合面意，别解为"一贯生疏"。

5. 甲乙丙戊（小五金，徐妃格） 铁钉

用作表示次序的天干顺序，最前面的五位数为甲、乙、丙、丁、戊。如今谜面只有甲、乙、丙、戊，即少了"丁"。今按格要求将谜底"铁钉"二字的金字旁除去，以余下的"失丁"来切合面意。

6. 千人一面（地理名词，徐妃格） 溶洞

谜面原意指许多人都是同一张脸谱，形容文学作品的人物形象雷同。谜底原意是指石灰岩等易溶岩石被流水所溶解而形成的天然洞穴。今按格要求将谜底"溶洞"二字的三点水旁除去，以余下的"容同"来切合面意。

7. 瓢子在何处（动物，徐妃格）　狐狸

按格要求将谜底"狐狸"二字的反犬旁除去，以余下的"瓜里"来切合面意，别解为"瓢子就在瓜里面"。

8. 我想有个家（二字常言，徐妃格）　把握

按格要求将谜底"把握"二字的提手旁除去，以余下的"巴屋"来切合面意，别解为"巴望有间屋"。

9. 本人再夺冠军（家禽三，徐妃格）　鹅、鸡、鸭

按格要求将谜底"鹅鸡鸭"三字的鸟字旁除去，以余下的"我又甲"来切合面意。

10. 临去秋波那一转（元素六，徐妃格）　镁、钕、钼、钠、铕、镱

谜面出自元代王实甫《西厢记》唱词，说的是崔莺莺与张生分手时，含情脉脉地回头看了张生一眼。按格要求将谜底"镁钕钼钠铕镱"六字的金字旁除去，以余下的"美女目内有意"来切合谜面。

11. 赤兔绝食殉主人（昆虫，徐妃格）　蚂蚁

谜面典故出自《三国演义》第七十七回"玉泉山关公显圣"："关公既殁，坐下赤兔马被马忠所获，献与孙权。权即赐马忠骑坐。其马数日不食草料而死。"按格要求将谜底"蚂蚁"二字的虫字旁除去，以余下的"马义"来切合面意，别解为：赤兔马舍生取义。

12. 遥知兄弟登高处，遍插茱萸少一人（二字形容词，徐妃格）嵯峨

谜面出自王维《九月九日忆山东兄弟》。按格要求将谜底"嵯峨"二字的山字旁除去，以余下的"差我"来切合面意。

## 二、摘遍格

又名摩顶格。遍，原是古代曲调名。因曲有数十段，每段有数节，裁截其中的几段几节就叫"摘遍"。此格取摘遍为名，也含裁截之意。摘遍格谜底为二字或二字以上，皆具有相同的上面部首，将相同的上面部首除去后，以余下文字切合谜面。例如：

1. 八分（体育运动项目，摘遍格） 乒乓

将谜底"乒乓"二字的丘字头除去，以余下的一撇（丿）和一捺（丶）来切合面意，因为将"八"字"分"开，不就是一撇和一捺吗？

2. 眼观星象（植物，摘遍格） 苜蓿

将谜底"苜蓿"二字的草字头除去，以余下的"目宿"来切合面意，别解为：观看着星宿。

3. 再度登基（传说动物，摘遍格） 凤凰

登基指帝王即位。将谜底"凤凰"二字的风字头除去，以余下的"又皇"来切合面意，别解为：又当皇帝。

4. 望眼欲穿（水果，摘遍格） 芭蕉

谜面含义指快把眼睛望穿了，形容盼望殷切。将谜底"芭蕉"二字的草字头除去，以余下的"巴焦"来切合面意，别解为：巴望得很是焦急。

5. 神态自若（中药，摘遍格） 苁蓉

谜面指神情态度自如、不拘束。将谜底"苁蓉"二字的草字头除去，以余下的"从容"来切合面意。

6. 黏合剂拼功效（乐器，摘遍格） 琵琶

将谜底"琵琶"二字中的双王头除去，以余下的"比巴"来切合面意，别解为：比拼黏合的能力。

7. 身长不差毫厘（蔬菜，摘遍格） 茼蒿

将谜底"茼蒿"二字中的草字头除去，以余下的"同高"来切合面意。

8. 没有一个签到者（山东市名，摘遍格） 莱芜

将谜底"莱芜"二字中的草字头除去，以余下的"来无"来切合面意，别解为"无人到来"。

## 三、放踵格

又名脱履格。放踵格谜底为二字或二字以上，皆具有相同的下面部首，将相同的下面部首除去后，以余下的文字来切合谜面。例如：

1. 皇帝弈棋（二字常言，放踵格） 忐忑

谜底"忐忑"是指心神不定的意思。按格要求将"忐忑"二字中的心字底除去，以余下的"上下"来切合面意，别解为"皇上在下棋"。

2. 恍然大悟（二字常言，放踵格） 邂逅

谜底"邂逅"是指偶然遇见的意思。按格要求将"邂逅"二字中的走之底除去，以余下的"解后"来切合面意。因为"恍然大悟"是忽然醒悟的意思，指由于了"解"之"后"才会有的结果。

3. 一千零一日（物理名词，放踵格） 重量

将谜底"重量"二字中的里字底除去，以余下的"千旦"来切合面意。因为"旦"可以拆开为"一日"，所以"一千零一日"可以扣合"千旦"。

4. 宁波排第一（交通名词，放踵格） 通道

将谜底"通道"二字中的走之底除去，以余下的"甬首"来切合面意。因为"甬"是宁波的别称，"排第一"即居"首"位。

5. 万家宝改名（二字常言，放踵格） 遭遇

万家宝是我国现代著名剧作家曹禺的原名。将谜底"遭遇"二字中的走之底除去，以余下的"曹禺"来切合面意。

6. 放盐太多之故（二字常言，放踵格） 感恩

按格要求将谜底"感恩"二字中的心字底除去，以余下的"咸因"来切合面意。"放盐太多"会意扣"咸"，"故"同义扣"因"。

7. 东西南北皆留影（二字常言，放踵格） 思想

按格要求将谜底"思想"二字中的心字底除去，以余下的"田相"来切合面意。"东西南北"会意"四方"，转而扣"田"字；"留影"同义会意扣"相"。

8. 长度 10 厘米，时间 60 秒（二字形容词，放踵格） 忿忿

按格要求将谜底"忿忿"二字中的心字底除去，以余下的"分分"来切合面意。10 厘米是一"分"，60 秒也是一"分"。

# 第五节　移字类谜格

一般来说，移字类谜格是比较有趣的谜格，因为它既无增减文字的造作之嫌，又无谐读白字的欠雅之憾。它对谜底的改造纯属原汁原味的处理，只是对谜底文字的排列顺序进行改变。而文字顺序一经改变，必然会脱离原有的本义，另营崭新的意境，从而产生谜趣四溢、引人入胜的娱乐效果。在众多的移字类谜格之中，卷帘格最为有趣，曾被人誉为"格中之王"，因为它在倒读之后，往往会产生妙不可言的喜剧效果。

## 一、卷帘格

又名美人格、倒读格、倒卷珠帘格。格名取自唐人诗句，如李白"美人卷珠帘"、杜牧"卷上珠帘总不如"、王昌龄"欲卷珠

帘春恨长"等。本格谜底为三字或三字以上，须将谜底倒读来切合谜面。例如：

1. 不（成语，卷帘格） 歪打正着

谜底本意是比喻方法原本不对头，却侥幸得到满意的效果。今按格要求倒读成"着正打歪"来切合谜面，别解为：在谜面"不"字之中放上一个"正"字，就会打造出一个"歪"字了。

2. 祝寿（生物学名词，卷帘格） 生长期

谜底本义是指生物体出生并成长的时期。今按格要求倒读成"期长生"来切合面意，别解为：期望被祝寿者长生不老。

3. 专家（出版名词，卷帘格） 通行本

谜面"专家"指对某一门学问有专门研究的人，或擅长某项技术的人。谜底"通行本"指一般流行的书籍版本，今按格要求倒读成"本行（háng）通"来切合面意。

4. 全家无恙（四字安全口号，卷帘格） 安全第一

"恙"就是"病"，"全家无恙"也就是全家健康的意思。谜底按格要求倒读成"一第全安"来切合面意。在这里，"第"应当别解为"家庭"。

5. 小心笔误（语文名词，卷帘格） 错别字

按格要求谜底应倒读成"字别错"来切合面意，"小心笔误"就是提醒人们不要写错字。

6. 越狱潜逃（法律名词，卷帘格） 走私犯

按格要求谜底应倒读成"犯私走"来切合面意，别解为：犯罪私自逃走。

7. 非礼勿言（文体形式，卷帘格） 说明文

按格要求谜底应倒读成"文明说"来切合面意，别解为：文明地说话，也就是说，不礼貌的话不要说。

8. 你在说梦话（英国作家，卷帘格） 柯南·道尔

"柯南·道尔"是风靡全球的《福尔摩斯探案全集》的作者名字的汉字译音，今按谜格要求将谜底倒读成"尔道南柯"来切合面意。"尔"亦即人称代词"你"。"南柯"典出"南柯一梦"：淳于棼住所南边有棵老槐树。一天，淳于棼喝醉于树下，梦见两位紫衣使者迎接他，乘车驱入古槐穴中，进入城门，高楼上题着"大槐安国"。淳于棼拜见了国王，被招为驸马，后又被封为南柯郡太守，与公主所生儿女皆高官厚禄，通婚王侯。淳于棼美梦骤醒，一切如故，发现槐树下有个大蚁穴。后人据此典故将"南柯"借指为做梦。所以"尔道南柯"也就是"你在说梦话"了。

9. 此乃方外之术（国名三，卷帘格） 也门、法国、中非

"方外"指中国以外的地方，"术"指方法。按格要求将谜底倒读成"非中国法门也"来切合面意，方外之术自然不是中国之方法了。

10. 严禁请客送礼（节日，卷帘格） 情人节

按格要求将谜底倒读成"节人情"来切合面意。

11. 弄璋弄瓦都是喜（学校称谓二，卷帘格） 女生、男生

"璋"是贵族所用的玉器，古人把璋给男孩子作玩物，希望他们长大后有玉一样的品格。后生男孩被称为"弄璋之喜"。"瓦"是古代妇女纺织用的纺砖，旧时常以"弄瓦之喜"祝贺人家生女孩。按格要求将谜底倒读成"生男生女"来切合面意。

12. 一样是喜欢读书（三字礼貌用语，卷帘格） 同学好

按格要求将谜底倒读成"好学同"来切合面意。这里的"好"应别读成 hào，别解为"喜爱"，"好学同"也就是"喜爱学习是同样的"。

13. 先生如今在上课（教育称谓，卷帘格） 中学教师

按格要求将谜底倒读成"师 / 教学中"来切合面意，别解为：

老师在教学之中。

14. **久未谋面自疏远（成语，卷帘格） 生不逢时**

谜底本义是指时运不济，生下来就没有碰上好的时代。今按格要求倒读成"时逢不生"来切合面意，别解为：如若时常相逢，就不会觉得生疏了。本谜使用的是反面会意法。

15. **一封朝奏九重天（法律名词，卷帘格） 上诉书**

谜面出自韩愈《左迁至蓝关示侄孙湘》："一封朝奏九重天，夕贬潮阳路八千。欲为圣朝除弊事，敢将衰朽惜残年？"意思是说，我不顾老迈年高，欲为朝廷革除弊端。想不到一封奏章早晨呈奏给皇上，到了晚上，自己就被贬到八千里路外的潮阳。谜底本义指当事人不服原审法院的裁决，在规定期限内依法定程序向上一级法院递交诉状，请求复审案件。今按格规定将谜底倒读成"书诉上"，从而与面意切合。别解为：呈上奏书给皇上。

16. **手提总绳瞪双眼（成语，卷帘格） 纲举目张**

纲指网上的总绳，目指网眼。谜底本义是指提起渔网的总绳撒出去，所有网眼随即张开。今按格要求将谜底倒读成"张目举纲"来切合面意。别解为：张开眼目，举起总绳。

17. **笔笔中锋，字字正楷（图书名词，卷帘格） 工具书**

所谓中锋，就是在书画行笔时，应该使笔锋随时和纸平面保持垂直，笔尖时刻保持在线条的中心部位。所谓正楷，就是结构匀称、笔画工整的楷书。谜底"工具书"指专为读者查考字形、字音、字义、词义、字句出处和各种事实等而编纂的书籍。今按格要求将谜底倒读成"书具工"来切合面意，别解为：所书写的字都是工整的。

18. **严监生临终伸二指（日常用品，卷帘格） 节能灯**

谜面典故出自《儒林外史》第六回：话说严监生临死之时，

伸着两个指头，总不肯断气。几个侄儿和些家人都来讧乱着问，有说为两个人的，有说为两件事的，有说为两处田地的，纷纷不一，只管摇头不是。赵氏分开众人，走上前道："爷，只有我能知道你的心事。你是为那灯盏里点的是两茎灯草，不放心，恐费了油。我如今挑掉一茎就是了。"说罢，忙走去挑掉一茎。众人看严监生时，点一点头，把手垂下，登时就没了气。

谜底"节能灯"本义指亮度相同时，耗电比其他灯具少得多的灯具。今按格要求将谜底倒读成"灯能节"来切合面意，别解为：油灯还是能够有节省余地的。

19. 不愿神仙见，愿识柳七面（词牌名，卷帘格） 永遇乐

谜面的典故与柳永有关。柳永，北宋词人，婉约派最具代表性的人物之一，代表作为《雨霖铃》。由于他排行第七，又称柳七。青少年时代的柳永才华横溢，风流倜傥，但时运不济，屡试不第，便时常混迹于烟花巷陌中，成为歌伎们崇拜的偶像。当年的伎乐圈曾流传这样的歌谣："不愿君王召，愿得柳七叫；不愿千黄金，愿得柳七心；不愿神仙见，愿识柳七面。"

按谜格要求，将谜底倒读成"乐遇永"来切合面意。别解为：非常乐意遇见柳永。

20. 解元尽处是孙山，贤郎更在孙山外（人体部位，卷帘格）无名指

谜面典故出自"名落孙山"：宋代人孙山考中了末一名回家，有人向他打听自己的儿子考中了没有，孙山说："解元尽处是孙山，贤郎更在孙山外。"后来用"名落孙山"指应考不中或选拔时落选。

谜底"无名指"本义是中指与小指之中的指头，今按格要求倒读成"指名无"来切合面意。别解为：指的是榜上无名。

21．开讲中国编年史，讲了元朝讲民国（六字俗语，卷帘格）
说不清道不明

按照中国编年史顺序，元朝后面还有明朝与清朝才到民国。
如今讲了元朝之后马上讲民国，显然是没有讲明、清两朝了。按
格要求将谜底倒读成"明不道清不说"来切合面意。本谜使用的
是侧面会意法。

## 二、秋千格

又名千秋格、转珠格、颉颃格（取燕子上下飞翔之意）。"千秋"
原是汉武帝祝寿之词，后来语转成为后庭之戏的秋千，现借用来
喻示移字之意。秋千格谜底限为二字，须将谜底倒读才能切合谜
面。例如：

1．诨名（新闻名称，秋千格） 号外

"号外"本义指报社因需要及时报道重要消息而临时增出的小
张或单张报纸，因在定期出版的报纸顺序编号之外，所以叫号外。
今按格要求将谜底倒读成"外号"来切合面意，诨名也就是外号。

2．刘彻帝号（湖北市名，秋千格） 武汉

刘彻亦即汉武帝，按格要求将谜底倒读成"汉武"来切合面意。

3．柏林市（法国作家，秋千格） 都德

都德的主要作品，有描写法国南方自然风光和生活习俗的《磨
坊书简》以及反映法国学校生活的长篇小说《小东西》等等。他
的短篇小说名篇《最后一课》曾收进我国中学语文教材。按格要
求将谜底倒读成"德都"来切合面意，别解为"德国的首都"。

4．并列冠军（地理名词，秋千格） 首都

按格要求将谜底倒读成"都首"来切合面意，别解为：都是
第一名。

5. 不辞而别（法律名词，秋千格） 走私

谜面本义是没有告辞就离开了，谜底"走私"是指违反海关法规，逃避海关检查，非法运输货物进出国境。今按格要求将谜底倒读成"私走"来切合面意，别解为"私自走开"。

6. 治疗方案（法律称谓，秋千格） 法医

谜底"法医"指司法机关中专门负责用法医学知识进行勘验，做出技术鉴定，为侦查和审理案件提供证据的人员，今谜底按格要求倒读成"医法"来切合面意。

7. 东施效颦（学科，秋千格） 美学

谜面的典故是：美女西施有心口疼痛之疾，经常皱着眉头，按着心口，同村有个名叫东施的丑女看见了，觉得姿态很美，也学她的样子，却丑得可怕。后人遂用"东施效颦"来比喻盲目模仿，效果很坏。谜底"美学"本义指研究自然界、社会和艺术领域中美的一般规律与原则的科学。今按格要求将谜底倒读成"学美"来切合面意。

8. 擅长摄影（外交名词，秋千格） 照会

按格要求将谜底倒读成"会照"来切合面意，别解为：很会照相。

9. 衣来伸手（二字常言，秋千格） 穿帮

谜面出自成语"衣来伸手，饭来张口"，形容娇生惯养，一切都坐享其成。谜底"穿帮"指露出破绽，被揭穿。今按格要求倒读成"帮穿"来切合面意，别解为：要别人帮忙穿衣服。

10. 何以生冻疮（中医名称，秋千格） 伤寒

冻疮指局部皮肤因受低温损害而形成的疮。谜底"伤寒"指外感发热的病，特指发热、恶寒无汗、头痛颈僵的病。今按格要求倒读成"寒伤"来切合面意，别解为：因天寒而受到伤害。

11. 本来就是冤案（战国人，秋千格） 屈原

屈原是战国时楚国大臣、文学家。代表作有《离骚》等。由于报国无门，他怀着满腔哀怨和愤怒，自投汨罗江而死。按格要求将谜底"屈原"倒读成"原屈"来切合面意，别解为：原本就是冤屈的。

12. 过了翌日是何日（文体界誉称，秋千格） 天后

天后指在文艺、体育等某个领域中水平最高、最有影响力的女性。今按格要求将谜底倒读成"后天"来切合面意，过了翌日当然是后日亦即后天了。

13. 南极仙翁来掌管（食品，秋千格） 寿司

按民间传说，南极仙翁是掌管凡人寿命的。按格要求将谜底"寿司"倒读成"司寿"来切合面意。

14. 刘玄德三顾茅庐（二字常言，秋千格） 亮相

"三顾茅庐"之典出自古小说《三国演义》。谜底"亮相"是比喻公开露面或表演，有时比喻公开表示态度、亮明观点。今按格要求倒读成"相亮"，这里的"相"应别读成 xiàng，别解为：亲自来观看、考察诸葛亮。

15. 说话的巨人，行动的矮子（历史年号，秋千格） 道光

谜面是一句外国格言，用来讽刺那些只说漂亮话语，但毫无实际行动的人。谜底"道光"按格要求倒读成"光道"来切合面意，别解为"光是在说"。

16. 美人计（印刷名词，秋千格） 套色

谜面"美人计"指用美女引诱人入圈套的计谋。谜底"套色"本义指彩色印刷的方法，用平板或凸纸分次印刷，每次印一种颜色，利用红、黄、蓝三种颜色重叠印刷，可以印出各种颜色。今按格要求将谜底倒读成"色套"来切合面意。别解为：以女色设圈套。

167

### 三、掉首格

又名回眸格、睡鸭格、掉头格、调首格、乙上格（鱼肠象形为"乙"，在此比喻文字回转之意）。"掉首"喻谜底第一个字移位。

本格谜底为三字或三字以上，须将谜底的最前两字对调位置来读，才能切合谜面。例如：

1. 麻痹思想（语文名词，掉首格） 中心大意

谜底本义指文章、发言中的主要思想内容。今按格要求将前面"中心"二字位置互换，读成"心中大意"来切合谜面，别解为心里头麻痹大意了。

2. 决一雌雄（数学名词，掉首格） 公分母

谜面指决定胜负、高下的意思。谜底指若干分数的分母的公倍数。今按格要求将谜底前面"公分"二字位置互换，读成"分公母"来切合面意。谜面这时也应作别解处理，"雌雄"应作为禽畜中的雌性与雄性，而与之对应的民间称呼，便是"母"与"公"。所以，"决一雌雄"在这里就变成为"分出公与母"了。

3. 旧事莫重提（四字常言，掉首格） 说不过去

谜底本义是指说话没有道理。今按格要求将谜底前面"说不"二字位置互换，读成"不说过去"来切合面意。

4. 平明寻白羽（成语，掉首格） 穿云裂石

谜面出自唐人卢纶《和张仆射塞下曲》："林暗草惊风，将军夜引弓。平明寻白羽，没在石棱中。"传说汉代名将李广在一次出猎中，曾误将草中的石块当作老虎，猛射一箭，箭头深深陷入石头中。谜底是形容乐器声或歌声高亢嘹亮，穿过云层，震裂石头。今按格要求将谜底前面"穿云"二字位置互换，读成"云穿裂石"来切合面意。

5. 时时误拂弦（三字常言，掉首格） 乱指挥

谜面出自唐人李端《听筝》："鸣筝金粟柱，素手玉房前。欲得周郎顾，时时误拂弦。"周郎亦即周瑜，精通音乐，听人奏曲有误时，即使喝得半醉，也要转过头去看一看演奏者。所以时谣说："曲有误，周郎顾。"这里以"周郎"比喻弹筝女子属意的知音者。今按格要求将谜底前面"乱指"二字位置互换，读成"指乱挥"来切合面意，别解为：手指在琴弦上胡乱挥舞。

6. 一路遇上活雷锋（成语，掉首格） 得道多助

众所周知，雷锋是乐于助人的光辉榜样。谜底本义是坚持正义就能得到多方面的支持。今按格要求将谜底前面"得道"二字位置互换，读成"道得多助"来切合面意。别解为：在道路上得到许多帮助。

7. 郁郁葱葱昆明市（杜甫五言诗句，掉首格） 城春草木深

谜底出自杜甫《春望》："国破山河在，城春草木深。"今按格要求，将谜底前面"城春"二字位置互换，读成"春城草木深"来切合面意。昆明由于气候四季如春，故有"春城"之誉称。谜底别解为：春城昆明的草木长得异常茂密。

8. 关爱生命，救死扶伤（交通名词，掉首格） 人行道

按格要求将谜底前面"人行"二字互换位置，读成"行人道"来切合面意。

## 四、掉尾格

又名乙下格。"掉尾"是比喻移字在后面。本格谜底为三字或三字以上，须将最后二字的位置互换，以切合谜面。例如：

1. 化妆室（四字常言，掉尾格） 打扮入时

谜底本义是指打扮得很时尚。今按格要求将谜底的最后二字

"入时"位置互换，读成"打扮时入"来切合面意。化妆室自然是要打扮时才进入的。

**2. 萧规曹随**（成语，掉尾格）　何去何从

谜面指萧何创立的规章制度，他死后，曹参做丞相，仍照章执行。谜底意为离开哪儿，走向哪儿。多指在重大问题上选择什么方向。今按格要求将谜底的最后二字"何从"互换位置，读成"何去从何"来切合面意，别解为：萧何虽然去世了，但他那套治国办法还是要遵从的。

**3. 护理病号须成年**（五字口语，掉尾格）　不要小看人

按格要求将谜底的最后二字"看人"互换位置，读成"不要小人看"来切合面意。别解为：不要让未成年的小孩来看护病人。本谜使用的是反面会意法。

**4. 反战声浪震天响**（内蒙古地名，掉尾格）　呼和浩特

按格要求将谜底的最后二字"浩特"互换位置，读成"呼和特浩"来切合面意。别解为：呼唤和平的声音特别浩大。

**5. 雪却输梅一段香**（《水浒传》泊人二，掉尾格）　花荣、白胜

谜面出自宋人卢梅坡《雪梅》："梅雪争春未肯降，骚人搁笔费评章。梅须逊雪三分白，雪却输梅一段香。"后两句大意是：梅花虽然不如雪花那样白，而雪花则没有梅花那一股香味。按格要求将谜底的最后二字"白胜"的位置互换，读成"花荣胜白"来切合面意。别解为：在香味这一点上，梅花荣耀地战胜了白色的雪花。

**6. 唯愿朱衣一点头**（教育名词，掉尾格）　期中考

谜面的典故出自"朱衣点头"：相传北宋欧阳修当主考官，阅卷的时候，凡是看到合格的文章，仿佛看见座位后面有一个穿朱衣的人在点头。回头细看，人又没有了。后遂以"朱衣点头"作为科

举中选的代称。谜底"期中考"原指学期中间阶段的考试,今按格要求将最后二字"中考"位置互换,读成"期考中"来切合面意。

7. 人届六十为何年(花名,掉尾格) 指甲花

人到了六十岁,民间俗称为花甲之年。按格要求将谜底的最后二字"甲花"位置互换,读成"指花甲"来切合面意。

8. 中国朝代史,只列民国前(节气二,掉尾格) 夏至、清明

中国朝代史从夏朝开始,一直到民国前的明、清两朝。按格要求将谜底的最后二字"清明"位置互换,读成"夏至明清"来切合面意。

## 五、上楼格

又名登楼格、踢斗格(取魁星踢斗之意)。格名用"上楼"形象地比喻移字部位由下至上。本格谜底为三字或三字以上,须将最末一字移至第一字之前,从而切合谜面。例如:

1. 田契(党史名词,上楼格) 根据地

谜面指田地所有权的凭证。谜底指据以进行长期武装斗争的地方。今按格要求将谜底最后的"地"字移作首字,读成"地根据"来切合面意。

2. 何谓"人治"(法律称谓,上楼格) 大法官

"人治"指不是根据法律而是依据领导者的个人意志治理国家和社会。今按格要求将谜底最后的"官"字移作首字,读成"官大法"来切合面意,别解为:人治就是官员的意志大于法律。

3. 文房四宝(图书名词,上楼格) 工具书

文房四宝指笔、墨、纸、砚,是书房中常备的四种文具。今按格要求将谜底的最后一字"书"移作首字,读成"书工具"来切合面意,别解为:书写的工具。

4. 读书人模样（学科，上楼格） 生态学

谜底"生态学"指研究生命系统与环境互相作用规律的学科。今按格要求将谜底最后一字"学"移作首字，读成"学生态"来切合面意。"读书人"指学生，"模样"亦即体"态"。

5. 磁针定方向（古代史名词，上楼格） 南北朝

磁针在静止时两个尖端分别指向南和北。谜底本义指4-6世纪末叶南朝和北朝的合称。今按格要求将谜底的最后一字"朝"移作首字，读成"朝南北"来切合面意。

6. 三军过后尽开颜（社会组织，上楼格） 俱乐部

谜面出自毛泽东《七律·长征》诗。谜底本义指进行社会、文化、艺术、体育、娱乐等活动的团体或场所。今按格要求将谜底的最后一字"部"移作首字，读成"部俱乐"来切合面意，别解为：部队都很欢乐。

7. 仿佛穆王驾八骏（汉代作家，上楼格） 司马相如

谜面典故是：西周时周穆王不理国事，厌烦姬妾，钟情于乘坐八匹骏马拉的车驰骋远游。今按格要求将谜底的最后一字"如"移作首字，读成"如司马相"来切合面意。

8. 一代天骄,成吉思汗,只识弯弓射大雕（帝王谥称,上楼格）光武帝

谥称指君主时代帝王、贵族、大臣等死后，依其生前事迹所给予的称号。谜面出自毛泽东词《沁园春·雪》。谜底"光武帝"亦即东汉建立者刘秀的谥称。按格要求将谜底的最后一字"帝"移作首字，读作"帝光武"来切合面意。别解为:成吉思汗皇帝光识武艺。

## 六、下楼格

又名埋头格、低头格、饰靴格。用"下楼"形象地比喻移字

部位由上至下。下楼格谜底为三字或三字以上，与上楼格相反，须将第一字移至末一字之后，方能切合谜面。例如：

1. 十九（成语，下楼格） 一念之差

谜底本义多指会引起严重后果的一个念头的差错。今按格要求将谜底首字"一"移作末字，读成"念之差一"来切合面意。因为"念"是"廿"的大写，而"廿"亦是"二十"，所以，"念之差一"也就是"二十差一"——"十九"。

2. 进贡（晋代人，下楼格） 王献之

谜面"进贡"本义是指封建时代藩属向宗主国或臣民向君主呈献礼品。谜底"王献之"是东晋书法家，王羲之第七子，与其父齐名，并称"二王"。其草书在继承乃父的基础上，更发展了豪迈奔放的一面，对后世书苑影响很大。今按格要求将谜底首字"王"移作末字，读成"献之王"来切合面意。

3. 掩护上篮（保险称谓，下楼格） 投保人

谜底"投保人"指与保险人订立了保险合同并缴纳保险费的人。今按格要求将谜底首字"投"移作末字，读成"保人投"来切合面意，别解为：保护自己人投篮。

4. 鹤发童颜（成语，下楼格） 少年老成

谜面指白白的头发，红红的面色，形容老年人气色好、有精神。按格要求将谜底首字"少"移作末字，读成"年老成少"来切合面意。别解为鹤发变童颜，不就是老年人成了少年人吗？

5. 技艺高者善应变（通讯工具，下楼格） 智能手机

按格要求将谜底首字"智"移作末字，读作"能手机智"来切合面意。"技艺高者"堪称"能手"，"善应变"当然属"机智"。

6. 宜将剩勇追穷寇（学校称谓，下楼格） 退休教师

谜面出自毛泽东《七律·人民解放军占领南京》："宜将剩勇

追穷寇,不可沽名学霸王。"按格要求将谜底首字"退"移作末字，读成"休教师退"来切合面意，别解为：休要使部队撤退收兵。

7. 一盏电灯照两家（光学名词，下楼格） 光合作用

光合作用指光化学反应的一类，如绿色植物的叶绿素在光的照射下把水和二氧化碳合成有机物质并放出氧气的过程。按格要求将谜底首字"光"移作末字，读成"合作用光"来切合面意。既然是一盏电灯照两家，自然是指两家合作用光。

8. 景阳冈打虎，阳谷夹道迎（成语，下楼格） 耀武扬威

谜面典出《水浒传》第二十三回：那阳谷县人民听得说一个壮士打死了景阳冈上大虫，迎喝将来，尽皆出来看，哄动了那个县治。武松在轿上看时，只见亚肩叠背，闹闹攘攘，屯街塞巷，都来看迎大虫。谜底本义指炫耀武力，显示威风。今按格要求，将谜底首字"耀"移作末字，读成"武扬威 / 耀"来切合面意，别解为：武松扬威打虎，赢得了荣耀。

## 七、双钩格

又名已巳格（已巳二字形似双钩）。人们为了改正文稿的字序笔误，常用"〰"符号，它好似两只相连的钩子，故名。本格谜底限为四字，将前二字与后二字位置互换之后切合谜面。例如：

1. 三（成语，双钩格） 独一无二

按格要求将谜底前二字"独一"与后二字"无二"位置互换，读成"无二独一"来切合面意，别解为："三"字没有"二"之后唯独余下"一"。

2. 脸谱（成语，双钩格） 头面人物

谜面本义指戏曲中某些角色脸上画的各种图案，用来表现人物的性格和特征。谜底本义指社会上有较大势力和声望的人物。

今按格要求将谜底前二字"头面"与后二字"人物"位置互换，读成"人物头面"来切合面意。

3. 九寸（成语，双钩格） 寻根究底

谜底本义指弄清一件事的来龙去脉。今按格要求将谜底的前二字"寻根"与后二字"究底"位置互换，读成"究底寻根"来切合面意。"究"字之底为"九"字，"寻"字之根为"寸"字。

4. 生炉子（成语，双钩格） 煽风点火

谜底是比喻鼓动别人做某种事（多指坏的）。今按格要求将谜底的前二字"煽风"与后二字"点火"位置互换，读成"点火煽风"来切合面意。生炉子的过程，不就是先点着火然后再煽风吗？"煽风点火"这句成语，通常都以其喻义来使用；但在灯谜语境里，就只能按其本义来使用了。因为只有将其喻义变成本义使用，才会产生别解效果。

5. 屠宰场（成语，双钩格） 死去活来

谜面指专门宰杀牲畜的处所。谜底本义指死过去又醒过来，形容极度悲哀或疼痛。今按格要求将谜底的前二字"死去"与后二字"活来"位置互换，读成"活来死去"来切合面意，别解为：牲畜活着而来，被宰杀后离去。

6. 千金市骏骨（宗教称谓，双钩格） 罗马教皇

谜面典故是：战国时，燕昭王想要招揽人才，郭隗给他讲了一个故事。古代一个君主悬赏千金买千里马，三年之内都买不到。一位官内近侍请缨去完成这个任务，并且三个月内便买得了千里马。但是当时马已经死掉，近侍用五百金将马骨买了回来。起初君主大发雷霆地说道："我叫你买活马，你为什么竟买死马回来，而且还花掉了五百金？"近侍回答道："我们买死马尚且出五百金的大价钱，何况买活马呢？天下一定能知道君王买马是真心实

意的，相信今年之内必然会买得千里马！"果不其然，不到一年时间便买得了三匹千里马。谜底"罗马教皇"亦称教皇、教宗，指天主教会的最高统治者，由分管罗马教廷各部门及重要教区的枢机主教（亦叫红衣主教）选举产生，任期终身，驻在梵蒂冈。按格要求将谜底前二字"罗马"与后二字"教皇"位置互换，读成"教皇罗马"来切合面意，别解为：巧教君王搜罗千里马。

7. 刻好印后销国外（成语，双钩格） 出口成章

按格要求将谜底的前二字"出口"与后二字"成章"位置互换，读成"成章出口"来切合面意，别解为：做好印章之后就出口至国外。

## 八、蕉心格

又名乙中格。取芭蕉叶心转卷之意以比喻文字移动。本格谜底为四字或四字以上的偶数，须将中间二字位置互换之后，方能切合谜面。例如：

1. 口角（成语，蕉心格） 一知半解

"口角"有两种含义，一指嘴边，一指争吵。谜底本义指知道得不全面，理解得不透彻。今按格要求将谜底中间的"知半"二字位置互换，读成"一半知解"来切合面意，别解为："口角"是由"知解"二字各取出一半组合而成的。

2. 京师（成语，蕉心格） 千军万马

京师旧时指首都，今谜面二字均须进行别解："京"别解为古代数目名，指一千万。"师"别解为军队。谜底本义是形容人马众多或声势浩大。今按格要求将谜底中间的"军万"二字位置互换，读成"千万军马"来切合面意，别解为："京师"就是指一千万人马的意思。

3．暴君（法律称谓二，蕉心格） 元凶、首恶

谜面"暴君"指暴虐的君主。谜底的"元凶"与"首恶"都是指罪魁祸首，或犯罪团伙中的头子。今按格要求将谜底中间的"凶首"二字位置互换，读成"元首凶恶"来切合面意。

4．看不起掮客（成语，蕉心格） 目中无人

"掮客"指替人介绍买卖，从中赚取佣金的人。谜底本义是形容骄傲自大，看不起人。今按格要求将谜底中间的"中无"二字位置互换，读成"目无中人"来切合面意，别解为：眼里面没有像掮客这样的中间人。

5．山月随人归（医学名词，蕉心格） 回光返照

谜面出自李白《下终南山过斛斯山人宿置酒》："暮从碧山下，山月随人归。"谜底比喻人临死之前精神忽然兴奋的现象，也比喻旧事物灭亡之前暂时兴旺的现象。今按格要求将谜底中间的"光返"二字位置互换，读成"回返光照"来切合面意，别解为：人回返时有山月的清光在照射。

6．曹丕命作七步诗（成语，蕉心格） 难兄难弟

谜面的典故是妇孺皆知的七步诗故事。谜底本义指彼此曾共患难的人，或彼此处于同样困境的人。今按格要求将谜底中间的"兄难"二字位置互换，读成"难难兄弟"来切合面意，别解为：这是曹丕在为难自己的兄弟。

## 九、辘轳格

又名葫芦格。辘轳是井边汲水工具，用轴置于木架上，一端是重物，一端吊水桶，绕绳引上。喻此格用一卷一舒之意，形象地比喻文字顺序之移动。本格谜底为四字或四字以上的偶数，将序数逢双的字与其前面一字互换位置，从而切合谜面。

例如谜底为"1 2 3 4",解谜时须读成"2 1 4 3"来切合面意。例如：

1. 说是非干不可（成语，辘轳格）一言为定

谜底本义指一句话说定，不再更改或反悔。今按格要求将谜底第二字"言"和第四字"定"与各自的前面一字互换位置,读成"言一定为"来切合面意。

2. 幸存者皆圈外人（成语，辘轳格）无中生有

谜面言下之意,可以推理出"遇难者是圈中人"。谜底本义指把没有的说成有,亦即凭空捏造。今按格要求将谜底第二字"中"和第四字"有"与各自的前面一字互换位置,读成"中无有生"来切合面意,别解为：圈中人没有生还者。

3. 巴士司机若酒驾（成语，辘轳格）乘人之危

谜底本义是指趁着人家危急的时候去侵害人家。今按格要求将谜底第二字"人"和第四字"危"与各自的前面一字互换位置,读成"人乘危之"来切合面意,别解为：要是有人乘坐了这位酒驾司机的车,那就危险了。

4. 咱仨就你不明白（成语，辘轳格）知己知彼

"咱仨"也就是我、你、他三个人。谜面的言下之意是我明白,他也明白,只有你不明白。谜底本义指对自己和对方的情况都有透彻的了解。今按格要求将谜底第二字"己"和第四字"彼"与各自的前面一字互换位置,读成"己知彼知"来切合面意。"己"就是我,"彼"就是他。

5. 仿造一定要少一点（成语，辘轳格）千变万化

本谜使用字形增减法。"仿"是关键字,亦即谜眼。如果给"仿"字增添一横及减少一点,那么,"仿"字就会变化成"千"与"万"两个字。谜底本义是形容变化很多。今按格要求将谜底的第二字

"变"及第四字"化"与各自的前一位字互换位置,读成"变千化万"来切合面意。

# 第六节 对偶类谜格

对偶类谜格以对对联的形式使面底进行扣合,好比把谜面视为上联,把谜底视为下联。这类谜格仅有遥对格与求凰格两种。使用遥对格和求凰格的传统灯谜,除了要求字句对偶之外,还要求面底讲究平仄韵律。当然,若猜射者为初入门之人,在对遥对格和求凰格的灯谜进行猜射和制作时,不妨降低门槛,只求字句对偶,不论平仄。

## 一、遥对格

又名求偶格、楹联格、鸳鸯格、流水格、锦屏格。本格谜底通常为二字以上,单字谜底一般以拆成几个字后与谜面相对偶。谜面与谜底的字句必须对仗,如同无情对。要求面底成文,亦即能表达一定的意思。面底字数要相等,词性要相同,而且语法结构也要相同。词义可相近或相反,以词近而意远为佳构。例如:

1. 文竹(《水浒传》人物,遥对格) 武松

"文"的反义词为"武","竹"与"松"皆是植物。

2. 主演(二字常言,遥对格) 客观

以"主"对"客","演"对"观"。

3. 麝香(医学名词,遥对格) 狐臭

"麝"与"狐"均属动物,"香"的反义词为"臭"。

4. 鱼肠剑(13画字,遥对格) 解

谜面为传统剧目,剧情是说王僚毒杀吴王夺帝位,再袭太子姬光,光得勇士专诸相救,邀诸合谋杀僚。诸有感母以死相劝,

而妻又被僚掳去，遂自毁容貌混入宫中作厨子，把鱼肠剑藏于鱼腹，成功刺杀僚，助光复位，自己却伤重身亡。谜底"解"可分拆成"牛角刀"三字，"鱼"与"牛"同属动物，"肠"与"角"同属动物身体部位，"剑"与"刀"同属兵器。

5. 美洲狮（《水浒传》诨号，遥对格） 丑郡马

"美"的反义词为"丑"，"洲"与"郡"同属地理名词，"狮"与"马"同属动物。

6. 虎跑泉（浙江名胜，遥对格） 雁荡山

虎跑泉为浙江杭州名胜。"虎"与"雁"一为走兽，一为飞禽，二者均为动物；"跑"与"荡"均属动词；"泉"与"山"均属地理名词。

7. 樱桃口（国名，遥对格） 葡萄牙

"樱桃"与"葡萄"均属植物，"口"与"牙"均属人体部位。

8. 守口如瓶（成语，遥对格） 归心似箭

"守口"对"归心"，"如瓶"对"似箭"，它们均属对偶性动宾式合成词。

9. 贾府探春（印尼地名，遥对格） 苏门答腊

"探春"是贾府的三小姐，金陵十二钗之一。她最后的结局是背井离乡，远嫁他乡。谜底是印尼西部大岛的中文音译。"贾府"与"苏门"皆属带姓门第，"探春"与"答腊"皆属动宾式合成词。

10. 桃红柳绿（唐代、战国人各一，遥对格） 李白、杨朱

李白是诗仙，杨朱是战国时思想家。"桃"对"李"，"柳"对"杨"，皆为植物。"红"对"白"，"绿"对"朱"，皆属颜色。

11. 抛砖引玉（成语，遥对格） 点石成金

"抛砖"对"点石"，"引玉"对"成金"，两组皆属对偶性动宾式复合词。

12. 时迁偷鸡（京剧，遥对格）《秦琼卖马》

"时迁"与"秦琼"均属古小说人物，"偷"与"卖"均属动词，"鸡"与"马"均属动物。此外，面底皆是京剧剧目。

13. 三春桃花带雨（中药三，遥对格） 半夏、竹叶、防风

"三"与"半"属数词，"春"与"夏"是表示季节的名词，"桃花"与"竹叶"同属植物，"带雨"与"防风"是动宾式合成词。

14. 地上赤蝶百样红（七字俗语，遥对格） 天下乌鸦一般黑

"地"与"天"同属地理名词，"上"与"下"同属方位词，"蝶"与"鸦"同属动物，"赤"与"乌"、"百样红"与"一般黑"均属于形容词。

为了使本书读者对遥对格有更多的了解和认识，在下面再集中列举20条遥对格灯谜，供参考：

1. 雷公（电学名词） 电子

2. 年糕（食品） 月饼

3. 孙行者（古代数学家） 祖冲之

4. 美元（戏剧名词） 丑角

5. 火山（国名） 冰岛

6. 金三角（13画字） 楞（木四方）

7. 猪下水（中药） 鸡内金

8. 六盘山（北京名胜） 八达岭

9. 莲花白（酒名） 竹叶青

10. 二传手（京剧）《三击掌》

11. 守株待兔（成语） 缘木求鱼

12. 有条有理（成语） 无法无天

13. 放虎归山（成语） 引狼入室

14. 水漫金山（京剧）《火烧赤壁》

15. 风吹草动（成语） 水落石出

16. 钟馗嫁妹（京剧）《吴汉杀妻》

17. 西村秧好（少数民族三） 东乡、苗、壮

18. 春雨润新芽（五字成语） 秋风扫落叶

19. 驱车青山侧（五言唐诗一句） 行舟绿水前

20. 今天少款二十元（七字成语） 此地无银三百两

## 二、求凰格

又名秦晋格、梁孟格、凤求凰格。典出司马相如一曲《凤求凰》琴挑卓文君的故事。求凰格实质上是遥对格的延伸与发展。其与遥对格不同之处，就在于谜底还须加上一两个含有成双作对意思的附加词。这些附加词通常有：双、会、齐、对、偶、缘、伍、比、合、配、联、连、和、朋、两、并、同、共、逢、交、匹、相、二、伴、来对、比翼、良缘、鸳鸯、夫妻等等。例如：

1. 单行（成语，求凰格） 比翼双飞

"单"的反义词为"双"，"行"与"飞"为动词相对，"比翼"是附加词。

2. 碗底（酒名，求凰格） 二锅头

"碗"与"锅"为餐具与厨具相对，"底"与"头"为方位词相对，"二"为附加词。

3. 耳语（曲艺形式，求凰格） 对口词

"耳"与"口"为五官名称相对，"语"与"词"为语言名词相对，"对"为附加词。

4. 雾都（江苏市名，求凰格） 连云港

"雾"与"云"为气象名词相对，"都"与"港"为地理名词相对，"连"为附加词。

5. 碧月（《红楼梦》人物二，求凰格） 金星、鸳鸯

面底三个人物均为贾府的丫鬟。碧月为李纨的丫鬟，金星为宝玉的丫鬟，鸳鸯为贾母的丫鬟。入谜后，"碧"与"金"为颜色形容词相对，"月"与"星"为天文名词相对，"鸳鸯"为谜格要求的附加词。

6. 丹心谱（五言唐诗一句，求凰格） 来对白头吟

"丹"与"白"为颜色形容词相对，"心"与"头"为人体部位相对，"谱"与"吟"为动词相对，"来对"为附加词。

7. 马跳舞（成语，求凰格） 对牛弹琴

"马"与"牛"为家畜相对，"跳舞"与"弹琴"为动宾式复合词相对，"对"为附加词。

8. 禾抽穗（成语，求凰格） 藕断丝连

"禾"与"藕"为农产品相对，"抽穗"与"断丝"为动宾式复合词相对，"连"为附加词。

9. 公孙胜（数学名词二） 比、母子和

"公孙"与"母子"为称谓相对，"胜"与"和"为动词相对，"比"为附加词。

10. 玉门关（五言唐诗一句，求凰格） 金殿锁鸳鸯

"玉"与"金"为材料相对，"门"与"殿"为建筑物相对，"关"与"锁"为动词相对，"鸳鸯"是附加词。

11. 白云石（新疆地名，求凰格） 乌鲁木齐

"白"与"乌"为颜色相对，"云"与"鲁"为省名简称相对，"石"与"木"为材料相对，"齐"为附加词。

12. 辣和酸（成语，求凰格） 同甘共苦

"辣"与"甘"、"酸"与"苦"均属味道相对，"和"与"共"属动词相对，"同"为附加词。

13. 花解语（成语，求凰格） 对酒当歌

"花"与"酒"为物品相对，"解语"与"当歌"为动宾式复合词相对，"对"为附加词。

14. 落花有意（文学名词二，求凰格） 流水对、无情对

谜底本义指两类对联名称。入谜后，"落花"与"流水"、"有意"与"无情"均属于动宾式复合词相对，谜底的两个"对"字则作为附加词。

15. 窗含柳绿（《木兰诗》一句，求凰格） 对镜贴花黄

"窗"与"镜"为物品相对，"含柳"与"贴花"为动宾式复合词相对，"绿"与"黄"为颜色相对，"对"为附加词。

16. 金枝玉叶（五言唐诗一句，求凰格） 火树银花合

"金"与"火"、"玉"与"银"均属于形容词相对，"枝"与"树"、"叶"与"花"均属于植物学名词相对，"合"作为附加词。

17. 一潭碧水（七言唐诗一句，求凰格） 两岸青山相对出

"一"与"两"为数词相对，"潭"与"岸"、"水"与"山"均属地理名词相对，"碧"与"青"属颜色相对，"相对出"则为附加词。

18. 兰室琴声古（七言唐诗一句，求凰格） 相对柴门月色新

"兰室"与"柴门"为建筑物相对，"琴声"与"月色"为偏正式复合词相对，"古"与"新"为形容词相对，"相对"则为附加词。

19. 帘疏月影清（七言唐诗一句，求凰格） 鸳鸯瓦冷霜华重

"帘"与"瓦"为物品相对，"疏"与"冷"、"清"与"重"均为形容词相对，"月影"与"霜华"为偏正式复合词相对，"鸳鸯"则为附加词。

## 第七节　其他类谜格

有些谜格由于其独具一格的特殊性，无法具体划归某一类，姑且放入其他类。本节主要介绍探骊格、游目谜、回文格及重门格四种。

### 一、探骊格

又名骊珠格，典出"探骊得珠"：黄河边上有人泅入深水，得到一颗价值千金的珠子。他父亲说："这样珍贵的珠子，一定是在万丈深渊的黑龙下巴底下取得的，而且还是在它睡时取得的。"

探骊格是谜坛上颇受欢迎、饶有趣味的一个新谜格。其特点是谜面上不标谜目，只标谜格，其谜目已隐藏于谜底之中，猜射时应先根据谜面的提示，会意射出谜目，再射出从属于该谜目的谜底其他部分，使该谜目与谜底其他部分浑然一体有机地结合起来，从而和谜面题意相切合。从这个角度来说，探骊格并非谜格，而是一种特殊的谜体。评价一条探骊格灯谜的优劣，关键在于隐藏于谜底的谜目与其他谜底文字的衔接是否自然顺畅，不露斧凿痕迹。下面列举若干谜例予以说明。

1. 晶（探骊格）　节日·重阳

如果将谜面"晶"除掉（节）一个"日"，则余下两个"日"。"日"也就是"阳"，两个"日"亦即"重阳"。在这里，"节日"本是谜目，"重阳"是从属于谜目的其他部分，将"节日重阳"连接起来形成一个新含义，从而与谜面切合。

2. 君子买卖（探骊格）　市·遵义

所谓君子买卖，就是指诚信公正，童叟无欺。谜底"市遵义"应别解为：做买卖遵守道义。在这里，"市"本是谜目，"遵义"是从属于谜目的谜底其他部分，用别解的纽带将"市遵义"连接起来形成一个新含义，从而与面意相切合。

3. 一流厨师（探骊格） 调味品·味精

谜底应顿读成"调味／品味／精"来切合面意，别解为：在调味及品味两方面都很精通。在这里，"调味品"本是谜目，"味精"是从属于谜目的谜底其他部分，今将"调味品味精"连接起来形成一个新含义，从而与谜面相切合。

4. 莫待晓风吹（探骊格） 花·夜来香

谜面出自我国古代第一个女皇帝武则天《催花诗》："明朝游上苑，火速报春知。花须连夜发，莫待晓风吹。"谜底通过承上法得出，用"花夜来香"来承接谜面上句"花须连夜发"的含义。在这里，"花"本是谜目，"夜来香"是从属于谜目的谜底其他部分，将"花夜来香"连接起来形成一个新含义，从而与谜面切合。

5. 不可口头传达（探骊格） 应用文·通知

本谜使用反面会意法，谜底别解为"应当使用文字来通知"以切合面意。在这里，"应用文"本是谜目，"通知"是从属于谜目的谜底其他部分，将"应用文通知"连接起来形成一个新含义，从而与谜面切合。

6. 晚婚逐渐成习惯（探骊格） 作家·徐迟

谜底"徐迟"是现代诗人、散文家和评论家。他以地质学家李四光为主角的报告文学《地质之光》以及以数学家陈景润为主角的报告文学《歌德巴赫猜想》，都曾经轰动一时，反响极大。入谜后，谜底应别解为"成家迟渐成习惯"以切合面意。在这里，"作家"本是谜目，"徐迟"是从属于谜目的谜底其他部分，将"作家徐迟"连接起来形成一个新含义，从而与谜面切合。

7. 声誉远超白居易（探骊格） 名胜·香山

唐诗人白居易，字乐天，晚年居于洛阳香山，自号香山居士。

谜底可别解为：名望胜过香山居士，从而与面意吻合。在这里，"名胜"本是谜目，"香山"是从属于谜目的谜底其他部分，将"名胜香山"连接起来形成一个新含义，从而切合谜面。

8. 无奈只好求西医（探骊格） 中药·没药

本谜使用的是因果法。正是因为中药没有合适治疗的药，无奈只好转求西医帮助了。在这里，"中药"本是谜目，"没药"是从属于谜目的谜底其他部分，将"中药没药"连接起来形成一个新含义，从而与面意相切合。

9. 智者观今宜鉴古（探骊格） 明人·史可法

史可法是明末抗清名将，清多尔衮曾写信诱降他，被他断然拒绝，誓死坚守扬州孤城。清军攻陷扬州后，史可法自杀未死，被俘之后英勇就义。今谜底别解为：明白人可以以历史为借鉴，从而与面意吻合。在这里，"明人"本是谜目，"史可法"是从属于谜目的谜底其他部分，将"明人史可法"连接起来形成一个新含义，以便同谜面相切合。

10. 清茶待客客安然（探骊格） 省会·西宁

谜底可别解为：对于节俭性的会面，客人觉得很安宁，从而与面意吻合。在这里，"省会"本是谜目，"西宁"是从属于谜目的谜底其他部分，将"省会西宁"连接起来形成一个新的含义，以便与谜面相切合。

11. 今夜月明人尽望（探骊格） 首都·仰光

谜面出自唐人王建《十五夜望月》："今夜月明人尽望，不知秋思在谁家？"谜底"仰光"原是缅甸首都，今将整个谜底别解为：人们都在仰头共赏月光，从而与面意吻合。在这里，"首都"本是谜目，"仰光"是从属于谜目的谜底其他部分，将"首都仰光"连接起来形成一个新的含义，以便与谜面相切合。

12. 历史档案无禁区（探骊格） 古都·开封

谜底应别解为：古代历史档案全都公开，不再封存，从而与面意吻合。在这里，"古都"本是谜目，"开封"是从属于谜目的谜底其他部分，将"古都开封"连接起来形成一个新的含义，以便与谜面相切合。

13. 举杯能消百般愁（探骊格） 饮料·可乐

谜底可别解为：举杯饮酒料想可以使人快乐，从而与面意吻合。在这里，"饮料"本是谜目，"可乐"是从属于谜目的谜底其他部分，将"饮料可乐"连接起来形成一个新的含义，以便与谜面相切合。

14. 从不叫人代写稿（探骊格） 文具·自动笔

本谜使用侧面会意法，谜底可别解为：文稿是自己动笔写出的，从而与面意吻合。在这里，"文具"本是谜目，"自动笔"是从属于谜目的谜底其他部分，将"文具自动笔"连接起来形成一个新的含义，以便与谜面相切合。

15. 在其位则谋其政（探骊格） 职务·理事

有个常用的八字成语是：不在其位，不谋其政。意思是说，不在某个职位上，就不过问这个职务范围内的政事。谜面显然是反其意而用之。谜底应别解为：既然有职位，就应当务必打理政事，从而与面意吻合。在这里，"职务"本是谜目，"理事"是从属于谜目的谜底其他部分，将"职务理事"连接起来形成一个新的含义，以便与谜面相切合。

16. 嘴上无毛，办事不牢（探骊格） 行当·须生

"无毛"指没长胡须，比喻年轻，谜面意指年轻人办事不牢靠。谜底中的"须生"亦称老生，指戏曲中生角的一种，扮演中年以上男子，在戏中挂髯口（胡须）。由于"行"有"能干"的含义，

故整个谜底可别解为：当胡须生出来时方能干事，从而与面意吻合。显而易见，本谜使用了反面会意法。

17．落款遭千百次询问（探骊格） 书名·十万个为什么

谜面的"落款"指在书画、书信或赠人的礼品上题写姓名、年月等。"千百"可别解为"一千乘以一百"亦即十万。谜底《十万个为什么》指一套面向青少年的百科全书。如今整个谜底可别解为：在落款书写名字时遭遇到十万个"为什么"的询问。在这里，"书名"本是谜目，"十万个为什么"是从属于谜目的谜底其他部分，将"书名十万个为什么"连接起来形成一个新的含义，以便与谜面相切合。

18．活脱脱一个孙悟空（探骊格） 生肖·猴

谜底可别解为：生得很像猴子，从而与面意吻合。在这里，"生肖"本是谜目，"猴"是从属于谜目的谜底其他部分，将"生肖猴"连接起来形成一个新的含义，以便与谜面相切合。

19．说话要有主见，更要客观（探骊格） 成语·东张西望

谜面的"说话"亦即"成"为"语"言，"主"与"客"借代别解为"东"与"西"，"见"与"观"分别同义扣合"张"与"望"。在这里，"成语"本是谜目，"东张西望"是从属于谜目的谜底其他部分，将"成语/东张/西望"连接起来形成一个新的含义，以便与谜面相切合。

20．两个和尚抬水吃，三个和尚没水吃（探骊格） 僧人·一行

谜面出自民间寓言，但只列举了寓言中和尚的后面两种情况，却遗漏了前头一种情况，亦即"一个和尚挑水吃"。谜底"一行"指精通天文历法的唐朝高僧。入谜后，整个谜底可别解为：僧人只有在一个人时才能干成事，而三个人时反而办不成事，从而与面意吻合。在这里，"僧人"本是谜目，"一行"是从属于谜目的谜底其他部分，将"僧人一/行"连接起来形成一个新的含义，

以便与谜面相切合。

在探骊格谜中，由于受条件限制，绝大多数是使用会意别解法成谜。然而，偶尔也发现某些使用拆字别解法制成的探骊格谜。例如：

孤树泉头半依塘（探骊格） 唐人·李白

"孤树泉头"暗示使用方位法，将"孤树泉"三字前头的部件"子木白"取出。"半依塘"暗示使用半面法，从"依塘"二字中各取出一半部件，亦即"人唐"二字。最后将所取出的"子木白人唐"五个字重新组装，从而得出谜底"唐人李白"来。读罢此谜，不禁使人有一种"寻常看不见，偶尔露峥嵘"的感觉。

反探骊格灯谜与探骊格灯谜的谜底排列顺序刚好相反，即从属于谜目的谜底其他部分在前面，而谜目却在后面。例如：

岳父便是平原君（反探骊格） 泰山·名胜

平原君是战国时赵国宗室大臣赵胜的封号，为"战国四君"之一。泰山是岳父的别称。在本谜中，谜目"名胜"排在后面，而从属于谜目的"泰山"却排在前头。

双龙戏珠格灯谜的特点是，从属于谜目的有两个谜底，一个底在谜目前面，一个底在谜目后面，故称之为双龙戏珠。如：

梵蒂冈（双龙戏珠格） 意大利·国家·中国

梵蒂冈全称"梵蒂冈城国"，是以教皇为君主的政教合一的主权国家，地处罗马城西北角梵蒂冈高地上。谜底别解为：梵蒂冈是意大利国家中的一个国家。在本谜中，"国家"是谜目，其前面的"意大利"与后面的"中国"是从属于谜目的谜底。

## 二、游目谜

如果说，谜格是指谜底文字变化的格式，那么，游目谜与探骊格谜一样，也只是一种特殊的谜体，而并非谜格。二者的区别在于：游目谜直接糅目于面，而骊珠格谜的谜目则须经一番推理摸索始能与谜底一起悟出。游目谜的特点是：把谜目直接糅合于谜面中，让猜者根据对谜目的提示猜出谜底。由于作为谜目的文字可以或多或少，或明或暗；在谜面中的位置也不固定，或前或中或后，视制谜需要而定，从而起到既是谜面也是谜目的双重作用，平添了几分曲径通幽的乐趣。制游目谜关键在于谜面的主体部分与谜目部分要做到衔接自然，不露斧凿痕迹。下面列举数条游目谜，以供玩赏。

1. **母亲之歌（游目谜）《妈妈的吻》**

在本谜中，"歌"是谜目部分，"母亲"是谜面主体部分，别解为：妈妈在亲吻。

2. **现代画家看世界（游目谜） 张大千**

在本谜中，"现代画家"是谜目部分，"看世界"是谜面主体部分。佛教有"大千世界"之说，以"看世界"正面会意扣合"张大千"。

3. **巾帼呈威猜字谜（游目谜） 戌**

巾帼可以借扣"女"，"巾帼呈威"可别解为：谜底"戌"加上"女"可呈现出一个"威"字。在本谜中，"猜字谜"是谜目部分，"巾帼呈威"是谜面主体部分。

4. **月下花卉飘芳菲（游目谜） 夜来香**

在本谜中，"花卉"是谜目部分，"月下飘芳菲"是谜面主体部分，可正面会意扣合"夜来香"，别解为：月夜飘来芳香。

5. **修篁绿荫品名酒（游目谜） 竹叶青**

在本谜中，"品名酒"是谜目部分，"修篁绿荫"是谜面主体部分，可正面会意扣合"竹叶青"，别解为：竹叶青翠荫蔽。

6. 茶叶故乡在中国（游目谜） 龙井

在本谜中，"茶叶"是谜目部分；"故乡在中国"是谜面主体部分，"故乡"会意扣"井"，"中国"借代扣"龙"。

7. 欲言又止说病症（游目谜） 白内障

在本谜中，"说病症"是谜目部分，"欲言又止"是谜面主体部分，正面会意扣合"白内障"，别解为：在说话中遇到障碍。

## 三、回文格

又名锦书格、织锦格、璇玑格。典出《晋书》：窦滔为秦州刺史，被徙流沙，妻苏蕙思之，织锦为回文旋图诗以赠窦滔。回文原指诗中字句往复读之皆成文。本格谜底为二字或二字以上，须将谜底先顺读一次，接着倒读一次，把两次所读的文字连缀成一个语句，从而与谜面切合。例如：

1. 了了（三字常言，回文格） 一下子

谜面"了了"的本义指清楚、明白。按照谜格将谜底先顺读后倒读的要求，谜底应读成"一下子/子下一"来切合面意。别解为：将"一"从"子"字除下余下"了"，"子"字除下"一"亦余下"了"，从而与谜面切合。

2. 面熟（五言唐诗一句，回文格） 人生不相见

谜底出自杜甫《赠卫八处士》："人生不相见，动如参与商。"今按照谜格将谜底先顺读再倒读的要求，谜底应读成"人生不相见/见相不生人"来切合面意。"面熟"，可别解为"只与熟人会面"；谜底的"人生不相见"，也可以别解为"不与陌生人相见"，从而达到面底扣合。除此之外，"面熟"也可以理解成"似曾相识"，从而可会意扣合"见相不生人"（别解为"见相貌不是生疏的人"）。

3. 蒸馏水形成过程（能源产品，回文格） 液化气

蒸馏水指用蒸馏方法取得的水。也就是说，把液体混合物加热沸腾，使其中沸点较低的成分首先变成蒸汽，再冷凝成液体，以与其他成分分离或除去所含杂质。谜底"液化气"按格先顺读再倒读的要求，应读成"液化气／气化液"来切合面意。

4. 患了疟疾会如何（体育比赛用语，回文格） 热身战

疟疾是一种通过蚊子叮咬传播的寄生虫病，俗称"打摆子"，主要症状是发热、发冷、出汗。谜底"热身战"本义指正式比赛前进行训练、比赛，使适应正式比赛并达到最佳竞技状态。今按照谜格将谜底先顺读再倒读的要求，谜底应读成"热身战／战身热"来切合面意。别解为：身体在发热、打战，浑身在打战、发热，从而与谜面相切合。

5. 一心超先进，愈来愈迫切（词牌，回文格） 思越人

按照谜格将谜底先顺读后倒读的要求，谜底应读成"思越人／人越思"切合面意。整个谜底别解为：一门心思想超越别人，而且这个心思越来越强烈。

6. 逢人只说三分话，说话都是吉利话（《水浒传》泊人，回文格）安道全

按照谜格将谜底先顺读再倒读的要求，谜底应读成"安道全／全道安"来切合面意。"安道全"别解为"岂能完全说出"，从而与"逢人只说三分话"相切合。"全道安"别解为"说的全是平安吉祥的话"，从而与"说话都是吉利话"相切合。

7. 误传金榜题名事，师问弟子可登科（成语，回文格） 无中生有

按照谜格将谜底先顺读再倒读的要求，谜底应读成"无中生有／有生中无"来切合面意。"无中生有"应别解成：没有中榜却

传说有中;"有生中无"应别解成:有学生中榜没有?从而与谜面相切合。

8.用钱买来乌纱帽,贪官大捞造孽钱(法律名词,回文格)财产权

谜底"财产权"本义指以物质财富或精神财富为对象,直接与经济利益相联系的民事权利。按照谜格将谜底先顺读后倒读的要求,谜底应读成"财产权/权产财"来切合面意。乌纱帽象征官职,也象征权力。"用钱买来乌纱帽",当然是通过钱"财"来"产"生"权"力。"贪官大捞造孽钱",自然也是利用"权"力来"产"生钱"财"。

## 四、重门格

又名复射格、侯门格、剥笋格。典出自晋左思《蜀都赋》"华阙双邈,重门洞开",喻一层层的门。本格谜底字数不限,可以是一字、一词或一句。它不直接解释谜面,而是先猜出谜面的寓意,然后再根据此寓意而转入本意,亦即真正的谜底,如此两次扣合,有如重门,故名之。应当指出的是,当代的灯谜一般只转一个弯,而重门格却需要转两个弯才能揭出谜底,所以现今不再使用。下面列举数则重门格谜例,以使读者能够略窥其面目。

1.爸爸(春秋人) 重耳

"爸"俗称"老子","爸爸"可别解为"两个老子",这就是谜面的寓意。由于道教创始人李耳也称为"老子",所以最终谜底是"重耳"。可见"两个李耳"才是谜面的本意。

2.大树(成语) 水到渠成

先根据"大树"的寓意猜出"柜"字,然后通过"柜"猜出成语"水到渠成"。

3. 耳、目、鼻、舌（2画字） 八

谜面罗列了五官中的四个器官，但漏掉了"口"。因而其寓意是"只少口"，"只"字中少了"口"，余下自然是"八"了。

4. 摘掉帽子（8画字） 雨

"摘掉帽子"的寓意是"露头"，"露头"再别解为"露"字的头部亦即"雨"字。

5. 只有我自己（3画字） 也

谜面的寓意是"无他人"，别解为："他"字之中没有"人"，亦即余下"也"字。

6. 猪、牛、羊、马、鸡（6画字） 虫

谜面列出了六畜中的五种家畜，唯独少了"狗"。其寓意"独少狗"又可别解为："独"字少了反犬旁，从而余下"虫"字。

7. 全都是留守儿童（少画字） 一

既然全都是留守儿童，言下之意就是"大人不在"。"大"字中的"人"不在了，剩下的自然是"一"字了。

8. 对面青山绿更多（7画字） 西

谜面诗句来自一个与"掺水酒"有关的民间故事：张老汉两口子开了间小酒铺，时常弄虚作假，往酒里掺水。这天来了个打酒的顾客，但张老汉不知刚进的几坛酒掺水没有，因为这事归他老婆来办。可是当着客人的面他又不能直接问。他灵机一动，冲里头屋喊了一句："君子之交淡如何？"他老婆答道："北方壬癸早调和。"这客人蛮聪明，竟听出他夫妻暗语的猫腻，也冲着张老汉说道："有钱不买金生丽！"刚转身要走，张老汉急了，怕这笔生意让对面的店给做了，赶紧说："对面青山绿更多！"

其实上述四句话全都隐藏着一个"水"字：君子之交淡如水；按"五方五行"来说，北方是壬癸水；《千字文》有句是"金生丽水";最后那句与成语"青山绿水"有关，意思是说：对面那家酒店水掺得更多。换句话说，"对面青山绿更多"也就成了"掺水酒"的代名词。谜底之所以猜"酉"字，就是因为"酉"掺"水"便可成"酒"。

# 第七章　常见花色品种谜

灯谜，除了常见的文义谜外，还有由来已久的画谜、哑谜、实物谜等花色谜。随着时代的不断前进和科学技术的飞速发展，又接连推出了新的花色谜，如：篆刻谜、书法谜、符号谜、音像谜等。这些新的灯谜表现形式，丰富了五彩缤纷的灯谜世界，使之更加绚丽多姿。

## 一、画谜

画谜古已有之。《文心雕龙》中说："谜也者，回互其辞，使昏迷也。或体目文字，或图像品物，纤巧以弄思，浅察以炫辞。"这里讲的"图像品物"大约就是今日的"画谜"和"实物谜"。画谜不同于看图识字，也不是画面含意的解释，它需要根据画面所蕴藏的含义，再根据灯谜的原理进行联想，猜出谜底。有时谜底还附带有绘画艺术的特有字词，如：画、图、丹青等。

谜目：家电名词

谜底：组合音响

谜目：五字教育用语

谜底：正在上高中

谜目：六字俗语

谜底：先小人后君子

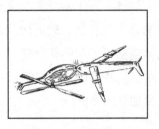

谜目：四字常言

谜底：有两下子

谜目：数学名词

谜底：四舍五入

谜目：科技名词

谜底：对撞机

198

谜目：地域名词

谜底：长三角

谜目：首都名二

谜底：河内、仰光

谜目：成语

谜底：不打自招

谜目：成语

谜底：不可捉摸

谜目：成语

谜底：不可置信

谜目：音乐名词

谜底：进行曲

谜目：中医术语

谜底：以酒为引

谜目：地方小吃

谜底：天津包子

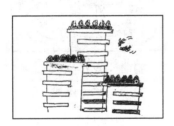

谜目：环保名词

谜底：高层绿化

谜目：四字俗语

谜底：脸上贴金

谜目：彩票用语二

谜底：彩市、彩民

谜目：成语

谜底：见好就收

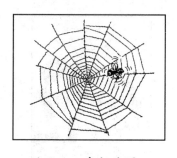

谜目：二字新称谓

谜底：网虫

谜目：三字新词

谜底：绿卡热

谜目：成语

谜底：相提并论

谜目：二字俗语

谜底：小气

谜目：四字新词

谜底：知识载体

谜目：三字俗语

谜底：爆冷门

谜目：四字常言

谜底：顶头上司

谜目：商品类别

谜底：体育器材

谜目：四字常言

谜底：懒得动弹

谜目：七字俗语

谜底：生怕别人不知道

谜目：四字俗语

谜底：拉人下水

谜目：三字俗语

谜底：打哈哈

谜目：三字口语

谜底：想不开

谜目：三字口语

谜底：对着干

谜目：三字俗语

谜底：输不起

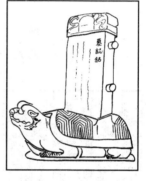

谜目：不良学习行为

谜底：死记硬背

谜目：五字俗语

谜底：不打不成交

谜目：四字俗语

谜底：小道消息

## 二、剪纸谜

剪纸谜以民间艺术剪纸为载体，以剪纸图案为谜面，其猜法与猜画谜差不多。但是，既然是剪纸谜，就要兼顾剪纸的特点，谜底应带有如剪、剪纸等字词。

谜目：歌曲

谜底：《一剪梅》

谜目：词牌名二

谜底：一剪梅、鹊踏枝

谜目：舞蹈

谜底：《剪花花》

## 三、瓷盘谜

瓷盘谜类似于画谜，只不过是把图画在瓷盘上而已。瓷盘谜有别于画谜的地方是，谜底须带有瓷盘、盘、皿等字词。

谜目：8画字

谜底：盂

谜目：七言唐诗一句

谜底：大珠小珠落玉盘

谜目：商业名词二

谜底：盘存、毛利

谜目：商业名词

谜底：盘点

谜目：13画字

谜底：盟

谜目：日用品

谜底：盘香

## 四、火花谜

　　火花谜是以火柴盒上的火花图案为谜面，借助火柴的功能和用途，再糅合火花的特点而构成。这类灯谜的谜底往往带有火、点、亮、打火、点燃、火花等字词。

谜目：交通工具

谜底：火车

谜目：成语

谜底：火冒三丈

谜目：9画字

谜底：烁

谜目：古代军事战术

谜底：火牛阵

谜目：10画字

谜底：烨

谜目：美国电影

谜底：《火柴人》

## 五、钟表谜

钟表谜是以钟表上的指针、时间等元素作谜面设计出的一种花色谜。为了显示钟表的特点，谜底往往要加上钟、表、时、刻、点、分等字词。

谜目：少笔字

谜底：丸

谜目：少笔字

谜底：斗

谜目：成语

谜底：时时刻刻

谜目：量具

谜底：百分表

## 六、标志谜

标志，是表明事物特征的记号。它以单纯、显著、易识别的物象、图形或文字符号为直观语言，除表示什么、代替什么之外，还具有表达意义、情感和指令行动等作用。猜射时首先要识别是什么标志、何种符号，再根据标志图案本身特有的含义去猜谜。

（一）交通标志谜

谜目：桥牌术语

谜底：不可叫牌

谜目：交通工具

谜底：卡车

谜目：三字口语

谜底：兜圈子

谜目：歌词一句

谜底：莫回头

谜目：音乐名词

谜底：休止符

谜目：电影

谜底：《山道弯弯》

谜目：三字口语　　　　　　　谜目：成语

谜底：别发火　　　　　　　　谜底：不足之处

## （二）体育项目标识谜

游泳

射箭

谜目：9画字　　　　　　　　谜目：离合字

谜底：衍　　　　　　　　　　谜底：弓长张

举重

摔跤

谜目：四字常言　　　　　　　谜目：四字常言

谜底：身体力行　　　　　　　谜底：相互体贴

射击

谜目：成语

谜底：有的放矢

跳水

谜目：6画字

谜底：氽

### 七、书法谜

书法谜，是把书法艺术融入到灯谜之中的一种花色谜。它除了具有文义谜常备的各种因素外，还要兼顾到书法艺术的特点，在谜底反映出来。谜底常常带有书、写、笔、管、挥毫、泼墨等字词。有时，书法谜书写谜面的字体，也和谜底有联系，如行、草、楷、篆等。

怒发冲冠

谜目：五字成语

谜底：书生气十足

情深意长

谜目：歌曲

谜底：《写不完的爱》

太阳映红王安石

谜目：《滕王阁序》一句

谜底：光照临川之笔

210

# 不知木兰是女郎

谜目：成语

谜底：生花之笔

# 心有灵犀一点通

谜目：文件名

谜底：意向合同书

## 八、篆刻谜

篆刻谜，又叫印章谜、金石谜。篆刻谜的谜面以隶、篆诸体刻于金石之上。猜射时须区分朱文、白文，因为这可能与扣合谜底有关。另外，谜底中也会出现印、章、刻、盖、金、石、治、鉴、方、玉、玺等与印章、篆刻相关的字词。

印文：史记

谜目：五言唐诗一句

谜底：文章千古事

印文：天下第一

谜目：成语

谜底：盖世无双

印文：老舍

谜目：成语

谜底：刻意求新

印文：空中雁阵排

谜目：成语

谜底：刀下留人

211

### 九、米字格谜

米字格谜，是把谜面写在练习书法用的"米字格"上，通过会意、离合、象形等灯谜法门，把谜面与"米字格"融合在一起，猜谜时，谜底须带有米、米格、纵横交错等字词。

谜目：食品

谜底：花生米

谜目：飞机型号二

谜底：波音、米格

谜目：动画人物

谜底：米老鼠

谜目：中药

谜底：陈仓米

谜目：广东南澳名胜

谜底：白米堆

### 十、对联谜

对联谜，就是用民间对联的形式作谜面，联语可借用现成的妙对，也可以自撰。既是对联谜，谜底还要带有对、联、对子等和对联有关的字词。

報國九州思
騰龍千古願

谜目：古文篇目
谜底：《隆中对》

喜共花容月色
何分秋夜良宵

谜目：成语
谜底：成双作对

九州花怒放
十亿歌飞扬

谜目：外交名词
谜底：中英联合声明

五洲各族皆兄弟
四海人民共一家

谜目：国际名词
谜底：国际联合会

## 十一、达摩面壁谜

达摩面壁谜，是将谜面的文字书写在谜笺的背面（谜目、谜格均写在正面），贴在灯的正面，通过灯光映射谜笺，把写在背面的谜面显现出来。

现在通常是直接把谜面文字写成反字，也是达摩面壁谜。这种谜，谜底须带有背、反、后等表示反面含义的字词。

谜目：白居易诗一句

谜底：殷勤书背后

谜目：陈毅诗一句

谜底：人心有向背

谜目：成语

谜底：项背相望

谜目：成语

谜底：后顾无忧

## 十二、空心谜

空心谜的谜面采用空心字书写而成，依据这种特殊的书写方式，其谜底常常带有空、虚、不实、中空、空心、虚心等必不可少的字词。

谜目：成语

谜底：挖空心思

谜目：影视名词

谜底：内心、独白

谜目：毛泽东名言一句

谜底：虚心使人进步

谜目：成语

谜底：华而不实

## 十三、象棋谜

把中国象棋棋子放在棋盘上，根据正常的布子局势，移子布子式、特殊布子式，以及残局态势，构成一道谜题，叫人猜射，称为象棋谜，又叫"棋局谜"。猜时要考虑红黑双方棋子的名称、布局和象棋的规则来揭示谜底。

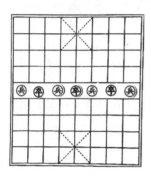

谜目：京剧

谜底：《水淹七军》

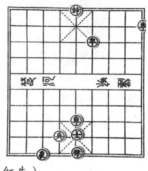

（红先）

谜目：成语二

谜底：安步当车、败军之将

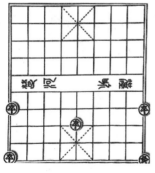

谜目：李白五言唐诗一句

谜底：醉后各分散

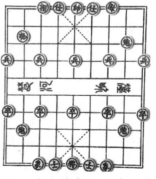

谜目：唐代韩愈七言诗一句

谜底：可怜此地无车马

## 十四、扑克谜

扑克谜是利用扑克牌作谜面，猜的时候还要考虑扑克牌的点数与花色名称，如：黑桃、红桃、方块、草花等因素。有时，谜底还会有"牌"的附加字。

谜目：四字常言

谜底：双方摊牌

谜目：鲁迅作品篇目

谜底：《二心集》

谜目：成语二

谜底：心中有数、三五成群

谜目：13画字

谜底：楞

谜目：成语二

谜底：心中有数、数一数二

谜目：《水浒传》人物

谜底：一枝花

## 十五、邮政编码谜

邮政编码是由阿拉伯数字组成的，代表投递邮件的邮局的一种专用代号，也是这个局投递范围内的居民和单位通信的代号。邮政编码谜以此为谜面，作谜时选用的实际编码，和所代表的相关地址与谜底有一定关系。

| 7 | 2 | 1 | 0 | 0 | 0 |

谜目：文艺形式

谜底：数来宝

注释：721000是陕西省宝鸡市的邮政编码。

| 5 | 1 | 8 | 0 | 0 | 0 |

谜目：成语

谜底：深居简出

注释：518000是出自广东省深圳市的邮政编码。

| 0 | 1 | 4 | 0 | 0 | 0 |

谜目：邮政名词

谜底：邮包

注释：014000是内蒙古自治区包头市的邮政编码。

| 2 | 1 | 3 | 0 | 0 | 0 |

谜目：数学名词

谜底：常用函数

注释：213000是江苏省常州市的邮政编码。

## 十六、电报谜

电报谜就是采用电报文稿的形式，巧设谜面，制成的灯谜。一般来讲，电报谜的谜面必须构成一段电文，才有谜趣。猜谜时，谜底常常带有电、报、发、拍、打等表示电报业务的字词。

| 个 | 人 | 音 | 乐 | 会 | 定 | 于 | 五 | 一 |
|---|---|---|---|---|---|---|---|---|

谜目：音乐名词三

谜底：独唱、合奏、节拍

| 请 | 于 | 十 | 月 | 一 | 日 | 来 |
|---|---|---|---|---|---|---|

谜目：四字常言

谜底：节约用电

| 见 | 报 | 即 | 返 | 父 |
|---|---|---|---|---|

谜目：物理名词三

谜底：电子、回路、加速

| 请 | 来 | 面 | 谈 |
|---|---|---|---|

谜目：会议形式

谜底：电话会议

## 十七、圆圈谜

　　圆圈谜是把谜面写在圆圈之内的谜语，它除了具有文义谜必须具有的特质外，谜底还要有圆、圈、环、规、周、团结、团圆等表示圆周的字词。

谜目：数学词语二

谜底：正方形、外接圆

谜目：成语

谜底：自圆其说

谜目：化学名词

谜底：环状结晶

谜目：军事名词

谜底：包围圈

谜目：公益活动名称

谜底：爱鸟周

谜目：五字口语

谜底：还是老一套

谜目：歌曲名

谜底：《团结就是力量》

谜目：成语

谜底：一团和气

## 十八、方格谜

方格谜是把谜面写在方格之内，它除了具有文义谜必须具有的特质外，谜底还要有方、格、口、四方、围、套等表示方格的字词。

衣

谜目：商品分类

谜底：进口服装

仲

谜目：外国小说

谜底：《套中人》

孩

谜目：生活用品

谜底：儿童口罩

辞

谜目：成语

谜底：别具一格

斗

谜目：外国音乐家

谜底：格里格

柿

谜目：青海地名

谜底：格尔木市

笑

谜目：成语

谜底：乐在其中

雨丝

谜目：工业名词

谜底：进口流水线

## 十九、梅花谜

梅花谜也可以称一面多目、多底谜。在表现形式上，把这一谜的每一个谜目分别写在梅花瓣上，整个谜宛若一朵盛开的梅花。猜谜时没有特殊的附加条件，和一般文义谜一样。

谜面：逢人只说三分话

谜底：（1）七言绝句；（2）交通警；（3）陈慎之；（4）安道全；（5）限量出口

谜面：往来无白丁

谜底：（1）交通器材；（2）通知书；（3）周晓文；（4）高士达；（5）通晓文字

谜面：举杯邀明月

谜底：（1）敬请光临；（2）仰光、巴尔干；（3）白崇光；（4）朝天曲；（5）李立三

谜面：白云无尽时

谜底：（1）时刻表；（2）音频输出；（3）老表；（4）频道；（5）长话连

## 二十、扇面谜

扇面谜就是把谜文写在扇面上或类似扇面形状的几何图形

上。猜谜时除了正常的文义谜规律外,还要兼顾扇面的特点,因此,谜底无疑要带上扇、扇面等字词。

谜目：戏剧名

谜底：《桃花扇》

谜目：京剧名

谜底：《珍珠扇》

写点东西留人间

谜目：14画字

谜底：煽

黄昏风雨过园林

谜目：家电冠商标

谜底：菊花落地扇

## 二十一、符号谜

标点符号,书面上用于标明句读和语气的符号。标点符号是辅助文字记录语言的符号,是书面语的有机组成部分,用来表示停顿、语气以及词语的性质和作用。标点符号谜就是根据这些符号特有的意义和形状来制谜。

数学符号谜就是利用数学符号作谜面,猜谜时根据符号本身的特有含义以及其形状、特点来猜出谜底。

（一）标点符号谜

。（二字名词）　空洞

，（蔬菜）　豆芽

、（外国科学家）　道尔顿

；（成语）　断章取义

：（围棋术语） 二联星

！（体育项目） 棒球

？（体育项目） 曲棍球

？（世界名著）《怎么办》

？？？？（五字常言） 一问三不知

""（文学名词） 引言

……（体育项目） 排球

（）（成语） 左右开弓

（二）数学符号谜

＋（二字词语） 纵横

×（摄影名词） 视差

×（数学名词） 区间

—（天文名词） 日环食

＝（体操名词） 平衡木

××（物理名词） 误差

＞０＜（乐器三） 大号、圆号、小号

＋－×（成语） 支离破碎

＋－×÷（政治名词） 共产主义

## 二十二、数字谜

数字谜是由阿拉伯数字组成谜面的灯谜。猜谜时一是根据数字本身的含义，二是根据数字的形状来进行猜射。

4（象棋术语） 二进车

5（数学名词） 指数

6（商业名词） 打对折

8（出版名词） 连环画

10（广东、江苏地名各一） 四会、六合

24（体育名词） 双打

29（5画字） 艽

31（票据术语） 三联单

61（5画字） 立

1000（成语） 漏洞百出

0000（成语） 万无一失

13579（成语） 无奇不有

246810（成语） 无独有偶

## 二十三、哑谜

哑谜是以实物（也叫谜具）作谜面，要求猜者不说话，而是通过做动作来表现谜底。哑谜的谜底，一部分隐于谜面实物，一部分寓于动作中，所以谜底中多半有动词或可借用为动词的字眼。

1. 在台前的桌子上摆放着象棋一副、装有白酒的酒杯一个，要求猜谜者做一动作，猜唐诗篇目一。猜谜者走到桌子前，把棋子中的"将"拿起放入酒杯里，即为猜中谜底：《将进酒》。

2. 谜台上挂着写有"1"、"2"、"3"、"4"、"5"、"6"、"7"、"8"、"9"的小木板，要求猜谜者做一动作，猜四字俗语。猜谜者走上台去，取走"1"、"2"、"5"、"6"、"7"、"8"、"9"的小木板，剩下"3"、"4"，即为猜中谜底：丢三落四。

3. 台前的桌子上摆放着一盘黄豆、一盘绿豆，旁边放着一张报纸，要求猜谜者做一动作，猜《三国演义》人物名一。猜谜者走到桌子前，拿起报纸盖在黄豆上，即为猜中谜底：黄盖。

4. 台前的桌子上摆放着一个小木盒，木盒旁边放有面额不同的硬币各五枚，要求猜谜者做一动作，猜成语一。猜谜者走上前去，拿起三枚 1 分的硬币，一一投进小木盒中，即为猜中谜底：入木三分。

5. 台前的桌子上摆放着一盘核桃、一盘香蕉，要求猜谜者做一动作，猜五字俗语一。猜谜者走上前去，拿起一根香蕉吃起来，即为猜中谜底：吃软不吃硬。

## 二十四、动作谜

动作谜是由主持人或其他人做一个或几个动作，猜者根据这些动作来猜出谜底。猜动作谜的要领是要注意认真观察做动作的全过程，从中发现能反映谜底的"核心"动作，经过别解，就是谜底。

1. 台上放军帽一顶、枪一支。主持人将军帽戴上，把枪扛上肩。猜军旅歌曲。谜底：《我是一个兵》

2. 桌上摆着两支喇叭，来人上台将这对喇叭拿走，转身回到台下的座位上。猜四字剧场用语。谜底：对号入座。

3. 桌上放一瓶酒，两只玻璃杯，猜者上前拿起酒瓶，开了塞，向两只杯中各斟了半杯多酒便停止。猜节气二。谜底：春分、小满。

4. 主持人掏出一支香烟叼在嘴上，接着又掏出打火机欲点烟。另外一人急忙上前阻止。猜三字俗语。谜底：别发火。

5. 一张夫妻和孩子的相片及一束鲜花。动作：用鲜花挡住中间的小孩。猜《水浒传》人物诨号二。谜底：一枝花、小遮拦。

6. 桌上摆着玩具牛、马各一，主持人用嘴对着牛吹了口气，用手在马背上打了一下。猜四字俗语。谜底：吹牛拍马。

## 二十五、实物谜

用一件或几件实物作为谜面，通过谜目的提示，抓住实物的形态、特征、性能、用途等特点，琢磨和推测出谜底。实际上是

把文义谜中的特征法用实物来代替文字，也可以看作是一种特殊形式的画谜。

1．一只盒子，盒子里摆着一本书。猜学习用品。谜底：文具盒。

2．盆景一个，内有假山和小湖。猜山东地名。谜底：微山湖。

3．打开的琴盒，内放小提琴一把。猜成语。谜底：乐在其中。

4．戊辰年纪念币一枚。猜古籍。谜底：《文心雕龙》。

## 二十六、魔术谜

魔术谜实际上也是一种动作谜。它和杂技中的魔术表演联系在一起，显得更加有趣，更能吸引猜者。这种谜，一般谜底应带有变、变化、精变、无中生有等表示魔术的字词。

1．古彩戏法演员站在台中，只见他空手一扬，把大衣往身上一遮，瞬间取出了一盆清水。猜成语二。谜底：无中生有、一衣带水。

2．魔术师取出一盆荷花，然后用手帕往花上一蒙，再取下手帕，荷花不见了，变成了一枝枝紫色的竹子。猜曲调名二。谜底：《莲花落》《紫竹调》。

3．魔术师取出一根黑色的小木棍，对桌子上的空箱子作了交待，又将小木棍放入空箱内，过一会儿再打开小木箱，里面的小木棍不见了，只见一筐鸡蛋。猜食品名二。谜底：黑木耳、变蛋。

## 二十七、音像谜

音像谜也称声像谜，顾名思义就是用声音和图像作谜面而制成的灯谜。它是古老的灯谜艺术同现代化的电视、电影相结合的产物。这类谜往往以电视、电影中的某个故事情节、活动片段、人物对话、各种音响效果为谜面。1987年中央电视台和中国电视报举办的"首届中华杯电视猜谜竞赛"首创了电视声像谜，深受广大群众的欢迎和好评。

1. 荧屏上播放的是电视连续剧《西游记》中孙悟空出世一段戏。只见海边怪石嶙峋，一块顽石突然崩裂，声如天崩地裂，从石罅中弹出一只石猴。这声响震得天空摇晃不止，玉帝惊恐地问天将："下界是何声响？"画面到此嘎然而止。要求据此情节，猜成语一句。谜底：石破天惊。

2. 屏幕上先后出现《红楼梦》中贾母、宝玉与黛玉一起，宝玉同宝钗一起，共同谈论"通灵宝玉"的场面。猜画家。谜底：齐白石。

## 二十八、故事谜

故事谜是以故事的形式出谜，有作为故事所必须具备的开头、人物、情节、结尾等。猜谜时主要依据的是耐人寻味的故事情节，把握住能反映谜眼的关键性的几句话，进行推理、联想，而其余大多数文字只是铺垫和渲染。

1. 孔乙己猜谜

在绍兴，咸亨酒店久负盛名。在尺形的柜台上，置放着各种酒菜。孔乙己是这家酒店的老酒客，每天都来饮酒，衣兜里时常没钱，经常欠账。这天过午，孔乙己又来了。小伙计一看他坐在墙角的桌旁，就明白了——又要赊酒。"今天不赊账。"小伙计故意逗他。孔乙己连忙起身，低声问道："为何？"小伙计乐了，告诉他："一会，掌柜的出灯谜，猜对酒名的，就白喝酒，猜对菜名的，就白吃菜。"微风吹来，一股浓郁的酒香沁人心脾，令人陶醉。

老板在门口挂好一排谜条，五颜六色，令人目不暇接。孔乙己首先猜对的是"百十怎进位"（猜酒名），接着猜对一条"独角虎",谜面是"狄"(猜菜肴),他连声说:"今天便宜,白吃又白喝,美哉喜哉。"

朋友,你能猜对吗?

谜底:白干、红烧猴头(菇)

### 2. 金殿悬谜警群臣

从前,有个爱好灯谜的丞相,将皇帝引入了"谜途",皇帝高兴时,每每让群臣猜谜。可群臣大多不学无术,不是说公务忙,就是说忘了,总是推脱搪塞。皇帝不悦,找来丞相问计。丞相说如此这般,看哪个还敢含糊。皇帝大喜。第二天早朝时,皇帝便在金殿诏曰:今日出谜,明晨交卷,违者斩!群臣倒吸一口凉气,瞪大眼睛看着谜面。谜面由丞相挂出,他觉得这些大臣平日贪赃枉法,处事不公,正好用灯谜以诫,遂挂出"偏心即死"为面,打一字。这下群臣可着了急了,回家后饭也顾不上吃,发动全家及亲友四处讨教,不敢怠慢。一时间,京城的谜人、秀才、穷儒之家成了热门,高官显贵鱼贯而入,频频光临,千金求一字者大有人在。这一夜,京城因一条灯谜热闹得天翻地覆。第二天一早,群臣争先恐后地交卷,一份不缺,并且都猜对了。一时龙颜大悦,丞相趁机奏道:"这样的活动还要经常搞下去。"皇帝道:"准奏。"群臣听罢,一个个像霜打的茄子一样。谜人、儒生们就别提有多高兴了。看来,这可能是灯谜交流的起源吧。您能猜出丞相出的字谜吗?根据群臣猜谜的情形,再猜一五字俗语。

谜底:(1)忙 (2)忙得底朝上

### 3. 扔还扔对了

谜会的内容丰富多彩,引人入胜。五颜六色的谜条挂满了会场两旁,人们可以自由猜射,猜中者即可领到一份满意的奖品。

谜台一角的方桌上,摆着八九个栩栩如生的布娃娃,主持人要求猜谜人做出动作，猜一成语。

人们在紧张地思索着。工夫不大，一位抱着小孩的妇女登台了。只见她伸手从方桌上拿起两个布娃娃，对准台下就扔。接着，又拿起三个向台下扔去。见此情景大家都愣住了，有人嘀咕："这个女人真怪，好端端的布娃娃给扔了，犯的什么病？"

这时主持人乐了，说："你猜对了，所扔的布娃娃就是应得的奖品，请自己捡回吧。"这样一来，更有不少人丈二和尚摸不着头脑了：真有意思，扔还扔对了。

朋友，请你猜猜看，谜底是什么？

谜底：五体投地

### 4. 纪晓岚变诗为词

传说，清朝的纪晓岚一次曾为乾隆皇帝在白折扇上题字，但这次，一生稳重的《四库全书》总纂官却失误了——漏写一个字，无法补救。但机灵的纪大学士却不慌不忙地对皇帝说："我把唐诗改为词，请陛下指正。"颇有才气的乾隆左看右看，只知道这是王之涣的《凉州词》少写了一个字，并不是词，就问他怎样断句。老纪一板一眼地朗诵："黄河远上，白云一片。孤城万仞山，羌笛何须怨。杨柳春风，不度玉门关。"皇上听了，知道他是诡辩，没有责怪他，反而赞赏他的"急才"。

聪明的朋友，你一定知道老纪漏写哪一个字了。现在就将这"诗改词"作谜面，猜一个天文学名词吧！

谜底：空间

### 5. 王冕画画

元朝著名的王冕幼时因家里贫穷，十岁时母亲含泪送他到本村一户地主家去放牛。王冕聪明伶俐，特别喜欢画画，经常是一边放牛一边用树枝在沙地上画青蛙、画小鸟。一天，地主外出散步，忽然发现了王冕在画画。他老鼠眼一转，阴阳怪气地说："你给我马上画件东西，画不出来就别再吃饭啦！"接着便摇头晃脑地念起来："小小一条龙，须长背又弓。生前没有血，死后浑身红。"但是，王冕并没有被地主吓倒，他立即把这东西给画了出来。

聪明的读者，你知道王冕画的是什么吗？

谜底：虾

6. 宋徽宗赏画

宋徽宗赵佶是个有才华的画家。他曾以"野水无人渡，孤舟尽日横"为题求画。在众多的应试者中，他选中了这样一幅画：一个船夫疲倦地睡在船上，身边横了一支竹笛。可见船夫因无人渡河，无聊地吹笛解闷，吹着吹着就睡着了。原诗的境界形象地展现在眼前，无怪赵佶选中了这幅画。

朋友，你能根据这幅画的意境，猜一成语和合肥名胜名吗？

谜底：（1）无人问津 （2）逍遥津

7. 以谜招婿

从前，峨眉山下有一个落第秀才，开了个中药材店，买卖之余，喜欢猜谜。他妻子也能诗会文，亦喜猜谜作对，两口子志趣相投。逢年过节，他们常在店门口悬挂一些灯谜，供过往客人猜射、欣赏，猜中者，就给一些物品留作纪念，自得其乐。一次，他们为了替独生女儿招赘女婿继承家业，便挖空心思拟了几条灯谜，挂在店门口，并告诉大家，猜对的青年，便招他为女婿。这几条谜是"扭、条、多、赫、倮"五个字，每个字打一味中药。过了很久，才有一位青年全部猜中了。老两口心中大喜，真的招他做了女婿。

请问读者，这是哪五味中药名呢？

谜底：牵牛、文冠木、夜合、红丹、人参果

## 8. 先生的赏钱

从前，有个穷苦的私塾先生，因离家太远，故在主人家过年。除夕晚上，冷雨飘洒，学生兄弟姐妹六个，来向先生辞岁。先生想念家人，一条古谜涌上心来："孩子们，我给个谜你们猜：'春雨绵绵妻独宿。'猜一个字，猜对了的，我给他一吊钱压岁。"几个学生守岁猜谜，兴致很高。可是，猜了很久也没有猜出来。看看时间已晚，大哥说："大人要准备过年了。"先生说："你猜对了，拿一吊钱去。"二哥在一旁插嘴："一吊钱太少了。"先生问他："你要多少？"二哥说："数字虽小，却在百万之上。"先生高兴地说："你也猜对了，可我不是百万富翁，只能给你一吊钱。"这时，外面雨越下越大，江水流淌，哗哗直响。三姐说："江水横流。"先生说："你也猜对了。"又给姐姐一吊钱。六弟一边想，一边喃喃地说："'江'字流去水旁，是个工字。先生，是'工'字吧？"四姐忙说："怎么是'工'字？你真是望文生义。"先生笑了一笑："四姐也说对了。"于是又给四姐一吊钱。这时老六可着急了，拿一本字典翻来翻去，翻一个字又盖上，问先生对不对。五妹说："你这真是字字去了盖哟。"先生又给五妹一吊钱。六弟放下字典，叹了一口气："唉，查看结果，杳无踪迹。"先生把最后一吊钱给了六弟。

你知道先生的谜是一个什么字吗？

谜底：一

## 9. 巧对的俸禄

黑心财主刘老三，处处算计穷人。他家请了一位私塾先生，讲定一年八吊钱的俸禄，年终一次付清。大年三十，狡诈的刘老三想赖账，他办了一桌酒席，假言欢送先生。席间财主要先生联对，说是对上了，俸禄照付，另加两吊赏钱；若是对不上，就分文不给。

先生按住心头怒火,答应对对联。

财主指着屋梁上的灯,即兴出上联曰:"四面灯,单层纸,明明亮亮,照遍东南西北。"先生指着面前的钱说:"八吊钱,一年学,辛辛苦苦,历经春夏秋冬。"先生说完,赢得众人一片喝彩声。财主刘老三无奈,不情愿地让私塾先生拿走十吊钱。

根据这个故事,猜成语二。

谜底:成双作对、事与愿违

## 二十九、即物赠谜

即物赠谜的特点是不标出谜目,根据谜面猜出什么谜底,就用此谜底(即物品)做奖品发给猜中者。"即物赠"就是即时以此物相赠之意。由于谜底大多是比较常见的物品,一般来讲都带有数量词,这样猜起来,趣味性更浓。

1. 相声(即物赠) 一听可乐

2. 孤竹(即物赠) 两个瓜子

3. 沉鱼落雁(即物赠) 两个信封

4. 优质食品袋(即物赠) 一包味精

5. 临行密密缝(即物赠) 别针两个

6. 囊中羞涩处(即物赠) 一个钱包

7. 摆开冷盘宴(即物赠) 一张凉席

8. 相聚皆美人(即物赠) 一块咸鱼

9. 独自望青天(即物赠) 一个面包

10. 举头望明月(即物赠) 一张光盘

11. 清辉独自赏(即物赠) 一张一圆

12. 相声能逗笑(即物赠) 一听可乐

13. 相邀去减肥(即物赠) 一块瘦肉

14. 宝岛纪事册（即物赠） 台历一本

15. 自传体创作（即物赠） 一个笔记本

16. 兵甲少来书（即物赠） 一打信封

17. 开猜得了零分（即物赠） 一打鸭蛋

18. 各出掌中之字（即物赠） 两个火机

19. 桃李梅含笑迎春（即物赠） 三两花生

20. 王朝马汉一声禀（即物赠） 两个面包

21. 手把文书口称敕（即物赠） 一张宣纸

22. 汇款先需看一看（即物赠） 邮票一张

23. 冠军由仇家扮演（即物赠） 一对头饰

24. 莲花底下独藏身（即物赠） 荷包一个

25. 阮囊羞涩不差钱（即物赠） 包子一个

26. 金牌得主奖金高（即物赠） 一元多钱

27. 独具只眼识妙图（即物赠） 一张好画

28. 穿上高跟个头高（即物赠） 一双鞋垫

29. 控制消费见成效（即物赠） 一束鲜花

30. 同心智取巨无霸（即物赠） 一块巧克力

31. 集体旅游申请书（即物赠） 一块玩具表

32. 洋装虽然穿在身（即物赠） 一个中国结

33. 南湖会议绽奇葩（即物赠） 一大把花生

34. 夜半无人私语时（即物赠） 两个对讲机

# 第八章　灯谜的猜射方法

尽管本书第五章已对灯谜的会意、借代、拆字、象形、象声、拼音等六大谜体及其具体成谜方法作过介绍，但在灯谜实践中，许多有一定难度的灯谜，往往并非专属于某一谜体，而是由两三种甚至四五种谜体混合而成，并且综合运用了多种成谜方法。因此，在介绍猜灯谜一般规律之前，有必要通过若干具体谜例，使读者对这些混合谜体及各种成谜方法，有更多的了解和认识，从而为将来学好猜谜本领打下比较牢固的基础。

## 第一节　灯谜混合谜体及成谜方法

下面所列举的 21 个谜例，都是先进行简单扼要的剖析，然后再指出它们属于哪种谜体，以及使用了哪些具体成谜方法。

1. 看上去不多（9画字）　省

谜面首先要顿读成：看上去／不多，然后作如下别解："看上去"是暗示要将"看"字的上面部件除去，从而余下"目"；"不多"反过来就是"少"；"目"与"少"组合成底字"省"。本谜属于拆字与会意混合体，使用了减损法及反面会意法。

2. 一生正义传后代（12画字）　斌

一个人活在世上要有正义感，而且还要把这优良传统传给后人。入谜后，"传后代"应别解为：将"代"字后边部件"弋"取出，并与谜面前边的关键词"一"和"正义"一齐移入谜底，成为谜底文字的部件。将这四个部件进行组装，便可得出底字"斌"了。

3. 廉为首，勤为先，点点滴滴为百姓（11画字） 庶

谜面是对一位廉洁奉公、勤政爱民的好官员的称赞。入谜后，"廉为首"应别解为：取出"廉"字的起首笔画"广"；"勤为先"应别解为：取出"勤"字的先前笔画"廿"；"点点滴滴"则象形扣合四点底（灬），将上述有关部件进行组装，便得出底字"庶"。而"庶"也就是"平民百姓"的意思。本谜属于拆字、象形与会意混合体，使用了方位法、象形法及正面会意法。

4. 红艳一枝冲栏开（传说人物） 花木兰

面句是在表述：一枝鲜红艳丽的花儿正在穿出栏杆向外开放。入谜后，"红艳一枝"可以会意扣"花"；"冲栏开"则需别解为：将"栏"字拆开成"木兰"二字，从而使谜底"花木兰"呼之欲出，一目了然。本谜属于会意与拆字混合体，使用了正面会意法及离合法。

5. 听见其中私语声（15画字） 嘶

"听见其中"是暗喻：将"其"安置于"听"字中间，从而得到"嘶"字；"私语声"则是暗喻：底字"嘶"与"私"同为谐音字，皆读作sī。本谜属于拆字与象声混合体，使用了离合法及象声法。

6. 画眉之余共吟哦（12画字） 鹅

谜面"画眉"典故，是指汉人张敞夫妻恩爱，他不但经常为其妻画眉，而且画得十分妩媚动人。既然如此，张敞夫妇在画眉之余一同吟花咏柳，也不是不可能的事情。入谜后，"画眉"已

经从一种动作别解为"鸟";"余"也抛开其"空余时间"之本义，而别解成与其同义的"我"，"鸟"与"我"组合起来，便成为底字"鹅"。同时，"共吟哦"也抛开其"一齐吟咏"的本义，而别解为：底字"鹅"与"哦"共为谐音字，都读作é。本谜属于借代与象声混合体，使用了物品借代法、同义名词借代法及象声法。

7. 先要相信党中央，奸官最后定扫光（二字称谓） 保安

谜面的意思是说：自从党的十八大以来，以习近平同志为总书记的党中央加大了反腐工作的力度，苍蝇、老虎一起打，取得了令人瞩目的成绩，赢得了全国人民的一致赞扬，大家都对党中央满怀信心，坚信所有的贪官污吏都难逃法网，最后必然会一扫而光！入谜后，谜面却应作如此别解："先要相信党中央"是暗示：将"相信"二字的先前部件"木"与"亻"以及"党"字的中间部件"口"分别取出移入谜底，成为谜底文字的部件；"奸官最后定扫光"则是暗示：将"奸官"二字的最后部件扫除掉，从而余下"女"与"宀"，将上述取出的五个部件亦即"木"、"亻"、"口"、"女"及"宀"进行组装，便可得出"保安"二字作为谜底。本谜政治观点鲜明，成谜手法精妙，脉络清楚，顺理成章，是一条思想性与艺术性完美结合的灯谜佳作。本谜属于拆字别解体，使用了方位法和减损法。

8. 大胆授课，大胆改革（毛泽东七言诗一句） 敢教日月换新天

谜底出自毛泽东《七律·到韶山》："为有牺牲多壮志，敢教日月换新天。"本义指能令半封建半殖民地的旧中国变为社会主义的新中国。谜面本意是赞扬教学改革，入谜后，变为使用分段扣合法与谜底相扣。"大胆授课"可正面会意扣"敢教"（别解为"敢于教授"）；"大胆改革"则暗示：须将"大胆"二字先拆离后组合，从而变成为"日月天"三字，也就是说，"大胆"二字改革之后，

236

也就"换"成了"日月"二字，以及"新"形成了一个"天"字。由此可见，本谜属于会意与拆字混合体，使用了分段扣合法、正面会意法及离合法。

9. 一声令下，贴上封条（少笔字） 义

所谓封条，指执法部门封闭门户或器物时粘贴的纸条，上面注明封闭日期并盖有公章。如今谜面应先作如此顿读：一 声/令下/贴上封条。"令下"应别解为"令"字最下边的笔画，亦即一点（、）；"贴上封条"可以象形扣合"乂"。将"、"与"乂"合二为一，便得出底字"义"。而"一声"则是暗示：底字"义"与"一"谐音。本谜属于象声、拆字与象形混合体，使用了象声法、方位法及象形法。方位明确，象形生动，象声贴切，而且整个谜面干净利索，活灵活现。

10. 诗半成，总没心儿续（9画字） 说

谜面须顿读成：诗半成/总没心/儿续。"诗半成"别解为：从"诗"字中取出一半部件，亦即言字旁（讠）；"总没心"别解为："总"字里面的部件"心"字没有了，从而余下"丷""口"；"儿续"则别解为：将"儿"字增补进来。将上述几个部件重新组装，便得出底字"说"。本谜虽然属于纯粹的拆字谜，却将半面法、减损法及增补法三位一体熔于一炉，而且自然流畅，毫无斧凿痕迹，谜作者当为斫轮老手。

11. 声称两手尚在，岂可轻易倒下（15画字） 撑

"两手尚在"暗喻谜底"撑"字由一个"尚"和两只"手"（其中一个是提手"扌"）组合而成；"声称"则暗喻："撑"字与"称"声音相同，都读作 chēng；"岂可轻易倒下"意思是一定要努力支撑。由此可见，谜面是分成三段来扣合谜底，使用了离合法、象声法以及会意法三种成谜方法。如此三箭齐发射，箭箭中靶心，谜底

这个"撑"字，插翅难飞了。

### 12. 云头早有采茶人（成语） 一草一木

谜面意思是说：在那高耸入云的茶山上，一早就有茶农在辛勤劳作了。谜底本指一根草一棵树，常常用来比喻普通而又微不足道的事物。乍看面底八竿子打不着，它们是如何扣合的呢？其实这里面是暗藏着一个故弄玄虚的拆字机关！"云头"实际上是暗喻"云"字前头那个"二"，"二"可分拆成"——"；"采茶人"是暗喻："茶"字里面的那个"人"必须摘除，从而余下"艹"与"木"，将谜面取出的"——早艹木"这五个部件进行组装，岂不正是谜底"一草一木"？由此看来，本谜属于纯粹的拆字谜，使用了方位、离合及减损三种具体成谜方法。能够将这多种手法运用得如此得心应手、左右逢源，面底扣合如此简洁精练、浑然一体，若非拆字高手，焉能胜任！

### 13. 几声晚鸦归村树（7画字） 鸡

谜面似乎给猜者展现出一幅自然风景画：入暮时分，几只乌鸦一边呱呱鸣叫，一边向着村外的树林飞去。这里隐含着多种成谜法门。"晚鸦"既可根据种属关系借代扣合"鸟"，也可根据"鸟"居于"鸦"的后边位置，从方位上扣合"鸟"。"归村树"很能迷惑人，这其实是暗示：如果"又"字增补上一个"村"字的话，那就会变成"树"字，从而将"又"字逮住了。"又"与"鸟"可以组合成底字"鸡"。谜面前头的"几声"其实是暗藏象声玄机，它是在暗喻底字"鸡"与"几"的声音相同，都读作 jī。本谜属于借代、拆字与象声混合体，使用了物品借代法、增补法及象声法。

### 14. 一叶落方知秋近（8画字） 钍

谜面显然是从"一叶落知天下秋"这句成语演化而来的，乍看与谜底金属元素"钍"风马牛不相及。其实，这其中也是大有文章。首先，谜面应顿读成：一／叶落方／知秋近。由于"方"可象形扣合"口"，故"叶落方"是暗喻："叶"字落掉了"口"，从而余下"十"；"知秋近"则要求猜者知道四季与五方借代法，知道"秋"可以对应扣合"金"（钅）；谜面前头那个单字"一"也应转移入谜底，成为谜底文字的部件。本谜分析到此便可进入收官阶段，也就是可以将"十"、"钅"与"一"这三个部件进行组装，从而得出谜底"钍"。"知秋近"用得很巧，它暗喻"钅"与"土"二字靠近。显然，本谜属于借代、拆字与象形混合体，使用了四季五方借代法、象形法、减损法与离合法。

15. 十取一人（国名） 加拿大

乍看面底扣合，似乎也使人一头雾水。谜面虽然才寥寥四字，却隐含着借代、会意及拆字三种谜体。"十"应别解为"加号"，从而扣合"加"；"取"同义会意扣合"拿"；而"一人"则可组合成"大"。由此可见，本谜使用了符号借代法、正面会意法及离合法。

16. 改在明天大扫除（9画字） 胆

谜面看似平白如话，其实却大有"猫腻"，若非仔细推敲，谜底不可能唾手可得。欲揭谜底，关键一着是先将谜面顿读成：改在明／天大扫除。"改在明"别解为：对"明"字里面"日"与"月"这两个部件进行位置互换，亦即将"月"置于前，将"日"置于后；"天大扫除"则别解为：将"天"字里面的"大"扫除掉，从而余下"一"。将"月"、"日"与"一"这三个部件重新组装，底字"胆"也就昭然若揭了。本谜为会意与拆字混合体，使用了谜面顿读法、离合法与减损法。

17. 重在立言，重在修身，重在守高节（二字礼貌用语）
谢谢

"立言"，指著书立说。"修身"，指努力提高自己的品德修养。

"高节",指高尚的节操。本谜的谜眼亦即关键词是"重"字。欲破本谜,必须对"重"字进行别读与别解。也就是说,要将"重"从其本音 zhòng 别读成 chóng,从本义"重视"别解为"重复"。如此一来,"重在立言"则可别解为有两个"言"(讠)字;"重在修身"可别解为有两个"身"字;"守高节"应别解为:处于"守"字高位的部件(宀)被节省掉,从而余下"寸"。而"重在守高节"则应别解为有两个"寸"。最后,将两个"讠"、两个"身"及两个"寸"进行组装,谜底"谢谢"也就无处藏身了。本谜属于拼音与拆字混合体,使用了同字异音法、离合法及减损法。

18. 人参、百合加省头草(14画字) 斡

谜面好像是一张中药处方,其实是一枚烟雾弹,必须借助别解慧眼,方能洞察其真。"百合"应别解为容积单位"一百合",然后再等量转换成一"斗";"加"应别解为"加号",从而转扣"十";"省头草"别解为:将"草"字前头部件(艹)省掉,从而余下"早";谜面最前面那个"人",则可移入谜底,"参"与成为谜底文字的部件。经过如此一番梳理之后,再将"斗"、"十"、"早"与"人"这四个部件进行组装,原先深藏不露的底字"斡",终于浮出了水面。本谜属于借代与拆字混合体,使用了物品借代法、符号借代法、减损法及离合法。

19. 左不出头,右不出头。谜底何在? 村西码头(9画字) 柘

一看谜面,令人挠头!的确,如果没有最后一句"村西码头"的提示——从"村"字"西"边取出"木",从"码"字前"头"取出"石",然后组合出底字"柘"的话,本谜是十分棘手的。要想搞清"左不出头"与谜底的关系,须先将它顿读成"左/不/出头",别解为:底字左边部件应当是"不"出头的字,亦即"木"字;"右不出头"相对好理解一些——那就是"右"字那一撇(丿)

不要出头，亦即"石"字。至此，再将"木"与"石"进行组配，便得出谜底"柘"字。本谜属于会意与拆字混合体，使用了谜面顿读法、变形法与方位法。

## 20. 红二连誓夺三据点（少数民族） 赫哲

谜面似乎是在叙述长征时红军英勇战斗的故事，其实是一个灯谜迷魂阵。本谜需要使用分段扣合法来实现面底相扣。"红二连"应别解为：先找出一个与"红"同义的形容词"赤"，"二连"暗喻有两个"赤"连在一起，从而得出"赫"字。"誓夺三据点"很能迷惑人，没有慧眼灵心很难识破其隐秘的机关。首先要认准"誓"字是本谜的谜眼亦即关键词。"夺三据点"应别解为：须将"誓"字里面的"三"及一点（、）剥夺，从而余下"哲"字。如此一来，谜底"赫哲"昭然若揭。本谜属于借代、会意与拆字混合体，使用了分段扣合法、同义词借代法及减损法。

## 21. 听其音，感到怪，可大意否？决否！（8画字） 奇

本谜是一条运用多描法制作出来的字谜，说得具体些，就是谜面通过象声法、会意法和离合法，对谜底进行三度刻画与描绘。"听其音"是暗喻底字"奇"与"其"读音相同。"感到怪"是暗喻底字"奇"含有"怪"的意思。"可大意否？决否！"这是巧施谜面自行抵消法，通过"决否"二字的暗示，神不知鬼不觉地将"可大意否"四字之中的"否"字抵消掉，从而余下"可大意"三字。"可大意"的意思就是将"可大"二字组合起来成为"奇"字，从而使谜底的制作完美收官。本谜属于象声、会意与拆字混合体，使用了象声法、正面会意法、离合法以及谜面抵消法。本谜云迷雾罩，云谲波诡，需要借助别解的金睛火眼，方能识破玄机，洞烛真相。

# 第二节 猜灯谜的一般规律

　　文义谜是灯谜的主要表现形式,猜射者要根据谜面及谜目(有时还有谜格)文字的提示,开动脑筋,想方设法将隐藏于谜底的汉字揭示出来。猜射有一定难度的灯谜的过程,也是一个复杂的思维过程,由于猜射者的天赋条件、文化水平、知识储备、经验积累以及思考问题的角度与习惯等等各有差异,因而每个人的猜射过程也不尽相同。但不论怎样,掌握猜灯谜的规律是十分重要的。一般来说,应该注意如下七点:

## 一、牢记原则,决不"犯面"

　　我们在本书第四章已经说过,"面底不相犯"是灯谜一项基本原则。因此,猜射时必须有意识地不让你所设想的谜底的文字与谜面文字雷同,即使是有一个字相同也不可以。

## 二、别解思维,武装头脑

　　"别解方成谜"是灯谜另一项基本原则。猜射时一定要将"别解方成谜"这项基本原则铭记于脑海中,自始至终要紧握"别解"这把灵通宝剑,须臾不可离身。其实这道理很简单,一条灯谜如果丝毫没有别解,那么,其面底关系同语文范畴里的词语解释,又有什么区别呢?

## 三、吃透谜面,寻找线索

　　这就是说,对于谜面所表达的意思,要正确理解。对于以古诗词或典故为主的运典谜,要找出其出处,弄清其来龙去脉。一条灯谜的谜底,无论如何隐藏,总会在谜面上略露若干破谜的端倪,总不能让猜射者无从入手。猜射者必须抛弃惯性思维,以别解的眼光来审视谜面，努力从汉字的义、形、音三要素的可变性方面去发现破谜的线索。

## 四、识别谜体，判断方向

我们在本书第五章已经介绍过，作为灯谜的文字表现形式，亦即谜体，一般有会意、借代、拆字、象形、象声、拼音六种基本类型。但许多有一定难度的灯谜，并非属于单一谜体，而是属于混合谜体。这样，它们所使用的成谜方法，自然也打破了谜体的限制，彼此渗透，互相交叉。所以，在猜射某一条具体灯谜时，就需要开动脑筋，认真思考和判断：这条谜是属于单一谜体抑或混合谜体，它所使用的是单一成谜方法还是综合交叉的成谜方法，从而有的放矢地试用符合有关谜体特点的具体成谜方法去求索谜底。由于会意谜、借代谜及拆字谜是灯谜最常用的三大谜体，在灯谜中具有举足轻重的分量，故猜射时一般可先考虑这三大谜体及其所属的各种成谜方法。如无进展，则可扩宽思路，看看谜面是否暗藏有象形谜、象声谜或拼音谜的玄机。只要认真推敲，总会发现一些蛛丝马迹的。如果能够正确识别谜体和判断方向，可以说已经成功了一半，到达目的地只是迟早的问题。

## 五、挖出谜眼，找突破口

所谓谜眼，就是指在谜面中起关键作用的字眼，也是制谜者隐蔽谜底的机关所在。正因为如此，制谜者为了增加谜眼的隐蔽性，常常巧布疑阵，故弄玄虚，将谜眼埋藏于谜面最不起眼的地方。所以，猜射者此时必须使用"别解显微镜"，对谜面进行地毯式搜索，对那些在字义、字形或字音方面容易产生别解含意的文字，要特别关注。因为谜眼往往潜伏于这类文字之中。一条灯谜，如果被挖出了谜眼，那就意味着找到了突破口，顺藤摸瓜下去，也就离谜底不远了。

### 六、针对谜目，锁定谜底

谜目是对猜射范围的限定，谜底按规定必须是属于这个范围之内的东西，否则，即使你的谜底能够与谜面扣合，也不能算猜对，因为这是无的放矢。对于某些范围比较宽广或专业性较强的谜目，猜射者可以借助有关资料（如射虎必备或有关工具书）或网上搜索，对设定的谜底进行"验明正身"，如果面底扣合贴切，即可将谜底锁底。在这里应当指出，有些猜射者在有关谜目范围内检验谜底时，有时由于一时疏忽大意，没有严格把关，往往把某些扣合得不十分严谨的谜底，误以为差不多，就匆忙敲定，结果功亏一篑，从而使正确的谜底成了漏网之鱼。这个教训应引以为鉴。

### 七、此路不通，另辟蹊径

正如有句西方谚语所说：条条大道通罗马。当我们发现按照某一种思路猜不出谜底时，就要及时调整思路，切忌一条胡同走到底。也就是说，当猜射者发现可能对谜体及成谜方法判断失误，谜眼选择不当，或谜底可能没有使用自己所思索的那一种谜面别解时，就要果断改变思路，变换其他猜射角度和法门，以重新识别谜体，另选谜眼，或对谜面别解进行重新分析。这样一来，说不定会收获到"山重水复疑无路，柳暗花明又一村"的效果。

## 第三节　猜谜高手是怎样炼成的

当我们大致掌握了猜灯谜的一般规律之后，就算是已经迈进变化多端、波诡云谲的灯谜王国了。也就是说，我们已经从一个对灯谜一无所知的门外汉，转变成谜界的同道中人。但是，如果你想成为一名猜谜高手，还得走一段相当长的路，还得狠下工夫，千锤百炼，方能成功。一般来说，猜谜高手至少应当具备如下三种素质：

## 一、基础扎实，功底深厚

这就是说，应当具有坚实的灯谜基础知识，透彻了解"别解"是灯谜最本质的特征和灵魂，对于灯谜面底扣合的各种技巧以及五花八门的成谜手法了然于胸，全面掌握。所谓万丈高楼平地起，只要我们已经打造好坚如磐石的地基，何愁盖不起一座巍峨雄伟的灯谜摩天大厦？

## 二、知识丰富，兼收博采

陆游曾在赠其幼子的诗中写道："汝果欲学诗，功夫在诗外。"其实我们想要成为一名猜谜高手，功夫也在谜外。知识对于谜人，好像韩信将兵，多多益善。这是因为灯谜是以汉字为载体的中华传统文化，从理论上说，只要有汉字的存在，就会有灯谜的存在。灯谜虽小，却能把纷繁复杂的社会现象、五光十色的人间百态以及丰富多彩的文化科学知识反映于其中，简直称得上是一部袖珍版百科全书。灯谜涉及的范围非常广泛，天文地理、风土人情、文史经哲、理工医农、数理化生，从宏观世界到微观世界，几乎无所不包，因而也就要求猜谜高手要成为一个知识杂家。当然，能够成为一个无所不知的饱学之士固然好，但是，由于我们每个人的时间和精力有限，不可能也没有本事成为精通百行的专家。所以对于许多知识，"知其然"便可，不一定要达到"知其所以然"。在浩瀚的知识海洋中，我们只要掌握比较通俗和常用的那部分知识就基本够用了。对于新知识领域中的"热点"名词或用语，我

们应当尤其留意，因为这是人们比较关注的东西。我们不用了解其全部内涵，只要能记住其名称就 OK 了。总之，知识越多对猜谜越有利，我们要量力而行，既要学而不厌，又要学以致用，有所为，有所不为。

### 三、业精于勤，记忆力强

业精于勤，是指"三多"：多看谜、多猜谜、多制谜。

多看谜，是指不但要阅读或浏览谜书、谜刊、谜报，还要多看灯谜网络上面的有关谜作，尽可能博览群"谜"，以便开阔视野，兼收并蓄，根据自己的客观情况，尽可能多地参与到各种形式的猜谜活动中去。例如：一般报刊、电台或电视台举办的有奖猜射，内部谜报谜刊上的悬奖征射，谜友之间的互相猜射，有条件者亲自参加各地举办的灯谜会猜，等等。当然，最实用而方便的，就是猜网络灯谜。以灯谜为主题的网络、网吧、论坛、博客等等互联网平台，如雨后春笋般涌现出来，简直到了"乱花渐欲迷人眼"的地步。网上猜谜异常热闹，此起伏彼，就怕你没有这么多时间与精力去弯弓射虎了。

多制谜指勤于创作灯谜。其实，猜谜与制谜有着相辅相成的密切关系。在制谜过程中，作者要考虑和斟酌使用何种手法将谜材隐晦含蓄地表现出来，从而对各种制谜法门更为熟悉。我们不时碰到这种情景：在电控抢猜比赛中，有些相当新颖巧妙、看似难度颇大的谜题，有时竟被某些选手不假思索地一语破的，从而使许多灯谜爱好者在万分钦佩之余，又感到不可思议。其实，并非这些选手有何特异功能，这里面除了思维敏捷的因素之外，还因为他们对这些谜有"似曾相识"之感。也就是说，他们以前曾以相同或近似的谜面或谜底进行过创作，如今不期而遇，自然会灵光乍现,豁然开朗。对于这种撞到枪口下的"老虎",当然是"在劫难逃",活该"一命呜呼"。可见多制谜对于提高猜射者以快制胜的水平具有非同寻常的意义。

记忆力是指记住事物的形象或事情经过的能力。一般猜谜高手都具有记忆力强的特点,他们对于自己看过、猜过或制过的灯谜,都有极其深刻的印象。一旦在比赛时偶然与它们"狭路相逢",他们都会立马记得,从而对它们进行"秒杀"。应当指出的是,这里面固然有记忆天赋的重要因素,但也与他们平时在灯谜上狠下苦功密不可分。需知个人记忆的快慢和准确、牢固、灵活的程度,可能随其记忆的目的和任务、对记忆所采取的态度和方法而异;个人记忆的内容则随其观点、兴趣、生活经验而转移,对同一事物的记忆,个人所牢记的广度和深度也往往不同。还是老话说得好:一分耕耘,一分收获。这是一条颠扑不破的永恒真理。

对于电控抢猜高手而言,由于他们比一般猜谜高手更上一个台阶,所以光是上述这三项素质还不够,还必须多具备如下三项素质:

（一）抢猜灵感,敏锐过人

或者借用国内谜坛高手郭少敏先生的话,叫做"敏锐的思维爆发力"。一般猜谜高手也许在普通笔猜、谜人内部会猜或网上自由抢猜中表现十分出色,但一旦登上电控抢猜赛场,置身于那个刀光剑影、硝烟弹雨的战斗环境,或者面对其他选手频频按铃成功的凌厉攻势,可能有时自己的脑袋会突然一片空白,茫然失措;或者是思维迟钝,老是慢别人半拍。究其原因,就是自己的抢猜灵感还没有修炼到家。

电控抢猜,主要还是要抢,因为这胜利的机会稍纵即逝,只

第八章　灯谜的猜射方法

有比对手抢得快，才能有所斩获。作为电控抢猜高手，应该能使自己的头脑迅速启动，立刻进入状态。而要达到这个境界，就必须通过更多的实践锻炼和考验，在实战中逐渐了解和摸索抢猜的规律与窍门，不断积累成功的经验，吸取失败的教训。只有经过在赛场上长期努力的摸爬滚打，才能逐渐培养和磨炼出自己独具一格的抢猜灵感。

（二）临场发挥，胆大心细

也就是说，在电控抢猜过程中，既要做到大胆果断，又要思虑细致缜密，实现勇气与理智的完美结合。所谓艺高人胆大，急中生智谋！

由于电控抢猜只准选手思考极短的时间，而比较容易的谜题，常常被许多人同时想到谜底，因此要求选手脑瓜要灵，反应要快。如若稍一犹豫或迟缓，就会坐失良机，被别人捷足先登。这就需要选手大胆果断的勇气了。但是，由于答错要倒扣分，因而又要求选手必须判断准确，沉着冷静。在比赛中，我们经常发现有些选手由于求胜心切，操之过急，往往未看清谜面或谜目就急忙按铃，但等到站起来仔细看题时，才发现自己已铸成大错，急得搔首抓腮，满面通红，结果被扣了分。由此可见，电控抢猜固然要先下手为强，但下手之前必须心静神宁，要先看清楚谜面内容，并根据谜目范围胸有成竹地去追踪和捕获谜底。如果由于一时粗心大意而白白丢分，岂不冤枉？越是紧张的场合越应保持清醒的头脑，这无疑是一条宝贵的经验。总之，该出手时就出手，能找到最佳出击时机的人，才会是最终的赢家。

（三）心理素质，极其过硬

也就是说，要懂得胜败乃兵家常事，做到胜不骄，败不馁。

心理过硬主要指两种情况。一方面是临场不怯，满怀信心。电控抢猜大多在一个灯光耀眼、人头攒动的公共场所进行，有严格的比赛规则，供思考的时间极其短暂，选手在众目睽睽之下答题，答对加分，答错失分。面对这开赛前剑拔弩张的紧张气氛，如果一上场便胆怯，心神不定，精神紧张，怎能有上乘表现？一个战士只有精神抖擞、斗志昂扬，才能打出漂亮仗。参赛选手首要一条就是不怯场，要怀着"明知山有虎，偏向虎山行"的气概和胆略，英姿焕发，踌躇满志地投入到比赛中去。

另一方面，要有受挫不馁、力挽狂澜的大无畏气概。电控抢猜比赛场上往往有这种现象：当某位选手答错了一两道题之后，他立刻变得垂头丧气，一蹶不振，再不敢继续抢答，总怕答错又要扣分。其实，智者千虑，必有一失。在如此短促的时间内要想百发百中，谁也办不到。因此，猜错了不必大惊小怪，心里发怵，而是应当克服缩手缩脚、沮丧软弱等负面情绪，发扬不屈不挠的战斗精神，继续保持清醒的头脑，冷静地吸取教训，密切注视下一道谜题，竭力捕捉每一个良机，以积极健康的心态继续战斗，一碰到有把握的谜题就马上按铃抢答，誓将以前的损失夺回来！应当知道：当你变得无比坚韧顽强时，哪怕一时无法赢得应得的荣誉，但机会总是眷顾有准备者的，最后的胜利总是属于那些在失败中奋起直追者的！

天下无难事，只怕有心人。总而言之，只要你具备了一般猜谜高手应有的素质，又修炼成电控抢猜高手应有的特质之后，那么，总有一天，自然会达到"会当凌绝顶，一览众山小"的境界，从而实现在灯谜领域的飞跃！

第八章　灯谜的猜射方法

249

# 第九章　灯谜的制作方法

在前面几章里已经讲了灯谜的结构、灯谜的两项基本原则和灯谜常见的六大谜体等有关知识，只要搞清楚这些灯谜的基本原理和规则，进行灯谜制作已经不是太难的事情。

随着人们掌握了猜谜技巧，渐渐也会对灯谜制作产生兴趣。学会制作灯谜既可丰富灯谜园地，又能促进猜射水平的提高，相得益彰。

## 一、汉字的形、音、义是制作灯谜的三大要素

### （一）汉字的形

汉字是由笔画构成的，有些复杂的汉字又是由偏旁部首或者几个简单的字构成的，有上下、上中下、左右、左中右、内外等结构。

例如：中医到台南（8画字）　知

这条谜中"医"和"台"是核心字，"中"和"南"是指字形方位，把"医"字之"中"——"矢"、"台"字之"南"——"口"进行新的组合，便成了"知"字。制作这条谜用了字形方位法。

再如：点心留到最后（5画字）　叹

这条谜中"点"和"最"是核心字，"心"和"后"是指字形方位，取"点"字之"心"（中心部位）——"口"、"最"字之"后"——"又"组合，便成了"叹"字。此谜也是用了字形方位法。

还有：烁烁三星列，拳拳月初生（4画字） 心

谜面为两句古诗。"烁烁"，明亮闪烁之状；"拳拳"形容恳切，此处理解为弯曲貌；"月初生"，有拟人化成分，摹形为卧钩（月牙状），用以融入惜别之情烘托语境，于谜则取形扣；"三星"为三个点横列之状，三点与卧钩组成一"心"字。制作这条谜用的是汉字象形手法。

## （二）汉字的读音

汉字的读音是汉字魅力的重要组成部分，一字多音是中国汉字独有的文字特色。因其字音变化产生了灯谜的别解，在灯谜的法门中为"象声法"。

例如：看看像妈妈，听听像爸爸（4画字） 毋

谜底字形如"毋"（妈妈），听听字的读音又像"父"（爸爸）。这条谜就是既形似，读音又相似。

再如：织杼半融读书声（7画字） 纾

"织杼"两字各取一半："纟"、"予"，拼成"纾"，妙在谜面已经给你提示谜底字的读音："纾"（shū）与"书"同音。谜面中的"读书声"不可或缺，如果没有这三字提示，"织杼"各半还可组成"枳"字，势必产生一谜多底的现象。运用象声法制作，谜底只能是"纾"。

还有：听音好似今天七一（历史名词） 金田起义

这条谜谜面已经明确"听音好似"，说明用的就是象声法，"今天七一"，历史上哪一个历史名词的读音与此"好似"呢？查一下，毫无疑问就是"金田起义"了。

## （三）汉字一字多义

汉字一字多义是中国汉字独具魅力的重要表现形式。比如

"白"字,太阳之明为白,从"白"的字多与光亮、白色有关。本义:白颜色。它还有亮、明亮、纯洁以及地方话一义,如戏剧中的念白、道白等。有这样一谜:"道光(12画字)皖",谜底左边的"白"字就是舍弃本义白颜色,取其延伸义说话,与谜面的"道"(也是说话)相扣合;"光"取没有了、完了之意,与谜底右边的"完"字相对应。

不用本义,产生歧义,在正常的语文学习中是不许可的。但灯谜恰恰就是利用这个非本意来进行联想,成了灯谜的别解。

例如:一年只有五天在家(成语) 三百六十行

谜底"行"(háng)字本义是行业,但"行"又是多音字,扣合谜面用的是行(xíng)走的意思,一年三百六十天行走在外,那么在家只有五天,符合谜面的题意。

再如:红云(地理名词) 赤道

"红云"是气象名词,原意是红色的云彩。赤道是地球上重力最小的地方。赤道是一根人为划分的线,将地球平均分为南半球和北半球。这里把"赤道"分别解释为"赤":"红",是同义词;"道"有说话的意思,"云"也具有说话的含义,二字同义互换。此谜就是撇开谜面、谜底本义,运用汉字一字多义特点制作而成的。

还有:鲁迅全集(曲艺形式) 山东快书

这条谜必须把谜面分开解析,"鲁"字可以有"莽撞"、"愚钝"、"粗鲁"等多种解释,都与谜底无关,只有"山东"地名相互借代;"迅"(迅速)扣合"快";"全集"对应"书",这样一组合,本来风牛马不相及的谜底与谜面,就产生了必然的联系。

从以上列举的灯谜例子来看,掌握汉字的形、音、义,对于灯谜制作尤为重要,灵活地运用好三大要素,就能制作出符合灯谜规律的灯谜作品。

## 二、制作灯谜的关键是别解

灯谜的别解，顾名思义，也就是与谜底或谜面的本来含义有所不同的别种解释。书上的句子、口头的语言、事物的名称、人名、地名、术语、名词等等，其本身都有通常的含义。制谜偏要从它的字词里寻觅歧义，作出别的解释，以求产生意外的妙趣和谜味来，这就是"别解法"。

例如：窗外日迟迟（明代科学家） 徐光启

经过别解，谜底成了"日光开始慢慢地映进来"。本来谜底的"徐"字其本义就是姓氏，一经别解，取其"慢慢"之意，这样一来就有了趣味。

再如：声传海外播戎羌（商业单位） 音响世界

"音响世界"原意是指经营音响制品的商店，但入谜后，已将"音响"二字由名词别解为动词，其意境成为"其声响已传遍全世界"，与谜面意蕴一致，其扣合简洁明朗。

从以上列举的谜例来看，足以说明别解法在灯谜制作中的重要性。一条好的灯谜，其字、词的形、音、义产生歧义别解，就是关键所在。

灯谜为什么要别解呢？运用别解的目的就是有意布置的迷魂阵，让猜谜的人好像走进了迷宫，不动一番脑子即猜不出谜底。

下面再来讲讲"题面别解"。题面别解是指谜面采用现有成句或相对稳定的词句，利用句子中的一字或一词的歧义进行别解，从而使谜面整句本义发生质的变化。

例如：明月照前川（8画字） 肥

谜面系唐代诗人杨炯《夜送赵纵》诗句，原意是"一轮明月映照着前面的川水"。谜作者将"川"别解为古代四川东部的巴国，以"巴"代之，"明月"还用"月"字，如此一来，就成了"明

月映照在巴蜀大地"。这就是谜面中的"川"字别解成谜。

再如：江头宫殿锁千门（12画字） 阖

谜面系唐代诗人杜甫《哀江头》的诗句，原意是"曲江边的宫殿千门紧锁"。作谜时故意摒弃诗句原意，仅从字形部位着手。"江头"取"江"前头"氵"，特别是"殿"字尤为关键，不取诗句宫殿建筑原意，专门别解为"最后"之义，"官"的最后部分是"口"，再加上"千门"，就成了谜底。

还有：芍药花初吐（日用品带量） 三顶草帽

谜面系唐代诗人许景先《阳春怨》的诗句，原意是"芍药花第一次吐露出芬芳"。此谜抓住谜面"初"，"表示次序居第一"的字义，专指"芍药花"三字字序的第一位是三个草字头（艹），"吐"是露出来的意思，这样一来，"芍药花"初吐露，就是顶了"三顶草帽"。

## 三、制作灯谜的两个方面

制作灯谜一般情况下不外乎两个方面，一是以底谋面，也叫"与虎谋皮"；一是以面求底、求目。

### （一）以底谋面

先说说以底谋面。以底谋面就是先找出适宜的谜底，为它量身定做谜面。谜底选择是否适宜，有没有回互其辞的空间，谜底形、音、义有没有别解的余地，这是制作灯谜时必须首先思考的问题。

大凡制作灯谜往往从字谜开始，字谜制作是灯谜制作的基础。除了符号、数字等特殊的表现形式外，无论词语、诗句、物名等无不由独立的字组成。制作灯谜从字谜入手，可以先易后难，先简后繁，反复磨炼。

字谜凭借汉字的会意转注、笔画组合、摹状象形、同声多义等形、音、义方面的特点，相互交织，重叠组合，显示出无穷的灯谜魅力。

汉字尤其是古代汉字的形、音、义之间原本存在着一定的联系。传统上认为汉字是表意文字，形、音、义是统一的，汉字有见形知义的特点。有的字从字形可以联想到字义，如"人"、"山"、"火"；有的字可以从它的组成成分猜测出大致的含义，如"林"、"看"、"从"；有的字从它们的组成成分上可以大致推想出字义类属，如"江"、"河"、"湖"都跟"水"有关，"树"、"松"、"柏"都跟"树木"有关。

由于汉字特殊的方块结构，为字谜的千变万化提供了广阔的天地。仔细浏览一下，在字谜丛书中，到处可以看到：

外交：五方会谈（9画字）语

"方"用"口"替代，拼合为"吾"；"会"为连接词；"谈"以言字旁"讠"代替，组合而成"语"。

历史：二战胜利（14画字）兢

"二战胜利"会意为两次战斗都胜利了。"克"的含义：攻下、战胜、打败，两个"克"连在一起，与谜面吻合。

金融：十一存入人民币（8画字）幸

"¥"是人民币符号，加入"十一"即可。

农业：改变旧貌种庄稼（5画字）田

把"旧"字面貌改变，"旧"貌变后"种庄稼"，提示为"田"。

交通：马路中间画直线（5画字）申

"马路"指在象棋中马走的路线，是"日"，在"日"中间画直线"｜"。

环保：一人就可排污水（6画字）夸

"一人"组合为"大"，"排"去"污"字之"讠"成"亏"，再与"大"相连。

地理：江西连宁波（10画字） 涌

"江西"指江的西边"氵"，"宁波"简称"甬"。

体育：左边锋又进一球（8画字） 钗

"左边锋"指锋的左边"钅"，"一球"象形为"、"，进入"又"字里。

集邮：一张羊年四方联（8画字） 味

"未"是地支之一，与十二生肖"羊"对应，"四方"以"口"替代。

气候：春末有雨（7画字） 汨

"春末"指春的最下边"日"，"有雨"为"氵"。

水果：红樱桃（10画字） 唛

民间有樱桃小口的说法。"红"为"赤"；"樱桃"借代为"口"。

等等，不一而足。总之一句话，字谜包含的内容，可以说到了包罗万象的地步。字谜，让人们赏心悦目，使人目不暇接。

下面再以最常见的"一"字谜为例，看看都用了哪些创作方法进行制作，以便学习借鉴，触类旁通。

无尺土之封

减损法。一尺为"十寸"，和"土"在"封"字中都"无"了，剩下谜底"一"。

孤雁更云端

同义、象形、方位法。"孤"与"一"同义，雁阵有时为"一"字形，有时为人字形，"更云端"方位提示，三种手法并用。

独为天下先

同义、会意法。"独"与"一"同义，"天下先"会意为"一"。

现代诗人见闻多

嵌字取义法。谜底"一"字如果嵌入到"闻多"之中，就成了现代诗人"闻一多"。"现代诗人"提示取义。

春雨连绵妻独宿

减损、会意法。"春雨"，有雨则没有太阳，暗示"春"字无"日"，剩下"三人"；"妻独宿"说明"夫"不在，只有"一"了。

综上所述，制作灯谜从谜底着眼，从字谜入手，便于较快地掌握制作方法，渐渐地进入制作灯谜的大门。在此基础上，再去攻克常言、成语、俗语、新词语等谜底字数相对多一些的谜材。

请看下面的灯谜：

例如：丹青（世界名著）《红与黑》

"丹"和"红"同义，"青"即"黑"，"与"为连接词。

再如：香皂（世界名著）《红与黑》

"香"有吃香、走红之意，扣合"红"，"皂"为"黑"，"与"作为连接词。

还有：煤火（世界名著）《红与黑》

"煤"是"黑"色，"火"为"红"色，"与"作为连接词。

以上列举的灯谜制作，都是从单字入手，找出歧义字替代，便成了灯谜作品。

举了这么多的灯谜例子，可能有人会产生这样的疑问：那些容易制作的谜材别人都已经做过了，还怎么做呢？其实不然，只要你用心观察生活，留意生活中发生的新鲜事物，就会产生新的灵感，老底翻出新面。

2011年11月23日中央电视台《新闻联播》报道了云南省怒江拉马底索改桥的新闻，"连心桥"的建成，结束了两岸百姓祖祖辈辈"溜索过江"的生活。原来怒江两岸高山对峙，谷底水流湍急，一根溜索横跨在江两边，人们像鸟儿一样抓着溜索过江。

谜作者看到这一消息，联想到"溜索过江"的画面，就以此为面做谜："溜索"横在"江"面上，不就是个"一"吗？猜"汪"字，十分准确。无意之间为"汪"字谜增添了新的内容。

时代在前进，社会在发展，必然会涌现出新事物、新名词、新东西，这就为灯谜制作提供了取之不尽的素材，也必然为灯谜制作者提供了用武之地。即便是老的谜材，别人已经涉足过的谜面、谜底，只要用心钻研，反复推敲，也一定能制作出新的灯谜。

### （二）以面求底

如果说以底谋面，制作者是有意识地进行灯谜制作的话，那么以面求底，则是制作者无意识而为之。

在进行阅读经典作品、浏览唐诗宋词、咏诵妙文佳句、学习古文篇目时，包括看电视、读报纸等活动，你可能并没有想到要制作灯谜，但许多颇有谜境的文句、诗词、歌词等时不时在你眼前流动时，你会下意识地进行以面求底的灯谜制作。

当你读到唐代诗人张嘉贞的诗句"多才兼将相"时，必然会想到诗句中的多才之人既是将，又是相，文武兼备，猜一"斌"字，再合适不过了。

当你读到古代长篇叙事诗《孔雀东南飞》中的"东西植松柏，左右种梧桐"时，必然会将之和植树造林联系起来，"植松柏"、"种梧桐"是"绿化"，"东西"、"左右"指的是四"周"，用这一诗句猜植树造林名词——"绿化周"，扣合十分严谨。

电视上正在播放电视剧《江姐》，当"含着热泪绣红旗"的歌声和"绣红旗"的画面同步播出时，你看到的是江姐和姐妹们通过一针一线表达对祖国的热爱的诚挚情感。电视剧《在线爱》，不就是"含着热泪绣红旗"最好的诠释吗？

我国悠久灿烂的历史文化，几千年传承不衰的民俗民风，包含着中国人祖祖辈辈的聪明智慧。只要我们认真去学习、去挖掘，可以说灯谜创作的资源取之不尽，用之不竭。

## 四、制作灯谜的注意事项

猜谜是先由谜面想到谜目，再联想到谜底。制作灯谜要倒过来，先从谜底着手，后想谜面，再设谜目。谜面的制作是关键。制作灯谜时除了要遵守灯谜"面底不相犯"、"底面要别解"这两项基本原则外，另外一点需要注意的是谜面一定要成文。

### （一）谜面要求成文

谜面一定要成文，表达一定的含义。面不成文，就是缺乏猜谜的基本条件，严格地说，就不能成为谜。谜面除了一字作面之外，凡两个字以上的词句都应成文。

请看下面两条谜：

示土（单位） 合作社

一看便知，这谜面是为谜底故意硬凑的，"示土"二字看不明白，无法理解，不能成文，因此此谜不能成立。

斗语（文学名词） 格言

"斗语"语意不明，不知所云，不能成谜。

一条灯谜，除了回互适度、扣合工稳以外，谜面的文采也很重要。如古谜"远树两行山倒影，轻舟一叶水平流"（猜慧字），不仅构思巧妙，而且遣词文雅，谜面如画，给人以美的享受。

灯谜是文学艺术的一种特殊体裁，也是一种微型的文字表现形式，反映灯谜水平的因素一般来说，不在谜底而在谜面。这就要求制作谜面时一定要字斟句酌，尽量使谜面简练成文，避免生僻、冗长，语言要简洁明快。

在注重修饰谜面文采的同时，不可忽视谜面的思想性，一些低级、不健康的文字忌用，带有嘲讽取乐意味的语言尽量避免。

（二）表义应该正确

灯谜是供人猜射的，用字用词应当准确，以便使猜谜的人能正确理解谜意，揣度制谜人的制作思路，把谜猜出来。如果制谜离开了众所周知的字义、词义以及语法规范，猜谜者便无法猜了。

例如：盼天明（外国首都） 巴黎

"盼"望即"巴"望，以"盼"扣"巴"是可以的，但"黎"字只有"众多"、"黑色"、"黎族"的字义，单个"黎"字没有"黎明"的含义，所以不能与"天明"相扣。

连体人（电影） 分开怎能活下去

这条谜不合乎科学现实。"连体人"是部分人体组织相连的双胞胎。以前由于科学不发达，无法做人体分离手术，做了也不能存活，说"分开怎能活下去"是对的。但是随着科学技术的发展进步，现在已经可以成功地进行连体人分开、分离手术，并且存活下来，再说"连体人""分开怎能活下去"就不通了。

正月无初一（8画字） 肯

这条谜显然是为了应对谜底随意编造出来的。从古自今，哪一年的正月没有初一呢？这就严重违背了大自然的运行规律，不能为作谜而胡编乱造谜面。

（三）谜面不要抛荒

"抛荒"，在灯谜术语中指底面扣合时谜面出现了没有用上的闲字。一条好的灯谜应该是字字有着落，不能有闲字，反之，就叫"谜面抛荒"。

例如：儿童相见不相识（《聊斋志异》篇目）《顾生》

谜面中的"相见不相识"就可以扣合谜底"顾生","相见"扣"顾"（左顾右盼），"不相识"扣"生"（陌生）。但是面句中的"儿童"（主语）二字在谜底中没有对应的着落，抛荒了。

七仙女思凡（电影二）《希望》《在人间》

谜面中的"七仙女"三字在谜底中没有着落，属于闲字。只有"思凡"两字扣合谜底的含义。

淡扫蛾眉朝至尊（化工产品） 轻粉

谜面出自唐代张祜《集灵台》诗句，诗的原意是说虢国夫人不施脂粉去朝见君王，用谜面中"淡扫蛾眉"就可扣合"轻粉"，意思是说"轻"视涂脂抹"粉"，已经颇具谜味。这样一来，谜面中的"朝至尊"就是多余的闲字，抛荒的现象显而易见。

在制作灯谜时要想避免"抛荒"现象，杜绝闲字，就必须反复审视谜面与谜底，看看是否达到字字紧扣，词句踏实，做到了这一点，就会使自己的灯谜作品不致抛荒、没有闲字，符合灯谜制作的要求。

（四）褒贬务必适当

灯谜不仅有趣味浓郁的娱乐特点，而且也具有较大的宣传教育作用，有一定的思想性。因此，在灯谜制作时不能单单只考虑趣味和技巧，而忽略了谜面与谜底之间的褒贬关系以及社会宣传效果，应赋予它积极向上、健康阳光的思想内涵。内容悖谬、褒贬失调、有违意识形态和文明礼仪的灯谜，称为"面底褒贬失当"。

例如：热爱和平（国际名词） 冷战

此谜运用反扣法。谜面意思是热爱和平，反过来就是对战争的冷漠。然而谜底之间极不协调，没有必然的联系，使人很不舒服，容易造成误解。

遵守游戏规则（三字口语）耍无赖

单从灯谜角度解释此谜，是说"在玩耍时没有耍赖"，似乎与面意吻合。可从整条灯谜来看，有可能使人产生"遵守游戏规则"是故意撒泼、蛮不讲理、耍无赖的错觉。这样的底和面严重褒贬失当，是不可取的。

行善（成语）为非作歹

这条谜谜底采用顿读别解的手法，成为"为/非作歹"，使词义本义一下子走到了原意的反面。单纯从字词对应来看，扣合无可挑剔。然而底面连读，就会发现这种混搭是荒谬的。把"行善"与"为非作歹"等同起来，有悖公理，人们是无法接受和认同的。

尤其是为人名作谜时，褒贬关系一定要慎之又慎，先进人物无论底面都必须是正面的、褒义的，即便是一般人物也不能带有讽刺、丑化的成分。

灯谜的褒贬失当，是灯谜制作中的一大弊病。广东著名谜家郑百川在他的《谜病剖析》一文中写道："说它有毛病，是从社会影响这个角度来衡量。正如鲁迅先生在《文艺革命》一文中所言：'一切文艺，是宣传。只要你一给人看……就有宣传的可能。'所以制谜必须注意社会影响。沈阳已故谜家韦荣先多次著文批评这种褒贬不一（他称为'底面不投'）的谜作，指出其不良后果。"

（五）底面切勿倒吊

按照谜法来讲，谜面是小概念，谜底是大概念。所谓谜面倒吊，又称"倒葫芦"，即颠倒了谜面和谜底之间的大小概念。就像葫芦有大小两头，一般情况下小头在上（谜面），大头在下（谜底）。小概念为种概念，大概念为属概念。如果大小概念在底面的位置颠倒了，就叫"倒吊"。比如"颜色"是大概念，红、黄、绿、青、蓝、紫、白、黑都是小概念。

例如：双色线（食品二） 红丝、青丝

颜色种类有很多，"双色"不能专指"红"和"绿"。

**保护色**（汉代名将） 卫青

"色"是大概念，"青"是小概念。

**不同凡响**（中药） 神曲

谜面的意思是"不同于人世（凡）间的响声"，谜底作"神仙的歌曲"解释谜面。歌曲有声响，但有声响的不一定是歌曲。显然，此谜颠倒了歌曲与声响的从属关系，犯了"倒吊"的毛病。

倒吊，是初学灯谜制作的人比较常见的一种谜病，因为有时你只注意了一字或一词的从属概念关系，而忽视了另一字、另一词的大小概念。这时，不妨倒过来想一想，就有可能避免"倒吊"情况的发生。比如用"卫青"作面，猜动物学名词，谜底是"保护色"；"神曲"作面，猜成语，谜底是"不同凡响"，就可避免倒吊。

## （六）底面防止太泛

灯谜制作，要求必须扣合准确，变义别解。我们在为一则谜底谋面或者为一谜面求谜底时，都必须根据它的特性，充分利用词语固有的特点，产生变化，使谜面和谜底贴切吻合。如果以底求面若即若离，扣合局部，或以面扣底空泛浮浅，闲字过半，都是不可取的。底面太泛的灯谜就如喝白开水一样，淡而无味，毫无谜趣。

**现代家用电器**（四字常言） 前所未有

这条谜的主语是"家用电器"，其重点是"电器"，其余用词只是辅助而已。按理说谜底最应该扣合的是"电器"，但是恰恰没有。"前所未有"扣合"现代家"，已把谜底可用的字义全部用完了，单单是"电器"没有了着落，这是其一；其二，于情理也不通，"前所未有"的东西太多了，岂能只有"现代家用电器"？

人造卫星、宇宙飞船、嫦娥登月等等，都是前所未有的。这就犯了扣合空泛的毛病。

四加四（10画字） 积

"四加四"之"和"是"八"，"和"与"八"组合成"积"字，扣合上没有问题，谜也是成立的。问题在于"四加四"之外，五加三、六加二、七加一，它们相加的和都是八，从而犯了谜面太泛的毛病。如果把谜面改成"七一"，虽然也要用到数字换算法，但由于谜面给人的第一感觉是中国共产党的诞辰纪念日，数字有了新的含义，再猜"积"字，给人联想、思维的空间就大大增加了，又不至于陷入"底面太泛"的泥淖里。

扣合空泛的灯谜，因为没有一个一定的标准，人们对此的认识也不完全一致，容易产生分歧。但是，扣合要紧密，字字须踏实，已经成为人们进行灯谜制作时必须遵循的艺术规则。

（七）谜目力求准确

谜目，是给谜底限定的范围，也是让人知道猜什么，就像猜谜路上的路标，一看就知道往哪走。

最常见的字谜，在标注谜目时可以标明几笔画字，少于3笔画的字，可以标注"少笔画字"。

成语一般而言都由四个字组成，也有三个字和多字的，遇到这种情况时，要标明其字数。

俗语，是汉语语汇里群众所创造并在群众中流传，具有口语性和通俗性的语言，是通俗并广泛流行的定型的语句，反映人民生活经验和愿望。俗语也称常言、俗话。

常言一词，带有文言的色彩；俗话一词，则有口语的气息。

口语，多指日常会话的通俗语言，民间流传的口头语。

264

以上三种词语虽略有区别，但都贴近生活、贴近百姓，使用率极高，因而在灯谜中占有一定的比重。在标注谜目时要注意，如是地方俗语，要标明几字××地方俗语；口语、常言要标明几个字数，给猜谜的人提供较为清晰的指引。

新名词，多指社会上广泛流行的一些词汇，有一定的"时限"，无法界定清楚，包括当下流行的网络热词。在标注谜目时应尽量缩小时段，注明字数。

制谜时花费些时间和精力，把谜目范围划得准确到位，一些比较难以确定的谜目，动手去查一查再作定论，既是对自己作品的负责，也是对读者和猜众的一种尊重。比如，猜一商品，商品有日用品、化妆品、纺织品、家用电器、服装、食品等等，不一而足，应该把范围划分得小一些、准确一些。

人名谜在灯谜中是比较多见的，在标注谜目时更讲究。

例如：旱地行舟（宋代诗人）　陆游

此谜会意，"旱地"为"陆"，"行舟"为"游"，完全吻合。

但是以陆游为底的灯谜，谜目可标注为宋代人名、宋代诗人、宋人、人名等。这里只有"宋代诗人"最为准确，宋代人名、宋人、人名等都太空泛。

人名谜的谜底必须是大多数人熟悉的名人，要标明其朝代以及属于哪个领域，不能不分朝代、不分界别，眉毛胡子一把抓。

有一些历史名人，即便是没有上过学的人也知道屈原、岳飞、张骞等，其历史地位和知名度早已妇孺皆知，已经深深铭刻在人们心中。无论将其改编成何种文学艺术形式，如果使用的就是原来的名字，谜目一定不要离开此名人原有的历史定位，如"屈原"（古代爱国诗人）、"张骞"（西汉外交家），这样更利于被人猜到。

我国一些古典名著，被改编成各种文艺作品，如电影、电视、戏剧等。像中国的四大名著，因其在文学方面的显著影响而闻名于世，这是它们的"原生态"，已经到了家喻户晓的地步。作谜时谜目设为戏剧、电影、电视剧，也没有错，但却远没有它们的"原生态"深入人心，作谜时标注"古代文学名著"更好，更利于人们猜谜。

大多数灯谜是一谜一底，也有许多谜底是由两个或两个以上同类词汇构成的，如猜成语二、地名二、电影三等。这样标注谜目是可以的，也是合乎情理的，因为谜底都属于同一类别。

（八）认清字形字义

灯谜既是文字游戏，又是一种文化形式，无论谜面、谜目还是谜底，字都是根本。

有的汉字字形之间的差别非常细微，所表达的意义也不尽相同。

例如：语言美（10画字） 谁

此谜误把"谁"字看成是"讠、佳"的组合。以"语言"扣言字旁"讠"，"美"扣"佳"。其实"谁"字的右边是"隹"，读音为zhuī，说的是一种短尾巴的鸟。此处显然是把字形搞错了，不能成立。

**雷锋植树搞绿化（外国首都） 塔林**

这条谜采用借代手法，以"雷锋"扣"塔"，"植树搞绿化"会意为"林"。实际上这个"雷锋塔"不是杭州西湖南岸的"雷峰塔"（又名皇妃塔、西关砖塔）。问题出在误把此"锋"当彼"峰"，字搞错了，谜显然也是错的。

**车轮滚滚（单位） 动物园**

动物园的"园"不是圆圈的"圆"，这两个字不能混用。

把字形、字义弄错的原因主要是制谜时不认真查阅字典，对汉字字形结构不熟悉，仅凭想当然和固有的错误印象；再是为了迎合谜底而生造字、乱造字；更为严重的是，明知不对却陈陈相因，恶性循环，习惯成自然，这是灯谜中的通病。

南京已故著名谜家陆滋源先生说得好："灯谜，也可以说是从某种角度来研究文字的一种活动。如果把研究对象任意改变，使之符合自己的主观要求，这不是研究的本意。即便是把它说成'文字游戏'，那么它也是把文字作为前提的。为了纯洁祖国的文字，我们一定要纠正这一不讲文字规范化的倾向。"

（九）谨慎指事用典

运用历史典故、故事、事实制作灯谜是一种十分普遍的现象。这类灯谜谜味浓，有谜趣，知识性强，比一般灯谜深奥，因为它引用了某一典故或故事，猜射时有一定难度。

例如：草书天下称独步（四字常言） 素有盛名

谜面是唐代大诗人李白《草书歌行》的诗句，上句"少年上人号怀素"，诗仙赞叹的是中国书法史上领一代风骚的唐代草书家——怀素。他的草书称为"狂草"，用笔圆劲有力，使转如环，奔放流畅，一气呵成，与唐代另一草书家张旭齐名，人称"张颠素狂"或"颠张醉素"。谜底的"素"特指"怀素"，于史有据。此谜指事，说的就是怀素"狂草"有"盛名"的事实，指事清楚，有根有据。

运用这一方法制作灯谜，就要选用对于大多数人来说不是知识盲点的历史典故、历史故事和历史事实，简单来说，就是选用大多数人较为熟悉的事典。只有这样，作出的灯谜别人才能猜得出来。

在运用典故制谜时，必须尊重其历史原貌，实事求是。因为既称"典故"，并能一直流传下来，就一定有出处可查，即便是民间传说、民间故事，也是事出有因，约定俗成。决不能只为了面底相扣，任意杜撰，凭空捏造。

例如：劳动节刘皇叔成亲（排球术语）　五一配备

从成谜的手法来看，此谜似乎是借用《三国演义》刘备成亲这一事情拟制，"劳动节"扣"五一"，"刘皇叔"扣"备"，"成亲"扣"配"，好像丝丝入扣，但是犯了用典失实的毛病。这是因为刘备与孙权的妹妹成亲的大喜吉日，绝不会是劳动节那天。1889年7月14日，由各国马克思主义者召集的社会主义者代表大会在法国巴黎隆重开幕。会上，与会代表一致同意：把5月1日定为国际劳动节，又称"五一国际劳动节"。从时间上推算，劳动节是在刘备死了一千六百多年以后才诞生的，说刘备在"五一国际劳动节"结婚，岂非滑天下之大稽？

以上讲了制作灯谜的注意要点，概括起来就是灯谜制作要做到"五忌"。

1. 忌露面

（1）当谜底已经确定时，可能露面的字就要在谜面上处理，比如：悬崖勒马（国家名）危地马拉，"马"字就露面了。谜底的国家名是不能换字的，但谜面可以改成"悬崖勒缰"。

（2）当谜面已经确定时，重点就要在谜底上考虑，比如：一衣带水（服装名词）雨衣，"衣"字露面了。谜面是成语，不能改动，只有变动谜底，谜底换成流行服装，就没问题了。

（3）当底面都是成句时，首先考虑哪个可以将其中的字变动，比如：轻薄桃花逐水流（古代文学名词）花间派，"花"字露面了。谜底显然是不容改动的，只有谜面的"花"字可改成"红"字，"轻薄桃红逐水流"扣"花间派"，其义不变。

2. 忌呆直

灯谜要有点曲折、含蓄，不能太浅、太呆、太直，直出直入，不转弯子，浅、呆、直的毛病随处可见。

看看下列谜例，不用解析，其中之谜病，便可一眼看个明白。

木子（7画字）李　二月（8画字）朋　双木（8画字）林
文武（12画字）斌

这类谜太浅了，不用思考，一看便知道谜底，哪有一点谜味。

饭后休息（口语二）　吃饱了、没事干

日出而作（四字劳动人事用语）　晚上休息

白云深处有人家（五字房地产用语）　居住最高层

完全是词意解释，没有一点弯子，直来直去。

红颜永驻（四字常言）　面不改色

深心托素毫（电影）　笔中情

一只手拍不响（成语）　孤掌难鸣

谜的扣合呆板生硬，没有一点点转义。

### 3. 忌不通

不通即不成文理章程，不符语法，不合逻辑。谜面要能独立
成为一个单位，或者是一个字、一个词语，或者是一句完整的话，
以此来扣合谜底。谜底也必须是一个完整的字、词语或句子，切
不可用残缺不全的笔画部件和不相干的字（词）随意凑合。

不通的谜病，有文法方面的，也有逻辑推理方面的。

例如：面头（少笔画字）　一

谜面不知所云，显然不通。

小聪明（四字医学名词）　大便不通

谜面说的是小时候很聪明，到大了便不通了，毫无根据，牵
强附会。

天寒（三字地质名词）　地下热

此谜的意思是说天上很冷，地下就会很热，这样的推理，纯
属想当然，无法成立。

### 4. 忌多底

一条谜通常只有一个标准答案，如果出现两个或两个以上都可以和谜面扣合的答案，便叫做一谜多底。

例如：变态叶（5画字）"古"

"叶"字改变原有形态，成了"古"字。其实。"叶"字改变原有形态，还可以变成"田"、"甲"、"由"和"申"字。这就是多底谜。

再比如：丕（成语） 缺一不可

谜底别解为："丕"字缺少"一"，可以变成"不"字。但是，此谜还可猜"不一而足"，别解为："丕"字是由"不"及"一"字为其足而组合而成。也可以猜"一去不返"，别解为："丕"字如果去掉"一"字，那么"不"字也会返回来。

还有：床前明月光（字一）旷（此谜在不标注几笔画字的情况下，容易多底）

从上面的举例来看，一谜多底很容易形成，不可能杜绝，只能尽量避免。在制谜时要把握好谜材，以免多底现象发生。

### 5. 忌太绕

谜底和谜面的扣合，既要"隐"又要"显"，既要"婉"又要"正"。简单说，制谜不能太直，要有必要的弯子，但是弯子也不能太多。有的谜搞成一波三折的迷魂阵，一层意思再转一层意思，也不适合。所以说，曲折应追求，切勿过头。

例如：九天（市名） 包头

许多人看了此谜，都大呼不解。谜作者的思路大概是这样的：一旬为十天，"九天"是"旬"少了一"日"，剩下"勹"，而"勹"是"包"字的头部。本谜绕了三个弯子，搞得人一头雾水。

再比如：华夏灯谜（医学名称） 中风

"华夏"扣"中"，完全符合借代的谜法；但是"灯谜"扣"风"，则是多绕了弯子。灯谜有一别称为文虎，文虎也是一虎，虎对应"风"。据《易经》载："云从龙，风从虎。"在灯谜中通常都是"云可以扣龙，风可以扣虎"，已约定俗成。但是用"灯谜"扣合"风"，显然是重门了。

还有：消防队（音乐名词） 南管

这谜的扣合层次似乎是先想到"消防队"的责任是救火，又想到"火"在八卦方位中属"南"，于是就认定"消防队"是"南"的"管"者。这完全不合常理的说法，就是弯子绕得太多所致。

## 五、制作灯谜的常见步骤

一般情况下，制作灯谜都是先选谜底，再构思谜面，确定谜目。有时也有例外，比如读到优美的诗句、看到动人的剧情、听到悦耳的歌曲、见到流行的热词，都有可能刺激你的灵感。

制作灯谜的步骤简单来说，就是选底——标目——运法（灯谜法门）——拟面。

（一）选底

选底就是选择底材，这是灯谜制作的第一步。选定了一个底材，就是确定了要利用汉字形、音、义三大要素的改造，制作灯谜。因此，选择底材不宜过长，一般是字、词、短语或者成句，且应该是比较常见和熟悉的。在选字上，合体字优于独体字，能自然地将其分解为两三个字素者最佳。这类底字有早、请、池、树、峙、咪、舒、能等等。

总之，选底拟面可以自由设计，利用灯谜的各种法门去创作，犹如量体裁衣，根据穿衣人的身材去剪裁，才会合体。

第九章 灯谜的制作方法

（二）标目

谜底选定之后，仔细考查它属于哪个范畴，以此标注谜目。标目的目的有两个，从猜射角度来看，它指明了猜射的范围；从制谜的角度来看，它限定了底材的"原义"。制谜者可以利用它可能产生的歧义变化，进行灯谜创作。

（三）运法

运法，就是运用灯谜创作的各种法门。选好了底材，标好了谜目，接下来就是考虑用什么法门了。以底运法，巧用法门，运用各种不同的扣合技巧，用活汉字形、音、义三大要素。

（四）拟面

就是拟制灯谜的谜面。确定好用哪种谜法之后，接下来就进入到灯谜制作的最后一个步骤——拟面。谜法千变万化，技巧也各有不同，要根据选好的底材，做到既符合灯谜的基本原则，又不违灯谜制作的注意事项和忌讳，拟就出言简意赅、优美文雅的谜面，准确地扣合谜底，就算完成了灯谜制作的全过程。

1. 根据谜底创作谜面

谜底确定以后，要根据特点，包括字、词的若干含义，以及字形的结构组成等等，配上合适的谜面，然后根据谜面的特点、含义，加以分析和思考，再决定采用哪种成谜的方法，反过来说就是猜谜的方法。

2. 根据谜面创作谜底

根据谜面寻找合适的谜底制谜。在读书时或者进行其他活动时，看到、听到可以制谜的句子，或者刻意要把一些名句制成谜，就要根据选定的谜面内容去搜索合适的谜底。

对于一个谜底，我们可以运用增损离合，也可以运用会意、借代，也可以运用象形等手法，有时可以将多种手法熔为一炉，综合运用。我们要多角度、多方面地考虑一个底材成谜的可能性，不拘泥于一谜一法。

制谜、猜谜，是彼此联系的两个方面，制谜者应该考虑自己的猜谜对象，要为猜谜者着想，要以含蓄巧妙取胜，不应以"生涩"难人，更不应故意在故纸堆里断章摘句，故弄玄虚。因为无论是古时的隐语、廋词，还是今天的灯谜，其本意都是想让别人知道自己隐射的含义，从而猜出准确的谜底。这应该是灯谜艺术长盛不衰的真谛所在。

制谜、猜谜都需要知识面宽，要多读书、读好书，兼收并蓄，日积月累，对于灯谜法门就能驾轻就熟，熟练掌握了。

第九章　灯谜的制作方法

# 第十章　百科灯谜精选

## 一、字

| | |
|---|---|
| 路上有雨（字） 露 | 千言万语（字） 够 |
| 激战之前（字） 沾 | 黄昏前后（字） 昔 |
| 解闷散心（字） 门 | 秋前必到（字） 秘 |
| 开车出库（字） 广 | 提前支取（字） 技 |
| 千里相会（字） 重 | 提前参军（字） 挥 |
| 鞋不沾土（字） 革 | 去掉一笔（字） 云 |
| 果断有力（字） 男 | 移山造田（字） 画 |
| 院前房后（字） 防 | 一齐举手（字） 挤 |
| 优先加分（字） 份 | 把手放下（字） 巴 |
| 用人不疑（字） 言 | 人人进庄（字） 座 |
| 作文入门（字） 闵 | 愧不用心（字） 鬼 |
| 消灭蚊虫（字） 文 | 千古一绝（字） 估 |
| 加上两个（字） 筘 | 少到河边（字） 沙 |
| 损失不小（字） 夸 | 半册多点（字） 丹 |
| 寻根而来（字） 耐 | 猜着一半（字） 睛 |
| 复习一番（字） 翻 | 提前到京（字） 掠 |
| 一生刚正（字） 止 | 努力下去（字） 奴 |

清除污水（字）　亏

你丢人啦（字）　尔

抹去泪水（字）　目

倒数第一（字）　由

树中有鸟（字）　鸡

主动一点（字）　玉

生日聚会（字）　星

又到国庆（字）　圣

又来一只鸟（字）　鸡

思想不集中（字）　忿

地皮也刮去（字）　坡

手牵着妈妈（字）　拇

两点有人来（字）　火

男的都认识（字）　姓

给栏加个桩（字）　样

二小队集合（字）　除

下面的不说（字）　让

村中又绿化（字）　树

人来鹊鸟飞（字）　借

横山一姑娘（字）　妇

又到我身边（字）　叙

鲫鱼游走了（字）　即

一手推倒山（字）　扫

思想开小差（字）　忿

疑是地上霜（字）　胱

抽劳力植树（字）　荣

要负责到底（字）　婴

登机上北京（字）　杭

拉她也不来（字）　接

篷顶被刮走（字）　逢

牛过独木桥（字）　生

想了三十天（字）　腮

有水才能活（字）　舌

还不去剃头（字）　递

有三点进步（字）　涉

只怕不用心（字）　白

画中不是田（字）　十

口字小一点（字）　京

从来不落后（字）　丛

身背一张弓（字）　躬

放假前有雨（字）　霞

迷信害死人（字）　谜

留下一片心（字）　思

街中有人来（字）　佳

两点到首都（字）　凉

在粮站左边（字）　粒

见人就变大（字）　一

你答对一半（字）　符

选日子进厂（字）　厚

俺大人不在（字）　电

葵花的习性（字）　晌

一撇一竖一点（字）　压

第十章　百科灯谜精选

275

本来就不聪明（字）　竹
朋友来了一半（字）　有
何物不怕火炼（字）　镇
一加一不是二（字）　王
也有你的一半（字）　他
故意多写一撇（字）　敌
翻个筋斗就干（字）　士
问君吃喝可有（字）　口
一一走出园中（字）　四
移左边到右边（字）　利
春节后大扫除（字）　二
抓住一点机遇（字）　杭
一一爬上山腰（字）　击
一减一不是零（字）　三
广字加了两点（字）　疗
兄无儿，妹无女（字）　味
挖西边，补东边（字）　扑
他也去，怎放心（字）　作
哥一半，你一半（字）　何
宝玉去，她也去（字）　安
妇女解放翻了身（字）　山
桌椅箱柜都不差（字）　木
爹有一半不算多（字）　父
游子方离母牵挂（字）　海
高尚品格个个有（字）　口
一手抓起两块土（字）　挂

草木之中有人来（字）　茶
用手遮住半边脸（字）　掩
塔边挖土又除草（字）　合
点心之中有点心（字）　回
毕业之后又相逢（字）　圣
码头对面山重山（字）　础
山上必有宝玉藏（字）　密
睁眼相看瞧见它（字）　目
来日一定成明星（字）　腥
成功来自凝聚力（字）　工
此木做不得栋梁（字）　柴
毁坏森林会后悔（字）　梅
秋后重逢在西湖（字）　淡
头戴破帽来购物（字）　买
争取十二月团聚（字）　静
果木砍伐山形变（字）　画
跑在后面被雨淋（字）　雹
小心跌倒碰着头（字）　买
你先我后进了门（字）　阀
心字上面减少两点（字）　感
主动奉献一点爱心（字）　宝
请字开头，谢字结尾（字）　讨
加倍不少，加一不好（字）　夕
人有它大，天没它大（字）　一
一只黑狗，不叫不吼（字）　默
卧在旁边，藏在中间（字）　臣

洪水退后，粮先运到（字）　粪

难找一半，却很好看（字）　戏

出工出力，做出成绩（字）　功

加上四点，变成一点（字）　占

拆除一点，增加三点（字）　浙

查看结果，杳无踪迹（字）　一

二小二小，头上顶草（字）　蒜

孩子换马，心里害怕（字）　骇

一字三直，高与天齐（字）　矗

集中一点，猜卜不算（字）　虫

一贯用心，习以为常（字）　惯

古貌一变，绿荫一片（字）　叶

一大一小，猜尖错了（字）　奈

四面栅栏，请勿入内（字）　囫

乡下大变，蚊虫不见（字）　纹

两个方洞，一棍穿通（字）　串

买有卖有，人人都有（字）　头

去掉葱头，丢掉葱尾（字）　匆

既要主动，又要大方（字）　国

上边留一半，下边加一半（字）　男

你没有他有，天没有地有（字）　也

一字有六笔，笔笔是斜的（字）　众

自小在一起，目前少联系（字）　省

此字生得丑，一耳八张口（字）　职

别看土堆小，风来到处跑（字）　尘

要是一离开，火就冒出来（字）　灭

第十章　百科灯谜精选

277

虫儿也做工，彩桥架空中（字）　虹

头上戴顶帽，忠诚又可靠（字）　实

竹子添撮毛，说话它代劳（字）　笔

石头真奇怪，水上浮起来（字）　泵

有心记不住，有眼看不见（字）　亡

九字巧改造，不知是多少（字）　几

一直五个点，老家在云南（字）　滇

一个接一个，下官紧跟着（字）　管

林字多一半，别当森字念（字）　梦

瞪着眼睛瞧，哪个都不少（字）　目

一字有千口，我有你也有（字）　舌

天下一条虫，吐丝又结茧（字）　蚕

厂内养条狗，实在让人烦（字）　厌

哥哥不肯坐，工作争着做（字）　竞

日月一齐来，别把明字猜（字）　胆

只因自大一点，惹得人人讨厌（字）　臭

有言不说谎话，有土不是乡下（字）　成

左边加一是一千，右边加一是一百（字）　伯

两个月字不分开，不能当做朋字猜（字）　用

三面是墙一面空，一条毛巾挂当中（字）　匝

存心不让出大门，你说烦人不烦人（字）　闷

站在两个太阳旁，反而不见有光亮（字）　暗

一个字，山连山，猜不到，去外边（字）　出

画时圆，写时方，冬天短，夏天长（字）　日

两棵树，并排栽，着了火，烧起来（字）　焚

一个字，尾巴弯，虽有用，扔一边（字）　甩

一个字，有五画，在码头，在岩下（字）　石

两只角，嘴巴多，跟着它，唱支歌（字）　曲

一个字，千张嘴，要想活，给它水（字）　舌

大门开，有客来，先脱帽，再进来（字）　阁

藏宝盒，方又方，一块玉，放中央（字）　国

两张弓，放两旁，一粒米，中间藏（字）　粥

断一半，接一半，接起来，还是断（字）　折

姐姐有，哥哥无，妹妹有，弟弟无（字）　女

一个字，真稀奇，池中没有水，地上没有泥（字）　也

一个游水，一个吃草，合在一起，味道真好（字）　鲜

两块木牌，钉成并排，告示一下，不准往来（字）　禁

一个姑娘，一个老汉，两个一起，给哥做伴（字）　嫂

一间小屋，一道大门，猜不出来，向我垂询（字）　问

海边无水，种树一棵，开花没叶，会结酸果（字）　梅

上面能产粮，下面能盖房，上下在一起，请你尝一尝（字）　果

一字真奇怪，帽儿头上戴，只有八字胡，五官全不在（字）　穴

宝盖在上边，八字在中间，用力支撑起，没有一分钱（字）　穷

安字去宝盖，不作女字猜，要说这个字，一点也不坏（字）　好

一字一尺一，不用仔细量，你要不相信，庙里问和尚（字）　寺

门儿没关严，虫儿钻里边，问它去哪里，它说到福建（字）　闽

看去是五人，实际就一个，要是猜不着，请你想想我（字）　吾

一条船儿小，货物载得少，只能装一斤，还不往远跑（字）　近

有手肩上担，有眼看得远，有脚蹦得高，有木猴喜欢（字）　兆

一字好古怪，头上用草盖，九颗小豆豆，三根豆芽菜（字）　蕊

下面跑千里，上面嘴巴多，你若猜着了，可别这样做（字）　骂

一撇不成字，又来添两笔，秋后揭晓时，请在图中觅（字）　冬

**灯谜一点通**

上面一顶帽，下面火在烧，谁要遇到它，那可真糟糕（字）　灾

一点一横短，两点一横长，要是猜不着，请你站一旁（字）　立

池中水放干，地里土被迁，驰马去追赶，他人已不见（字）　也

林字取一半，不作木字猜，究竟是什么，请你查朝代（字）　宋

上有四个口，下有一条心，要想猜到它，必须动脑筋（字）　思

一点一横长，中间是个框，下头也不大，却能驻中央（字）　京

前头两小孩，后头两小孩，一顶草帽儿，共同戴起来（字）　蒜

左边有太阳，右边有太阳，立在太阳上，却不见光芒（字）　暗

横着两根柴，竖着两根柴，小二跳进去，小八跳出来（字）　其

一虫真勇敢，爬到土堆前，庄稼见了笑，害虫吓破胆（字）　蛀

两只小小虫，力量大无穷，头上顶三人，顶到太阳红（字）　蠢

京城一条鱼，大得真出奇，不在江河游，出没海洋里（字）　鲸

一物怕见猫，一物怕挨刀，两物在一起，成了乖宝宝（字）　孩

上面往下掉，下面正需要，上下到一起，听了吓一跳（字）　雷

左边有十八，右边有十八，下边多一半，你说是个啥（字）　梦

中间身子直，右边两处驼，头上一只眼，文人家里多（字）　书

有耳能听到，有口能请教，有马就猛冲，有心就烦恼（字）　门

一直两个点，一直两个点，要想猜着它，你得小心点（字）　慎

小屋四四方，不见门和窗，有人犯了法，把他往里装（字）　囚

花园四四方，里面真荒凉，只有一棵树，种在园中央（字）　困

一字有四笔，笔笔是斜的，你若不知道，爸爸告诉你（字）　父

左边可盖房，右边可装粮，左右合一起，拿它保边疆（字）　枪

一人戴草帽，站在大树梢，为了待客人，就往水中跳（字）　茶

一点一横长，乡下变了样，种着一方田，放牧马牛羊（字）　畜

这边多一半，那边补一半，要想猜着它，别在里边转（字）　外

两个合一起，猜竹不允许，要问为什么，我来告诉你（字）　答

280

一字三字拼，口内贴着金，不是盘和碗，不是瓢和盆（字）　锅

看去是件皮衣，实际不能穿起，等你睡觉之时，遮住你的身体（字）　被

有人装模作样，有病难卧难躺，有木一般不卖，有气万众分享（字）　羊

看着似乎心平，实际很不安宁，好像怀揣兔子，胸中跳个不停（字）　怦

长脚一瘸一拐，加水一起一伏，添土倾斜不平，遇石粉身碎骨（字）　皮

上看彬彬有礼，下看牙牙学语，上下一起来看，要你小心注意（字）　警

我在大字之巅，大字在我下面，腰挂葫芦一个，无人不把鼻掩（字）　臭

一人可猜一字，猜大猜何不算，谁能猜到谜底，必然身手不凡（字）　奇

左边能射空中鸟，右边能把东西咬，左右两边一起看，一看你就明白了（字）　知

一头小羊摆摆尾，长了羽毛自由飞，生活当中不可能，只当字谜猜一回（字）　翔

奇怪奇怪真奇怪，出个谜语女生猜，一家至少有一个，全国一共才几百（字）　姓

三人相叠分不开，二人在下将它抬，五人合作在一起，一支曲子弹出来（字）　奏

一人长得瘦又长，一把弯弓腰里藏，一位妇女旁边站，模样长得像亲娘（字）　姨

海口夸得高过天，不知身旁有人言，难怪别人批评你，总是

跟在错后边（字）误

　　没有鼻子没有眼，牙齿长在耳朵边，一看就知不正派，及时改正还不晚（字）邪

　　田上长出一棵苗，旁边有水经常浇，生产生活离不了，看看谁能猜得到（字）油

　　有一有二又有三，中间一笔连成串，笔画虽少分量重，它若出现粮如山（字）丰

　　四个小口连成方，端端正正放心上，你若一时猜不出，请你仔细再想想（字）思

　　两个幼童去爬山，没有力气上山巅，回家又怕人笑话，躲在山中不回还（字）幽

　　一个方框向右开，不让进来非进来，自古它与土结缘，祸害百姓一代代（字）匪

　　有间房子不寻常，建在一条小溪旁，门外下着毛毛雨，门里藏着小太阳（字）涧

　　宝盖下面必有虫，原料选自百花丛，香甜可口赛白糖，滋补身体谢工蜂（字）蜜

　　一个口袋真奇怪，装个大字出不来，压在心上甩不掉，得到好处莫忘怀（字）恩

　　两个不字手拉手，一个不字出了头，有人用它来沏茶，有人用它来盛酒（字）杯

　　一个院子四方方，可惜只有三面墙，院前插上竹竿子，院内住的是小王（字）筐

　　草字头下一小笔，口字挤在北字里，下边还有四个点，春天一到返故里（字）燕

## 二、礼貌用语

1.熄灯（礼貌用语，2字） 关照

谜底别解为"关"闭"照"明。

2.百花凋零（礼貌用语，2字） 多谢

百花凋零,很"多"花儿都凋"谢"了。"谢"字已经别解作(花或叶子)脱落的意思。

3.永不低头（礼貌用语，2字） 久仰

4.一定不轻（礼貌用语，2字） 保重

5.秤准量足（礼貌用语，2字） 保重

6.只看不买（礼貌用语，2字） 光顾

7.脱身为妙（礼貌用语，2字） 走好

8.夜深人静（礼貌用语，2字） 晚安

9.司机辛苦了（礼貌用语，2字） 劳驾

10.不少也不轻（礼貌用语，3字） 多保重

11.无法答下联（礼貌用语，3字） 对不起

"对"指对对联。谜底别解为联句对不起,对不上来。

12.举杯邀明月（礼貌用语，4字） 敬请光临

"举杯邀明月,对影成三人"是唐代李白《月下独酌》一诗中的名句。谜底别解为敬酒请光明的月亮到来。

13.花落知多少（礼貌用语，2字） 感谢

唐代诗人孟浩然《春晓》诗云:"夜来风雨声,花落知多少。"作者"感"慨于花的凋"谢",不知花落有多少!

14.见先进就学（礼貌用语，3字） 老师好

谜底别解为老是学习好的。

15. 莺语落花中（礼貌用语，2字） 鸣谢

谜面是一句唐诗。"莺语"在"鸣"叫，"落花"即凋"谢"。

16. 黎明静悄悄（礼貌用语，2字） 早安

17. 少数人减肥（礼貌用语，3字） 多保重

18. 第二次握手（礼貌用语，2字） 再见

19. 小两口睡懒觉（礼貌用语，3字） 对不起

20. 绝不短斤少两（礼貌用语，2字） 保重

21. 早晚餐无佳肴（礼貌用语，3字） 中午好

22. 一贯见贤思齐（礼貌用语，3字） 老师好

谜底别解为老是仿效、学习好的。师，仿效、学习。

23. 子女把你记心上（礼貌用语，2字） 您好

"子女"合为"好"，"你"记"心"上，成"您"字。

24. 东风无力百花残（礼貌用语，2字） 多谢

谜面是唐代诗人李商隐诗句。暮春时节，东风力尽，百花凋残，会意扣合谜底"多谢"。

25. 繁红一夜经风雨（礼貌用语，3字） 多谢了

"繁红一夜经风雨，是空枝。"唐代皇甫松《摘得新》词句。繁花尽凋零，"多谢了"。

26. 常赴宴席易发胖（礼貌用语，4字） 请多保重

宴"请""多"了，"保"证会发胖增"重"。

27. 太阳出来暖洋洋（礼貌用语，4字） 光临寒舍

"太阳出来"扣"光临"（阳光照临），"暖洋洋"扣"寒舍"，"舍"别解为舍弃。

28. 白天不做亏心事（礼貌用语，2字） 晚安

俗语说："白天不做亏心事，半夜敲门心不惊。"谜底会意为夜晚心里安宁。

29. 精彩节目后登台（礼貌用语，3字） 晚上好

30. 儿童入学不宜迟（礼貌用语，3字） 早上好

31. 太阳出来喜洋洋（礼貌用语，4字） 欢迎光临

32. 愿教青帝常为主（礼貌用语，3字） 不要谢

"愿教青帝常为主，莫遣纷纷点翠苔。"谜面诗句出自宋朝朱淑真《落花》诗。古代神话中，青帝是掌管春天的神。谜底别解为"不要"花儿凋"谢"。

33. 风打着门来门自开（礼貌用语，3字） 没关系

谜面说明门没有关闭系紧，"没关系"。

34. 节约用电，随手熄灯（礼貌用语，4字） 请多关照

# 三、节日名称

节日灯谜，谜底有的带有"节"字，有的不带"节"字，有的还是节日的简称，比如"八一"、"十一"等。谜底的"节"字本指节日，入谜后常作以下别解：节俭、节约；节除、去掉；节操。

1. 发（节日名称，3字） 泼水节

"泼"字的"水"（氵）节省掉，余下"发"字。

2. 工段（节日名称，3字） 劳动节

"工"（工作）对应"劳动"，"段"扣合"节"，把"节"别解为量词，一节即一段。

3. 釜底抽薪（调首格·节日名称，3字） 火把节

标注"调首格"的灯谜，谜底至少三字，须将前两字位置对换方能扣合谜面。本谜底按调首格的规定把字序调整为"把火节"后即与谜面内容呼应。"节"别解为节除、去掉之意。

4. 日复一日（节日名称，2字） 重阳

谜面之"日"，别解为太阳，故扣谜底"重阳"。

5. 马年伊始（节日名称，2字）端午

"马年"对应地支"午"，"伊始"会意扣合"端"（开端、开始）。

6. 排名之前（节日名称，2字）除夕

"排"字由排列别解为排除之意。排除"名"字前半部分（夕），是除"夕"。

7. 清明造林（节日名称，3字）植树节

"清明"即清明"节"，"造林"必"植树"。

8. 真空之中（节日名称，2字）三八

9. 毕业之后（节日名称，2字）十一

10. 自学成才（节日名称，3字）教师节

11. 公平在先（节日名称，2字）八一

12. 爸爸不浪费（节日名称，3字）父亲节

13. 园中旧貌改（节日名称，2字）元旦

14. 勤俭不可忘（节日名称，3字）记者节

谜底别解为要记住的是节俭。

15. 可杀不可辱（节日名称，3字）护士节

"士可杀不可辱。"谜底别解为要保"护"住"士"人的"节"操。

16. 颁布裁军令（节日名称，3字）教师节

17. 空中大飞人（节日名称，2字）八一

"空"字中间是"八"，"大"字飞掉"人"还剩"一"。

18. 不忘这一段（节日名称，3字）记者节

谜底别解为记住的是这一节（即这一段）。"节"别解作了量词。

19. 八一节之夜（节日名称，2字）七夕

"节"字别解为节省。"八"节去"一"为"七"。"夜"会意为"夕"。

20. 改革的火种（节日名称，2字）中秋

"改革"示意要作变化。"火种"二字拆拼，便可成为"中秋"。

灯谜一点通

21. 整肃部队纲纪（节日名称，3字） 建军节

谜底别解为建设军队的节操。

22. 久仰尊翁高德（节日名称，3字） 敬老节

"节"别解为"节操"。谜底即理解作敬慕这老人的节操。

23. 小朋友要勤俭（节日名称，3字） 儿童节

24. 不能浪费人力（节日名称，3字） 劳动节

25. 进园内但无人（节日名称，2字） 元旦

26. 降低育林成本（节日名称，3字） 植树节

27. 自幼学会俭省（节日名称，3字） 儿童节

28. 千里孤帆日边来（节日名称，2字） 重阳

"千里"合为"重"；"孤帆"象形作"阝"，与"日"组合成"阳"。

29. 数九寒天啃甘蔗（节日名称，3字） 寒食节

"数九寒天"自然"寒"冷；"啃"是在"食"用；"甘蔗"引出"节"，指一节节甘蔗。

30. 从不乱花压岁钱（节日名称，3字） 儿童节

31. 省吃俭用孝双亲（节日名称，3字） 敬老节

32. 依山而立看日出（节日名称，2字） 端阳

33. 三人度日总俭省（节日名称，2字） 春节

"三人"与"日"合成"春"，"俭省"扣合"节"，意为节俭。

34. 十一大典不铺张（节日名称，3字） 国庆节

"十一大典"扣合"国庆"，"不铺张"扣合"节"。

35. 四季只有夏秋冬（节日名称，2字） 春节

四季春夏秋冬。现在只有"夏秋冬"，"春"被节除了。

36. 边疆姑娘爱勤俭（节日名称，5字） 国际妇女节

"边疆"会意扣"国际"（别解为国土边际），"姑娘爱勤俭"扣合"妇女节"（妇女节俭）。

37. 入伍之后要上进（节日名称，2字） 五一

"伍"字之后是个"五"，"要"字上头可取"一"。

38. 傻瓜也不会浪费（节日名称，3字） 愚人节

"傻瓜"扣合"愚人"（愚蠢之人），"不会浪费"对应"节"（节俭）。

39. 同心改革心不愁（节日名称，2字） 中秋

"同心"指"同"字中心的"一口"，"改革"它，笔画移动可变成"中"；"心不愁"扣合"秋"，指"愁"字不要"心"，余"秋"。

40. 虚心方知天下大（节日名称，2字） 七一

"虚"字之心为"七"，"天"字下掉"大"余"一"。

41. 园中上空月当头（节日名称，2字） 元宵

"园"中是"元"；上"空"取"宀"，与"月"和"当"字头部的"⺌"组合起来，得到"宵"。

42. 又逢十一话延安（节日名称，2字） 圣诞

"又"逢"十一"，合成"圣"；"话"会意为"言"，以言字旁"讠"替代，再把"延"字安放上去，构成"诞"。

43. 抛砖引玉，广交天下（节日名称，2字） 国庆

"砖"象形为方框"口"，引进"玉"，组装成"国"；"广"与"天"下的"大"字组合，为"庆"。

44. 决赛之前，饱餐一顿（节日名称，2字） 寒食

"决赛"之前，分别取"决"字左边两点和"赛"字上面部分，组合出"寒"字；"饱餐一顿"会意为"食"。

45. 为官廉洁，不搞暗的（节日名称，2字） 清明

"为官廉洁"是清官，扣出"清"；"不搞暗的"反扣"明"。

46. 我爹爹像松柏意志坚强（节日名称，3字） 父亲节

谜面夸耀"父亲"意志坚强有气"节"。

47. 波澜誓不起，妾心古井水（节日名称，3字） 妇女节

谜面出自唐代诗人孟郊的《烈女操》。谜底"妇女节"别解作妇女有节操。

48. 三人明月下，花前柳畔会（节日名称，2字） 春节

"明"字的"月"下去，余"日"，与"三人"组合成"春"；"花"前为"艹"，与"柳"畔之"卩"相会，构成"节"。

## 四、教育名词

1. 羽（教育名词，2字） 复习

"羽"字是由"习"重复而构成的，是复"习"。

2. 月（教育名词，2字） 期末

"月"在"期"字后面，是末尾部分，"期"末。

3. 童子军（教育名词，2字） 幼师

"童子"扣合"幼"，"军"扣合"师"，把"师"别解为军队。

4. 好八连（教育名词，2字） 师范

"师"别解为军队，"范"指模范。好八连是军队中的模范，故扣"师范"。

5. 有书为证（教育名词，2字） 文凭

有"文"字作为"凭"证。

6. 不冷装冷（教育名词，2字） 寒假

"寒"冷是"假"的，装的。

7. 老师出题（教育名词，2字） 考生

老师出题，考的是学生。

8. 律师授课（教育名词，3字） 教学法

谜底顿读为"教／学法"，教人学习法律知识。

9. 攻读史书（教育名词，2字） 学历

谜底别解为学习历史知识。

10. 事不宜迟（教育名词，2字） 早操

11. 官居一品（教育名词，2字） 职高

12. 飞行测试（教育名词，2字） 高考

13. 提前入学（教育名词，2字） 早读

14. 揭开面纱（教育名词，2字） 启蒙

15. 文笔不畅（教育名词，2字） 板书

16. 偶尔一聚（教育名词，3字） 平时分

17. 呱呱坠地（教育名词，2字） 新生

18. 弟子明白（教育名词，3字） 学生会

谜底别解为学生已经会了。会，理解、懂得。

19. 父母须知（教育名词，3字） 家长会

谜底别解为家长必须会的。

20. 别了清华（教育名词，2字） 分校

"别了"扣合"分"（分别），"清华"指清华大学，是学"校"。

21. 岳母刺字（教育名词，2字） 背书

岳母是在岳飞"背"上刺字"书"写的。

22. 万寿无疆（教育名词，3字） 特长生

万寿：万年长寿。疆：界限。谜面意为万年长寿，没有止境。旧时常用为祝颂帝王之辞。谜底应顿读成"特/长生"，特别长生不老之意。

23. 测试时间（教育名词，2字） 考点

谜底别解为"考"试的钟"点"。

24. 暑期展销（教育名词，3字） 夏令营

"暑期"扣"夏令"（夏季）；"营"本指营地，现别解为营业。

25. 爷爷讲学（教育名词，3字） 公开课

"爷爷"扣合"公"，"讲学"是"开课"。

26. 话说宝岛（教育名词，2字） 讲台

台湾是祖国的宝岛。"话说宝岛"，讲的是台湾，"讲台"。

27. 允许调查（教育名词，3字） 准考证

谜底顿读为"准／考证"，准许考证。

28. 旧的都认识（教育名词，2字） 新生

29. 学生后入场（教育名词，4字） 先进教师

30. 从早造到晚（教育名词，3字） 全日制

31. 何时销冷饮（教育名词，3字） 夏令营

32. 言师采药去（教育名词，3字） 留学生

"松下问童子，言师采药去。"谜面系唐代贾岛诗句。老师采
药去了，"留"下的是"学生"。

33. 独自在园中（教育名词，2字） 单元

"独自"会意为"单"，"园"字之中是"元"。

34. 试题出冷门（教育名词，2字） 考生

谜底别解作"考"题"生"僻。

35. 把汝裁为三截（教育名词，3字） 分数段

谜面为毛泽东《念奴娇·昆仑》词句。谜底别解为（把昆仑山）
分为数段。

36. 白首方悔读书迟（教育名词，4字） 希望小学

唐颜真卿《劝学》诗："三更灯火五更鸡，正是男儿读书时。
黑发不知勤学早，白首方悔读书迟。"谜底别解为"希望"人"小"
的时候就努力"学"习。

37. 养在深闺人未识（教育名词，2字） 女生

谜面诗句出自唐代诗人白居易的《长恨歌》："杨家有女初长

成，养在深闺人未识。"谜底别解为对这个"女"人陌"生"。

38. 俭省应放在首位（教育名词，3字） 第一节

谜底别解为第一是节约。

39. 有你的一半，也有我的一半（教育名词，3字） 平均分

谜底别解为平均分配。"分"字词性由名词转变成动词。

## 五、语文名词

1. 士（语文名词，2字） 上声

2. 真话（语文名词，2字） 实词

3. 本人（语文名词，3字） 合体字

4. 一休（语文名词，3字） 合体字

谜面"一休"相合，成为"体"字。

5. 酋长（语文名词，2字） 部首

酋长是部落首领，会意出谜底"部首"。

6. 长别离（语文名词，2字） 修辞

"长"扣"修"，把"修"别解为修长；"别离"扣"辞"，将"辞"别解为辞别。

7. 小儿语（语文名词，2字） 童话

谜底别解为儿童的话。

8. 虚心话（语文名词，2字） 七言

"虚"字之心为"七"字，"话"会意扣"言"。

9. 答客问（语文名词，2字） 主语

10. 空白卷（语文名词，2字） 无题

11. 假商标（语文名词，2字） 冒号

假商标，是假冒的标志符号。

灯谜一点通

12. 投降书（语文名词，2字）　败笔

"投降"已失"败"，"书"对应"笔"。

13. 中山传（语文名词，3字）　记叙文

"文"借指孙文，即孙中山。中山传，"记叙"的是孙"文"。

14. 带头哭（语文名词，2字）　引号

"号"字异读作 háo，别解为号哭；"引"呼应"带头"。

15. 悄悄话（语文名词，2字）　小说

谜底别解为小声说。

16. 不错不错（语文名词，2字）　对偶

"不错"则是"对"的，"偶"指"不错"有两个。

17. 对客挥毫（语文名词，2字）　主题

对客挥毫，必是"主"人在"题"写。

18. 书写流利（语文名词，2字）　笔顺

"书写"对应"笔"，"流利"则"顺"畅。

19. 点横撇捺（语文名词，2字）　散文

"文"字拆散，为点横撇捺四种笔画。即"点横撇捺"是拆散开的"文"字。

20. 垂涎三尺（语文名词，3字）　顺口溜

口水挂下来三尺长。形容极其贪馋的样子，也形容非常眼热。谜底别解为（口水）顺着嘴巴往下溜。

21. 相对无言（语文名词，3字）　双关语

22. 纯属虚构（语文名词，2字）　通假

23. 言之无物（语文名词，2字）　虚词

24. 摔跤规则（语文名词，2字）　格律

"摔跤"扣合"格"（格斗），"规则"扣合"律"。

25. 媒妁之言（语文名词，2字）介词

媒妁：媒人，即婚姻介绍人。"媒妁之言"是"介"绍婚姻的言"词"。

26. 早上不忘（语文名词，2字）日记

"早"上为"日"，"不忘"则"记"住。

27. 守口如瓶（语文名词，2字）别传

"传"由 zhuàn 异读作 chuán，意思也由传记别解作传播。守口如瓶，别传播。

28. 屋内一叙（语文名词，2字）寓言

"寓"别解为居住的地方，呼应"屋内"，"叙"即"言"谈。

29. 炎夏挥毫（语文名词，2字）伏笔

"炎夏"扣"伏"（伏天），"挥毫"对应"笔"。

30. 台下道白（语文名词，2字）口语

"台"字下面是"口"，"道白"扣"语"。

31. 话说巴黎（语文名词，2字）语法

"话说"扣合"语"（说）；"巴黎"是法国首都，扣合"法"。谜底"法"别解为法国。

32. 醉翁告别（语文名词，2字）修辞

谜底别解为欧阳修告辞。北宋文学家、史学家欧阳修字永叔，号醉翁、六一居士。

33. 贩卖衣服（语文名词，2字）倒装

谜底以倒卖服装之意扣合谜面。

34. 哑口无言（语文名词，2字）绝句

35. 语不惊人（语文名词，3字）普通话

36. 喊杀之声（语文名词，2字）拼音

37. 客人致词（语文名词，2字）宾语

38. 嗓子哑了（语文名词，2字） 音变

39. 再说几句（语文名词，2字） 补语

40. 请勿动武（语文名词，3字） 应用文

41. 不平则鸣（语文名词，2字） 仄声

"平"别解作平仄的平。"不平"扣合"仄"，"鸣"则有"声"。

42. 丢三落四（语文名词，2字） 七绝

三加四等于七。"丢"、"落"，没有了，意扣"绝"。

43. 字斟句酌（语文名词，2字） 修辞

推敲"修"改文"辞"。

44. 孑然一身（语文名词，2字） 独体

孑：单独，孤单。孑然：形容孤独。"孑然一身"意即孤孤单单一个人，会意出谜底"独体"。

45. 列队分高低（语文名词，2字） 排比

46. 夫妻进牢房（语文名词，2字） 双关

47. 不敢高声语（语文名词，2字） 小说

"不敢高声语，恐惊天上人"是李白诗句。不敢高声语，那就"小"声"说"吧。

48. 唧唧复唧唧（语文名词，2字） 四声

唧唧：象声词，形容虫叫声等。谜面含四个"唧"字，故猜"四声"。谜面为《木兰诗》首句，"唧唧"在本诗中是指织布机的声音。

49. 泳坛见闻录（语文名词，2字） 游记

是关于"游"泳方面的"记"录。

50. 孙中山印鉴（语文名词，2字） 文章

谜底别解为孙文的印章。

51. 栽秧技术讲座（语文名词，2字） 插叙

是关于"插"秧技术的"叙"说。

52. 待客不分亲与疏（语文名词，3字） 主人公

53. 子子孙孙永难忘（语文名词，2字） 后记

54. 两个黄鹂鸣翠柳（语文名词，2字） 双声

谜面系杜甫诗句。两个（一"双"）黄鹂鸟在柳枝上发出鸣叫"声"。

55. 欲把西湖比西子（语文名词，2字） 拟人

谜面系苏轼诗句，其意为想把西湖比作古代美女西施。即把西湖比拟成人，"拟人"。

56. 工作时间请勿交谈（语文名词，3字） 歇后语

谜底别解为等歇息后再言谈。"语"别解作动词，说。

57. 前门上锁，后门上闩（语文名词，2字） 双关

58. 一言既出，驷马难追（语文名词，2字） 定语

谜面意为一句话说出了口，就是套上四匹马拉的车也难追上。指话说出口，就不能再收回，一定要算数。会意扣合谜底"定语"，说出的话确定不变。

## 六、数学名词

1. 土（数学名词，2字） 等腰

2. 余（数学名词，2字） 斜边

"余"是"斜"字的半边。

3. 篱（数学名词，2字） 通分

"篱"字拆开是"个个离"，扣合谜底"通分"，通通分开了。

4. 叠罗汉（数学名词，2字） 体积

5. 站起来（数学名词，2字） 立体

6. 告别赛（数学名词，2字） 分比

7. 客运量（数学名词，2字） 乘数

8. 五毛钱（数学名词，2字） 半圆

9. 诊断之后（数学名词，2字） 开方

谜底别解为开药方。

10. 身背喇叭（数学名词，2字） 负号

"负"别解作动词,意思是"背",比如负重。"喇叭"扣合"号"。

11. 屡战屡败（数学名词，2字） 负数

"负"别解作失败,"负数"即别解为屡次失败。谜底"数"（shù）异读作 shuò，意为屡次。

12. 枕戈待旦（数学名词，2字） 等角

谜底别解为等待角斗。谜底"角"由 jiǎo 异读为 jué，别解成了角斗的角，意为竞争、斗争。

13. 继续竞赛（数学名词，2字） 连比

14. 身高多少（数学名词，4字） 立体几何

15. 学做生意（数学名词，2字） 试商

16. 增长方式（数学名词，2字） 加法

17. 补充宪章（数学名词，2字） 加法

18. 申请执照（数学名词，2字） 求证

19. 披头散发（数学名词，3字） 无理式

披头散发，头发没有梳理的样子。

20. 力求相似（数学名词，2字） 图像

"图"的是彼此要"像"。"图"别解为谋求之意。

21. 考试作弊（数学名词，3字） 假分数

22. 渡船规则（数学名词，2字） 乘法

23. 寻找凭据（数学名词，2字） 求证

24. 账目没错（数学名词，2字） 对数

25. 一网打尽（数学名词，2字） 整除

26. 并肩前进（数学名词，2字）　平行

27. 貌不惊人（数学名词，2字）　平面

28. 两架天平（数学名词，2字）　对称

29. 待测身高（数学名词，2字）　等量

30. 都想团聚（数学名词，3字）　同心圆

31. 脸谱汇编（数学名词，2字）　面积

32. 保证划得来（数学名词，3字）　绝对值

33. 考试不作弊（数学名词，3字）　真分数

34. 漫漫国境线（数学名词，2字）　边长

35. 五四三二一（数学名词，2字）　倒数

36. 两心共惆怅（数学名词，2字）　周长

谜底"周长"加上两"心"（忄），便成"惆怅"。

37. 快刀斩乱麻（数学名词，2字）　切线

38. 群起而攻之（数学名词，3字）　公共角

39. 独钓寒江雪（数学名词，3字）　公垂线

40. 你我他参战（数学名词，2字）　三角

41. 灭四害方案（数学名词，2字）　除法

42. 再见吧妈妈（数学名词，2字）　分母

43. 下了火车上汽车（数学名词，2字）　连乘

44. 不管三七二十一（数学名词，3字）　无理数

45. 你盼我来我盼你（数学名词，2字）　相等

46. 将军金甲夜不脱（数学名词，2字）　等角

谜面为唐代岑参诗句，谜底别解为等待角斗。

47. 怎样才能钓大鱼（数学名词，3字）　延长线

俗语说，放长线钓大鱼。由此会意出谜底"延长线"。

48. 天下无不散之筵席（数学名词，2字）　通分

最后通通都会分开的，"通分"。筵席指宴饮时陈设的座位，泛指酒席。

49. 想怎么打就怎么打（数学名词，3字）任意角

50. 成双成对去，接二连三来（数学名词，4字）四舍五入

一双加一对是四个，前句扣合"四舍"；二加三为五，后句扣合"五入"。

## 七、物理名词

1. 田（物理名词，2字）重心

2. 捷径（物理名词，2字）短路

3. 归途（物理名词，2字）回路

4. 暗思量（物理名词，2字）密度

5. 同心干（物理名词，2字）合力

6. 淘汰赛（物理名词，2字）输出

7. 云开日出（物理名词，3字）可见光

8. 江郎才尽（物理名词，2字）光能

9. 行程不远（物理名词，2字）短路

10. 泾渭不分（物理名词，2字）交流

11. 个体摊点（物理名词，2字）单摆

12. 一泻千里（物理名词，2字）直流

13. 先付一些（物理名词，2字）支点

14. 滔滔不绝（物理名词，2字）波长

15. 一无所有（物理名词，2字）真空

16. 大智若愚（物理名词，2字）内能

17. 身子不动（物理名词，2字）固体

18. 一败涂地（物理名词，2字）负极

19. 解除婚约（物理名词，2字）　绝缘

20. 海市蜃楼（物理名词，2字）　虚像

21. 镜花水月（物理名词，2字）　虚像

22. 火炬接力（物理名词，3字）　热传递

23. 怒不可遏（物理名词，2字）　大气

24. 回头张弓（物理名词，2字）　反射

25. 咬牙切齿（物理名词，2字）　气态

26. 退居二线（物理名词，2字）　位移

27. 怒发冲冠（物理名词，2字）　大气

28. 一览无余（物理名词，3字）　可见光

29. 斤斤计较（物理名词，2字）　比重

30. 调转枪口（物理名词，2字）　反射

31. 强按怒火（物理名词，3字）　大气压

32. 尺的用途（物理名词，2字）　能量

33. 近在咫尺（物理名词，2字）　短路

34. 惟妙惟肖（物理名词，2字）　实像

35. 烦恼顿消（物理名词，2字）　气化

36. 宇宙航道（物理名词，2字）　天线

37. 精打细算（物理名词，2字）　密度

38. 全军覆没（物理名词，2字）　折光

39. 习以为常（物理名词，2字）　惯性

40. 思维敏捷（物理名词，2字）　速度

41. 日月如梭（物理名词，2字）　光速

42. 打开天窗（物理名词，3字）　可见光

43. 送温暖活动（物理名词，3字）　热传递

44. 不定点跳伞（物理名词，4字）　自由落体

45. 交上坏朋友（物理名词，4字）　接触不良

46. 千里云飞动（物理名词，2字）　重力

47. 谁的温度高（物理名词，2字）　比热

48. 学而时习之（物理名词，2字）　常温

49. 腾飞的中国（物理名词，2字）　升华

50. 竞赛掀高潮（物理名词，2字）　比热

51. 处处闻啼鸟（物理名词，2字）　共鸣

52. 离天三尺三（物理名词，3字）　高能量

53. 祖国蒸蒸日上（物理名词，2字）　升华

54. 天天复习功课（物理名词，2字）　常温

55. 我自岿然不动（物理名词，2字）　固体

56. 吹皱一池春水（物理名词，2字）　微波

57. 一条小溪无弯处（物理名词，2字）　直流

58. 海浪你轻轻地摇（物理名词，2字）　微波

59. 打得鸳鸯各一方（物理名词，3字）　绝缘棒

60. 致富千元不满足（物理名词，4字）　万有引力

61. 两个倾心千里会（物理名词，2字）　比重

62. 轻舟已过万重山（物理名词，2字）　流速

63. 一个巴掌拍不响（物理名词，2字）　共鸣

64. 飘飘荡荡下凡来（物理名词，4字）　自由落体

65. 一贯用心，一生有心（物理名词，2字）　惯性

## 八、化学名词

1. 冷（化学名词，3字）　反应热

2. 八刀（化学名词，2字）　分解

3. 三日（化学名词，2字）　结晶

4. 考卷（化学名词，2字） 试纸

5. 一口人（化学名词，2字） 化合

6. 口腔表（化学名词，2字） 含量

7. 牛角刀（化学名词，2字） 分解

8. 逐项说明（化学名词，2字） 分解

9. 返璞归真（化学名词，2字） 还原

10. 好逸恶劳（化学名词，2字） 惰性

11. 剥去画皮（化学名词，2字） 还原

12. 药方照旧（化学名词，3字） 还原剂

13. 只争朝夕（化学名词，2字） 中和

14. 依然如故（化学名词，3字） 还原态

15. 引火烧身（化学名词，2字） 自燃

16. 饭后对诗（化学名词，2字） 饱和

17. 时不再来（化学名词，2字） 无机

18. 物归失主（化学名词，2字） 还原

19. 平心静气（化学名词，2字） 中和

20. 漏网之鱼（化学名词，2字） 游离

21. 手工作坊（化学名词，2字） 无机

22. 解疑者不多（化学名词，2字） 稀释

23. 春雨贵如油（化学名词，2字） 重水

24. 辞别了儿女（化学名词，2字） 离子

25. 满脑子铜臭（化学名词，3字） 重金属

26. 换汤不换药（化学名词，3字） 还原剂

27. 分不清东西（化学名词，3字） 混合物

28. 一三局见高低（化学名词，2字） 中和

29. 恢复本来面目（化学名词，3字） 还原态

30. 敢怒而不敢言（化学名词，2字） 空气

31. 民航照常营运（化学名词，2字） 有机

32. 祖国威望日渐高（化学名词，2字） 升华

33. 黄河之水天上来（化学名词，3字） 悬浊液

34. 九州人民大团结（化学名词，2字） 中和

35. 归来依然老样子（化学名词，3字） 还原态

36. 脱我战时袍，着我旧时裳（化学名词，3字） 还原性

37. 鲤鱼脱却金钩去，摇头摆尾不再来（化学名词，2字） 游离

38. 丢钱（化学元素） 铁

39. 工资（化学元素） 锗

40. 财迷（化学元素） 锶

41. 抵押石头（化学元素） 碘

42. 货币交换（化学元素） 锡

43. 黑色金属（化学元素） 钨

44. 金边漂亮（化学元素） 镁

45. 有色金属（化学元素） 铯

46. 岩下土叠土（化学元素） 硅

47. 兑换外汇券（化学元素） 锡

48. 山下有石灰（化学元素） 碳

49. 金先生的弟弟（化学元素） 锑

50. 石旁停立六十天（化学元素） 硼

51. 流水干涸石头见（化学元素） 硫

52. 离开闺门到码头（化学元素） 硅

53. 一气之下孩子跑掉（化学元素） 氦

54. 虽是巴金，不是作家（化学元素） 钯

55. 看来与金同价，其实差值极大（化学元素） 铜

303

56. 虽无盖世本领，却居金属头等（化学元素） 钾

## 九、其他

1. 一（天文词语，3字） 日环食

"日"字四周笔画去掉后余"一"。

2. 夭（文化用品名，3字） 大头针

"夭"字是"大"字头上一撇，这一撇可象形为针。

3. 囵（食品名，2字） 包子

4. 杜（建筑词语，4字） 土木结构

5. 内服（医学词语，2字） 口吃

6. 唧唧（学习用具名，3字） 复读机

"唧"与"机"读音相同。

7. 祝寿（苏轼词句，5字） 但愿人长久

8. 药丸（五言唐诗句） 粒粒皆辛苦

把"辛苦"一词拆为"辛"、"苦"单字理解。

9. 喝水（医学词语，3字） 口服液

10. 雪仗（医学词语，3字） 打冷战

11. 丢脸（七言唐诗句） 人面不知何处去

12. 刮脸（食品名，3字） 刀削面

13. 纺纱（工业词语，3字） 生产线

14. 镣铐（常用语，4字） 束手束脚

15. 求职（常用语，4字） 没事找事

16. 夜雨（常用语，4字） 下落不明

17. 日用（花卉名，3字） 太阳花

"日"别解作太阳，"花"别解成花费。

18. 赫赫（花卉名，3字） 一串红

谜面两字拆开，全是"赤"。赤，红色。

19. 全年（交通词语，2字） 满载

谜底"载"由 zài 异读为 zǎi，意思也由"装载"别解成了"年"。谜底别解为满满的一年。

20. 鸣禽馆（五言唐诗句） 处处闻啼鸟

21. 流通券（法律词语，2字） 传票

22. 不想死（金融词语，2字） 活期

谜底别解为期望活着。

23. 戴钢盔（常用语，5字） 硬着头皮上

"着"字别解为穿戴之意。

24. 广播费（花卉名，3字） 喇叭花

25. 请留步（交通词语，3字） 招呼站

26. 看日出（旅游词语，2字） 观光

27. 早产儿（称谓，2字） 先生

28. 担担面（不良习惯，2字） 挑食

29. 除夕之夜（医学名词，3字） 更年期

30. 何足挂齿（电信词语，2字） 免提

31. 拦路告状（电信词语，2字） 程控

32. 并非谣言（电信词语，2字） 传真

33. 十指灵巧（电信词语，2字） 手机

谜底别解为"手"很"机"巧灵活。

34. 罢官升官（电信词语，2字） 免提

"罢官"是"免"职，"升官"是"提"拔 。

35. 欣喜若狂（交通词语，2字） 特快

36. 一年有余（交通词语，2字） 超载

37. 边走边说（交通词语，3字） 人行道

38. 连升三级（交通词语，2字）提速

39. 半路让座（交通词语，3字）中途站

40. 万众欢腾（交通词语，2字）普快

41. 争先发言（交通词语，2字）抢道

42. 梁祝化蝶（旅游词语，2字）双飞

43. 泳坛教练（旅游词语，2字）导游

44. 一览无余（旅游词语，2字）观光

45. 指日进京（旅游词语，2字）景点

"指"扣"点"，作动词解；"日"与"京"合为"景"。

46. 过年开支（花卉名，3字）迎春花

47. 广西开销（花卉名，2字）桂花

广西的别称是"桂"。

48. 乐于解囊（花卉名，3字）含笑花

49. 刚刚挂钩（集邮词语，2字）方连

50. 一般单据（集邮词语，2字）普票

51. 禁入果园（集邮词语，3字）实地封

52. 一号拦网（集邮词语，3字）首日封

"一号"别解作日期。

53. 一览无余（集邮词语，2字）全张

54. 少年有为（新词语，2字）小康

"有为"别解作人名"康有为"。

55. 当面不说（包装用语，3字）见封口

56. 避其锋芒（商业用语，2字）让利

57. 蓓蕾初绽（商业用语，3字）新开张

58. 夫妻散步（曲艺形式，3字）二人转

59. 鹬蚌相争（保险词语，3字）受益人

"鹬蚌相争，渔人得利"，鹬和蚌互相争斗，最终受益的是人。

60. 宝岛往昔（文化用品名，2字） 台历

61. 又胖又黑（生活用品名，2字） 肥皂

62. 蒙头盖脸（食品名，2字） 面包

63. 付之一炬（食品名，2字） 火烧

64. 家徒四壁（摄影词语，3字） 室内光

65. 挥霍一空（摄影词语，2字） 用光

66. 宝岛民俗（气象词语，2字） 台风

67. 滔滔不绝（气象词语，2字） 多云

68. 少年模范（书法词语，2字） 小楷

69. 赵钱孙李（时间用语，2字） 下周

70. 亦步亦趋（人体部位名称，3字） 脚后跟

71. 产科会诊（学历称谓，3字） 研究生

72. 无功受禄（新词语，2字） 白领

73. 收进三尺（科技名词，2字） 纳米

74. 逢单必输（新词语，2字） 双赢

75. 以小见大（网络名词，2字） 微博

76. 站在图中（节气名，2字） 立冬

77. 有点自大（节气名，2字） 小满

78. 月下茉莉开（花卉名，3字） 夜来香

79. 一星期一换（古书名，2字）《周易》

80. 班子不过硬（医学名词，3字） 软组织

81. 擒贼先擒王（古称谓，2字） 捕头

82. 节约要持久（称谓，2字） 省长

"省"别解为节省，"长"异读作长期的长。

83. 陷入包围圈（床上用品名，2字） 被套

84. 智慧胜蛮干（食品名，3字） 巧克力

85. 投掷照明弹（工艺词语，2字） 抛光

86. 万里赴戎机（电信词语，3字） 打长途

　　谜面出自《木兰诗》，意为不远万里，奔赴战场。戎机，指战争。会意扣合谜底，"万里"对应"长途"，"戎机"对应"打"。

87. 雨后去登山（交通词语，4字） 先下后上

88. 莫教枝上啼（交通词语，2字） 禁鸣

　　唐代金昌绪《春怨》诗云："打起黄莺儿，莫教枝上啼。啼时惊妾梦，不得到辽西。"谜底会意为禁止（黄莺在树枝上）鸣叫。

89. 夜来风雨声（交通词语，2字） 晚点

90. 高枕石头眠（交通词语，2字） 硬卧

91. 更换一把手（交通词语，2字） 调头

92. 举头望明月（旅游词语，3字） 观光团

93. 独见明月在（旅游词语，3字） 一日游

　　"明"字由"日""月"组成，只见"明"字的"月"在，那一"日"已游去。

94. 襁褓作何用（食品名，2字） 包子

95. 离别泪双垂（新词语，2字） 分流

96. 华夏放异彩（新词语，4字） 中国特色

97. 男女齐夺冠（新词语，2字） 双赢

98. 满座皆宾朋（网络名词，2字） 博客

99. 花里与君别（节气名，2字） 春分

100. 彻底平冤案（节气名，2字） 大雪

101. 儿时家境贫（节气名，2字） 小寒

102. 有空请来一见（食品名，3字） 方便面

103. 老子豁出去了（新词语，2字） 拼爹

104. 建筑公司投标（新词语，4字） 希望工程

105. 小瞧众多来宾（网络名词，3字） 轻博客

106. 欲领先，需上进（节气名，2字） 谷雨

107. 奖金不可私下给（出版用语，4字） 公开发行

108. 雨中送伞献殷勤（医学名词，3字） 淋巴结

109. 路漫漫其修远兮（电信词语，2字） 长途

110. 珠算结果要复核（电信词语，2字） 重拨

111. 为伊消得人憔悴（电信词语，2字） 宽带

"衣带渐宽终不悔，为伊消得人憔悴"是宋代词人柳永的名句。本谜采用承启法，以谜面上句"衣带渐宽"意境扣出谜底"宽带"。

112. 拿下几多无头案（电信词语，2字） 手机

"拿"下为"手"字，"无头案"扣"木"（"案"字无头），与"几"合为"机"。

113. 一日来京重相会（旅游词语，2字） 景观

一"日"来"京"，组成"景"，"重相会"是又相见，"又见"合一"观"字。

114. 在天愿作比翼鸟（旅游词语，2字） 双飞

115. 远近高低各不同（旅游词语，3字） 风景区

"横看成岭侧成峰，远近高低各不同。"谜面为苏轼《题西林壁》诗句。谜底别解为风景有所区别。

116. 成年后走出峻岭（山名，3字） 大别山

117. 告别梁山弃水泊（新词语，4字） 下岗分流

118. 异乡合作后劲足（新词语，2字） 给力

"乡"字变异为"纟"，与"合"组成"给"，"劲"字后部是"力"。

119. 天增岁月人增寿（新词语，4字） 与时俱进

120. 捕鱼旺季莫迟疑（公共场所，2字） 网吧

121. 两点到京遇东坡（食品名，2字） 凉皮

122. 众多来宾都入围（网络名词，3字） 博客圈

123. 整容摘帽露出头（节气名，2字） 谷雨

124. 相见遇雨落下来（节气名，2字） 霜降

125. 下雪后两点结冰（节气名，2字） 雨水

126. 廉洁奉公不糊涂（节气名，2字） 清明

127. 天冷莫要蒙头睡（节气名，2字） 寒露

128. 会跑的孩子身体好（新词语，3字） 奔小康

129. 前面看很小，后面看很大（网络名词，2字） 微博

130. 疑是两粒豆，——萌了芽（网络名词） QQ

131. 瓜儿连着藤，藤儿牵着瓜（网络名词） QQ

谜面是歌词，出自歌曲《社员都是向阳花》。

**图书在版编目（CIP）数据**

灯谜一点通 / 叶国泉，田鸿牛，王德海编著 . — 杭州：
浙江古籍出版社，2015.1（2020.7 重印）

ISBN 978-7-5540-0491-3

Ⅰ . ①灯… Ⅱ . ①叶… ②田… ③王… Ⅲ . ①灯谜—
汇编—中国 Ⅳ . ① I277.8

中国版本图书馆 CIP 数据核字（2015）第 016816 号

# 灯谜一点通

叶国泉　　田鸿牛　　王德海　编著

**出版发行**　浙江古籍出版社
（杭州体育场路 347 号　电话：0571-85176986）

| | |
|---|---|
| **网　　址** | www.zjguji.com |
| **责任编辑** | 徐晓玲 |
| **责任校对** | 余　宏 |
| **封面设计** | 刘　欣 |
| **责任印务** | 楼浩凯 |
| **照　　排** | 杭州立飞图文制作有限公司 |
| **印　　刷** | 三河市兴国印务有限公司 |
| **开　　本** | 880×1230　1/32 |
| **印　　张** | 10 |
| **字　　数** | 242 千字 |
| **版　　次** | 2015 年 2 月第 1 版 |
| **印　　次** | 2020 年 7 月第 4 次印刷 |
| **书　　号** | ISBN 978-7-5540-0491-3 |
| **定　　价** | 32.80 元 |

如发现印装质量问题，影响阅读，请与本社市场营销部联系调换。